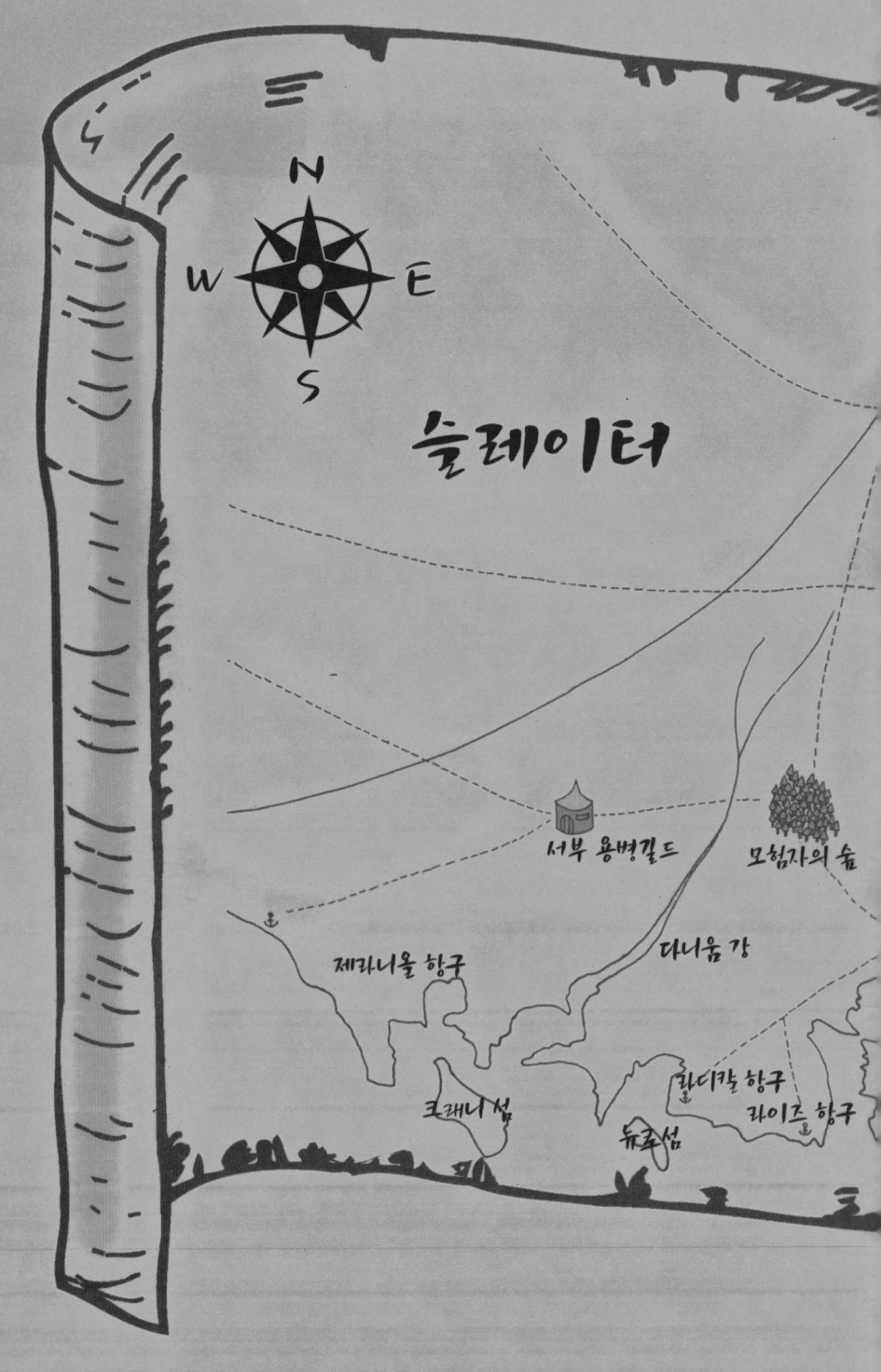

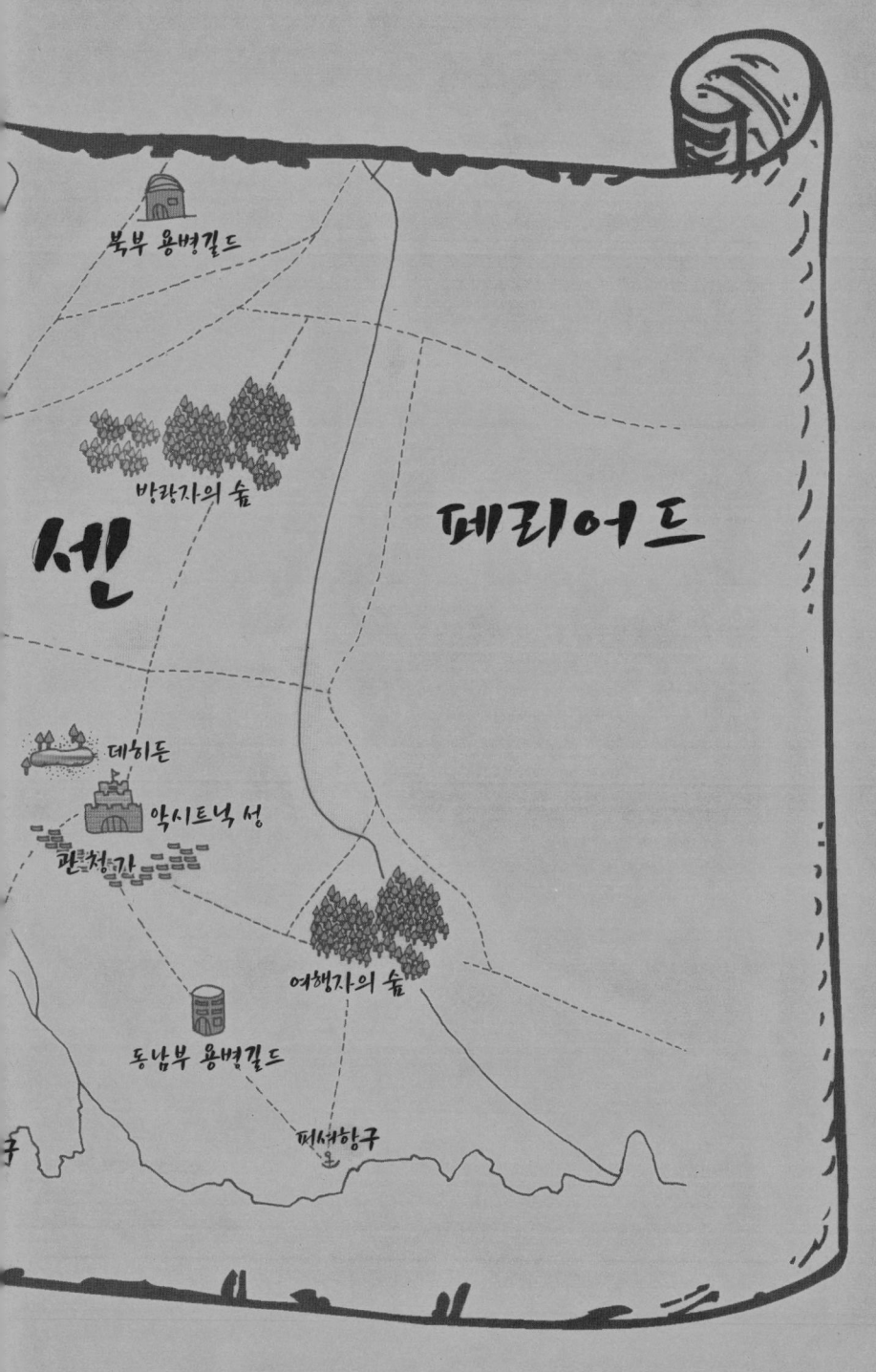

이노베이션 3
Innovation

제1부 몬스터(MONSTER)

이노베이션 3
남수아 판타지 장편소설

초판 1쇄 찍은 날 § 2000년 7월 10일
초판 1쇄 펴낸 날 § 2000년 7월 15일

지은이 § 남수아
펴낸이 § 서경석
펴낸곳 § 도서출판 청어람

등록번호 § 제 1081-1-89호
등록일자 § 1999. 5. 31

주소 § 경기도 부천시 원미구 심곡1동 350-1 남성B/D 3F (우) 420-011
전화 § 032-656-4452   팩스 § 032-656-4453

© 남수아, 2000

값 7,500원

※ 잘못된 책은 바꿔드립니다.
※ 저자와 협의하여 인지를 붙이지 않습니다.

ISBN 89-88818-79-2(SET) / ISBN 89-88818-89-X 04810

이노 Innovation 베이션 3

제1부 몬스터(MONSTER)

도서출판

청어람

목 차

Part 4:Justice

정의. 공정. 공평. 공명. 정대.
정당. 타당. 적정.
당연한 응보. 처벌.
사람을 실물 그대로 나타내다.
배불리 먹다.

하지만 그런 일을 저지른 자들은 아직도 멀쩡히 살아 있다.

천벌이란 존재하지 않아.

아무도 그들에게 심판을 내리지 않는다면

네가 스스로 하는 것도 좋겠지.

7

캉!

저 멀리에서 금속이 부딪치는 소리가 난 것 같다. 미르는 흠칫하며 몸을 일으켜 창가로 걸어갔다.

바깥에는 아직도 비가 하염없이 쏟아지고 있었다. 대지 계열 정령들의 수가 갑자기 줄어든 탓에 자연계의 균형이 깨져 내리는 비였다. 이 비가 언제까지 내릴는지 미르로서는 짐작할 길이 없었다. 옆에 있는 스시리아너는 알지도 모르겠지만.

"까르르…… 그러니까 말이야."

'아이고, 정말 앞날이 막막하군.'

미르는 스시리아너를 돌아본 순간 한숨이 푹 나왔다. 아까부터 뮤트를 붙잡고 이런저런 얘기를 하며 떠들던 스시리아너였다. 뮤트는 말이 그리 많은 편인 것 같지 않아 보였지만, 웃음을 잘 참지 못하는 성격인 모양이었다. 스시리아너가 무슨 말을 할 때마다 쿡쿡거리며 웃느라 정신을 못 차리는 것 같았다.

'어휴…… 저게 최상급 정령과 백작가 아가씨의 대화란 말인가. 저렇게 웃다간 숨넘어가겠다. 안정해야 할 환자도 있는 이곳에서……. 정말 대책이 없군……'

환자들의 안정을 위해 조금 조용히 해달라고 말하려던 미르는 주위를 돌아보고선 그만 할말을 잃고 말았다. 힘없이 누워 있는 환자들마저도 재미있다는 표정을 지은 채 그녀들을 쳐다보고 있었던 것이다. 안정을 위해 조용히 하라는 말이 나오기는커녕 활기차서 좋다는 식의 분위기였다. 이렇게 비도 오고 우울한 분위기에 저런 즐거운 대화가 있는 것이 나쁘다고 할 수는 없지만…….

'하지만 할 일도 못 하고 있는데 뭐가 저리도 즐거운 거지, 스시리아너는……'

결국 스시리아너를 조용히 시킬 이유를 찾지 못한 미르는 바닥에 털썩 주저앉아 버렸다.

피곤하다……. 엉뚱하게도 스시리아너의 화술에 말려든 탓에 이곳의 잡일은 다 도맡아 하고 만 미르였다. 덕분에 완전히 지쳐 버려서 이렇게 쉬고 있을 수밖에 없게 되었다.

하지만 사실은 단서도 전혀 없으니 돌아다녀 봐야 나아질 건 없었다. 불안감을 조금이라도 해소시키기 위해 뛰어다니는 거라면, 지금은 하고 싶지 않았기에 가만히 쉬고 있는 것이었다. 물론 아예 못 뛸 정도로 지친 것은 아니었지만, 그런 이유로 비바람 속을 뛰어다니기엔 너무 피곤했다.

그라다는 아는 게 전혀 없었다. 그는 어제 다리프를 잠깐 진찰하고 렌스를 만나긴 했지만, 그들이 어디로 갔는지에 대해서는 전혀 알지 못했다. 한마디로 말해 헛수고를 한 셈이다. 이제 더 이상

조사할 만한 곳도 없었다. 처음에 미르가 생각했던 무식한 방법이 남아 있긴 했지만, 그건 스스로 생각해도 너무 무식했다. 렌스라면 아헨을 빠져 나가는 관문을 지키고 있는 사람들이 전혀 눈치채지 못하게 빠져 나갈 수 있었을 테니, 그 방법을 써봐야 찾을 수 있을 거란 보장도 없었다.

아무튼 스시리아너에게 휘말려 이곳 사람들과 함께 환자들을 다 옮기고, 상태가 심한 이들에게 응급 처치를 하고 났더니 그럭저럭 쉴 수 있는 여유가 생겼다. 그래서 이렇게 차분히 앉아 쉬고 있는 것이었다.

미르는 다시 고개를 돌려 떠들고 있는 두 사람을 바라보았다. 지치지도 않고 떠드는 스시리아너와 그녀의 말을 들으며 웃음을 참지 못하는 뮤트.

'뮤트 엘하우드라 했었지……'

엘하우드 백작의 사촌 여동생. 무척이나 딘을 닮아 있는 사람. 목소리까지 똑같아서 미르는 그녀를 딘으로 착각할 뻔했다.

하지만 뮤트는 분명 딘과는 다른 사람이었다. 인상도 약간 다른 데다가 딘에게 있는 미미한 마력의 느낌이 뮤트에겐 전혀 없었다. 어설프긴 해도 상당히 상급 마법까지 사용하는 딘과는 달리, 뮤트는 마법을 쓰지 못하는 모양이었다. 어느 정도 수준 이상의 마법을 사용할 수 있는 이에게서 느껴지는 미미한 마력은 숨길 수도 없는 것이었기에 미르는 쓸데없는 연관성을 단호히 털어버릴 수가 있었다.

'딘은 대체 어디에 있는 걸까……'

미르는 시선을 비 내리는 창 밖으로 다시 돌렸다. 한없이 내리는 비는 우울한 직선을 수없이 내리긋고 있었다. 바람 부는 방향에 따라 이리저리 휩쓸리며 세상을 온통 적시고 있었다.

미르가 딘을 만나지 못한 지도 어느새 5개월이 다 되어가고 있었다. 로다가 사라지고 네이아가 봉인된 후 한번도 만나지 못했던 것이다. 가끔 라드흰이나 아레스를 통해 전해오는 딘의 연락으로 그녀가 무사하다는 것을 알 수는 있었지만, 대체 어디서 어떻게 지내고 있는지 알 수가 없었다. 하르드퀴논이 그녀를 데려갔다는 사실만이 작은 단서로 남아 있을 뿐인데……

딘을 나이트로 섬기고 있음에도 불구하고 오랫동안 전혀 만나지 못한 채 그녀가 벌여놓은 일들의 뒤꽁무니만 따라다녀야 하는 형편이라니. 라드흰의 말대로 이런 상황을 우울하게 생각하는 건 사치인지도 모르겠지만, 미르는 딘을 만나보고 싶었다. 어떻게 지내는지, 어떻게 지내왔는지, 그녀의 입으로 직접 듣고 싶었다.

캉!

또 그 소리다. 이건 환청이 아니다. 미르는 거의 반사적으로 자리에서 일어났다.

"왜 그래?"

미르의 행동을 이상하게 여긴 스시리아너가 이쪽을 쳐다보며 질문을 던져 왔다.

"무슨 소리가 나지 않았어요?"

"무슨?"

"금속이 부딪치는 듯한……"

"에이, 뭐, 바람 소리겠지."

도무지 진지함이라고는 찾아보기 힘든 태도였다. 너무도 맘 편한 그녀의 태도에 미르는 어이가 없어졌다.

캉!

　미르가 스시리아녀에게 뭐라고 하려는 순간, 또다시 그 소리가 울렸다. 이번에는 모두가 들을 수 있을 만큼 큰 소리였다. 뮤트도 놀랐는지 벌떡 일어났다. 평화롭던 환자들 사이에서도 불안감이 감돌았다. 금속이 부딪치는 소리. 이런 소리는 그냥 듣고 넘길 수 있는 게 아니었다. 무언가 부서지는 소리이거나 무구(武具)들이 절그렁거리는 소리일 테니까. 둘 중 어느것이라도 그냥 무시할 수는 없었다.

　……예외인 사람이 없는 건 아니었지만.

　"에이, 무슨 일이라도 있는가 보지. 뭘, 저런 소리 가지고 신경을 곤두세워? 멀리서 들리는 소리네, 뭐."

　여전히 대책없는 스시리아녀였다.

　'저런 사람이니 최상급 정령이라도 파벌이 없는 건 당연해……'

　미르는 앞으로도 당분간은 이런 스시리아녀를 데리고 다녀야 할 것 같다는 생각에 골치가 아파옴을 느끼며 날카롭게 대꾸했다.

　"그런 문제가 아니잖아요! 저건 병사들이 이동하는 소리나 금속 건축물이 무너지는 소리라고요. 그렇다면 이곳에도 안 좋은 영향이……."

　"……발소리……."

　갑자기 뮤트가 뜻 모를 말을 내뱉었다. 막 말싸움을 시작하려던 스시리아녀와 미르는 거의 반사적으로 그녀를 돌아보았다.

　"발소리가 나."

　뮤트는 고개를 조금 숙인 채 청각에 정신을 집중하고 있는 듯한 모습이었다. 그 순간 미르도 움찔했다. 우르르 뛰어오는 발소리. 무서울 정도의 속도로 다가오는 발소리가 멀리서 들려오고 있었다. 아니, 이러는 동안에도 점점 가까이 다가오고 있었다.

"무슨 소리야, 뮤?"

분위기가 심상치 않음을 느낀 스시리아너가 질문을 던지는 순간, 귀청을 때리는 시끄러운 소리가 건물 안을 가득 메웠다.

타다다다닥!

재빠른 속도로 계단을 올라오는 듯한 소리……. 모두의 시선이 문 쪽으로 쏠렸다. 뮤트는 재빨리 자리에서 일어나 문 앞으로 걸어갔다. 스시리아너와 미르가 말릴 틈도 없을 만큼 빠른 움직임이었다.

그리고 거친 남성의 목소리가 건물 안을 쩌렁쩌렁 울렸다.

"그라다 메르저스, 여기 있나?"

*   *   *

첨벙, 첨벙, 첨벙!

발끝에서 물살이 부서져 나간다. 이미 몸은 흠뻑 젖어 있다. 흘러내리는 빗물이 시야를 방해한다. 발걸음이 무겁다. 더 이상은 움직이고 싶지 않다. 하지만 최대한 빠르게 앞으로 나아가야 한다. 무엇 때문에 도망쳐야 하는지는 모르지만…… 잡히지 않으려면 계속 뛰어야 한다.

"하아…… 하아……"

숨이 차다. 바람을 교묘히 타서 본래 속도보다 훨씬 빠르게 나아가고 있기는 하지만, 힘이 드는 건 어쩔 수 없다. 뒤따라오는 사람들이 달리는 소리가 빗소리 너머로 아스라이 들려온다. 바람이 강해서 화살을 쏠 수 없는 게 다행이다. 만약 맑은 날씨였다면 이만큼 도망치지도 못하고 화살에 맞았을 테니까.

하지만…….

'어째서 이렇게까지?'

뒤에서는 여러 명의 사병들이 쫓아오고 있었다. 얼마나 거리가 좁혀졌는지 힐끔 뒤를 돌아보았다. 그들은 쫓아오는 데 전력을 다 하려고 그러는지 뽑았던 검까지 다시 집어넣고 필사적으로 달려 오는 중이었다. 조금 전에 보았던 은색의 검날이 머리 속에 떠올라 다리므는 몸을 가볍게 떨었다.

저들이 어떻게 이곳을 알고 쫓아왔는지는 모르겠지만 모두들 지나칠 정도로 필사적이었다. 못 잡으면 죽는다는 식으로 끝까지 아등바등 따라붙어 오고 있다.

처음에 다리므는 저들을 말로 잘 구슬러볼까 생각했었다. 그러나 금세 저들이 어떤 생각으로 쫓아오고 있는지를 깨닫고 미친 듯이 도망치기 시작했다. 단순히 붙잡는 거라면 대화도 어느 정도 통할지 모르겠지만, 저들의 목적은 살해……. 붙잡혀서는 절대 안 된다. 잡히면 끝이다.

네 갈래 길이 눈앞에 펼쳐졌다. 순간적으로 주변을 휘휘 둘러본 다리므는 거리낌없이 한 길을 선택해 달려갔다. 남쪽 대로로 가는 길이었다. 그 아낙의 말이 맞다면 그곳에 있는 인원은 세 명 가량……. 그 정도라면 어떻게든 통과할 수 있을 터였다. 완전히 지친 지금 상태로는 힘들지도 모르지만, 아무튼 그곳을 통과하면 페리어드의 국경과 가까워진다. 국경만 넘으면 사병들도 끝까지 따라오지는 못할 터였다.

하지만…… 과연 그곳까지 잡히지 않고 갈 수 있을까?

불길한 생각이 떠오르자 다리므는 고개를 세차게 저었다. 잡혀서는 안 된다. 아니, 잡힐 수는 없다. 뒤에 업혀 있는 렌스를 생각해서라도 잡혀서는 안 된다.

길이 점점 넓어져 가면서 저 앞에 놓여진 무언가가 보였다. 마치 벽처럼 길게 길을 막고 있다. 사병을 적게 배치한 대신 무언가로 길을 막아놓은 모양이다. 저 정도면 뛰어넘어서…….

'아앗!'

벽이라고 생각했던 물체가 조각조각 세로로 나뉘며 이쪽으로 우르르 몰려왔다. 그제야 다리므는 그것이 길게 늘어선 사병들이었다는 사실을 깨달았다. 저렇게 많은 수라니…… 그 아낙이 거짓말을 했던 걸까?

앞에 선 사병들이 우르르 몰려오고 있지만 달리는 걸 멈출 수도 없었다. 뒤에 쫓아오던 사병들이 속도를 조금 늦추고 검을 빼들기 시작했기 때문이다.

스릉! 카각!

검집에 검날이 마찰하는 날카로운 소리가 빗소리에 섞여 들어왔다.

이건 완전히 뒤따라오는 사람에 쫓겨 앞에서 기다리는 자들에게 달려가는 꼴이었다. 앞뒤에서 우르르 몰려오는 상황이라니……. 이곳엔 옆으로 빠져 나갈 샛길도 없었다. 그냥 이렇게 무작정 달리는 수밖에 없는데, 이젠 앞쪽의 사병들도 거의 코앞에까지 다가와 있었다.

"에어 블레이드Air Blade!"

다리므는 생각다 못해 자신의 발 밑에 마법을 사용했다. 비정상적인 공기의 압력이 발 밑에 작용하면서 발 밑의 물이 튕겨나갔다. 그리고 그 반발력으로 다리므의 몸은 공중에 붕 떠올랐다.

"우와아앗! 마법사다!"

사병들의 놀란 음성이 여기저기서 들려왔다. 하지만 역시 에어블레이드 정도의 반동으로는 앞에 있는 사병들을 전부 뛰어넘을 수 있을 만큼 높이 떠오를 수가 없었다. 세차게 불어오는 바람의 기류를 타 한 명을 넘는 것까지는 성공했으나, 그 뒤에 따라오던 자에게 걸려 넘어지고 말았다. 그러나 달려오던 사병들마저 다리므에게 걸려 한 명이 넘어지자, 그 근처에 있는 이들 모두가 우르르 넘어지면서 한바탕 소란이 일었다. 물이 철벅거리고 넘어지면서 물에 머리를 처박은 사람들이 허우적거렸다.

그 순간 다리므의 눈앞에 무언가 번뜩하는 게 있었다. 다리므는 거의 반사적으로 몸을 옆으로 틀었다.

"으아악!"

누군가가 내리친 검이 다리므의 오른쪽 어깨를 깊숙이 파고들었다. 바닥에 넘어진 다리므에게 위에서 그대로 내리친 것이다. 아찔한 고통이 온몸으로 퍼져 나갔다. 순간적으로 정신을 잃을 뻔했다. 얼마나 베여버린 건지, 오른쪽 어깨가 그대로 타 들어가는 것만 같은 느낌이 의식을 흔들어댔다.

흘러내린 피가 주변을 삽시간에 붉게 물들였다. 숨을 쉴 수가 없이 고통스럽다. 컥컥거리며 간신히 고개를 들었다. 흰빛으로 번뜩이는 여러 개의 검날이 사방에서 떨어져 내려오는 것이 시야에 들어왔다.

그때도 이랬었다. 그때도…….

"썬…… 더 스트라이크Thunder Strike!"

검날의 섬뜩한 느낌을 피부로 느끼며 다리므는 필사적으로 소리쳤다. 그 마법을 성공시킬 수 있을지에 대한 생각은 하지 않았다. 우선은 무조건 무엇이든 해보아야 했다.

정적. 아주 짧은 순간 무거운 정적이 흘렀다. 무섭게 휘몰아쳐 오던 비바람 소리도 갑자기 뚝 멎어버린 것만 같았다. 그리고 어느 한순간 눈앞이 새하얗게 물들었다.

파지지지직······!

엄청난 소리가 주변의 공기를 지져댔다. 다리므는 아찔한 전율을 팔을 통해 느낄 수 있었다. 사방에서 끔찍한 비명이 터져 나온다. 기류를 타고 피부에 전해져 오는 뜨거운 기운. 매캐한 연기가 호흡기를 자극하면서 어디선가 타는 냄새가 나는 것 같다. 타는 냄새라니······. 섬뜩한 감각이 등줄기를 훑고 지나갔다. 하지만 눈앞이 아득하고 귀가 멍멍해 아무것도 알 수가 없다. 아니, 그런 걸 생각할 만한 정신도 없었다.

"커어억!"

뜨거운 피가 목으로 왈칵 넘어오며 호흡을 방해했다. 목이 찢어져 나가는 것 같다. 온몸이 견딜 수 없이 뜨겁다. 입과 코에서 흘러나온 멀건 피가 턱을 타고 주르륵 흘러내렸다. 몸 속에서 무언가 날카로운 것이 꿈틀대며 뱃속을 갈가리 찢어놓는 것 같았다. 다리므는 고통을 이기지 못해 고꾸라지듯 머리를 바닥에 처박았다.

첨벙!

서늘한 물 속에 머리를 처박자 멀어지던 의식이 순간적으로 조금 되살아났다. 타는 듯이 뜨겁던 몸도 조금은 식는 것 같았다. 뱃속을 할퀴는 고통은 여전했지만 간신히 정신을 차릴 수는 있었다.

"하아······ 하아······."

한참 만에야 몸을 추슬러 고개를 들 수 있었다. 하지만 여전히 몸은 제멋대로 축 늘어져 있었다. 호흡은 괴롭고 어깨는 욱신거린다. 입 안엔 아직도 피가 가득했다. 비릿한 느낌. 구역질이 날 것만 같다.

쏴아아…….

조금 전까지만 해도 사병들에게 둘러싸여 있었는데, 어째서 이렇게 빗소리만 들려오는지 모르겠다. 안 그래도 어둡던 하늘이 해가 지고 나자 완전히 새카매진 모양이다. 빛이라곤 거의 보이지 않는 짙은 어둠 속에 빗소리와 바람 소리만이 가득 차 있다. 뭐가 뭔지 하나도 모르겠다.

"이…… 대로 죽는 걸까……."

목소리마저 제대로 나오지 않는다. 목이 완전히 갈라진 것 같다. 더 이상 몸은 말을 들어주지 않고 의식은 점점 희미해져만 간다. 멀어져 가는 의식 속에서 차라리 이대로 죽어버리는 게 나을 거라는 생각마저 든다. 이 끔찍한 고통에서 벗어날 수만 있다면…….

'살아야…… 살아야지…….'

순간 의식 속에 선명히 박혀오는 생각에 다리므는 감았던 눈을 번쩍 떴다.

살아야지……!

몸은 아직도 완전히 늘어져 있었다. 하지만 다리므는 손을 짚고 간신히 몸을 조금 일으켰다. 무엇을 짚고 일어났는지도 모르겠다. 그리고 옆에 쓰러져 있던 렌스의 팔을 자신의 어깨에 둘렀다. 렌스의 팔이 어깨의 벌어진 상처로 파고들어 오는 것만 같다. 이대로 어깨의 상처가 계속 벌어져 몸이 두 개로 조각나 버릴 것만 같다.

살아야지…….

그대로 렌즈를 질질 끌며 걷기 시작했다. 걷고 있다는 느낌이 잘 나지 않는다. 발 밑에서 철벅거려야 할 물소리와 바닥에 발을 딛는 감각이 전혀 느껴지지 않는다. 그냥 빗소리와 바람 소리만 가득할 뿐이다. 감각이 다 죽어버린 것만 같다. 어디로 가고 있는 건지, 지금 걷고 있긴 하는 건지, 아니, 서 있기는 한 건지 모르겠다. 왜 이렇게 이를 악물고 살아야 한다고 생각하는 건지, 내가 누구인지…… 모르겠다. 하나도 모르겠다.

살아야지…….

누구의 생각인지도 모를 생각만이 하얀 머리 속을 가득 채우고 있었다.

*　　　*　　　*

"무슨…… 일입니까?"

뒤쪽에서 환자를 돌보던 그라다가 무표정한 얼굴로 걸어나왔다. 누가 와서 소리치는지는 모르겠지만 그리 신경 쓰이지는 않는다는 태도였다. 피곤 때문에 그의 얼굴엔 드문드문 땀방울이 맺혀 있었지만 당황한 표정은 아니었다.

문 앞에는 검과 갑옷으로 무장을 한 사람들이 여럿 서 있었다. 고개를 들어 쳐다보니 그 뒤쪽에도 주욱 사내들이 서 있는 게 보였다. 이 건물의 구조상 2층의 문 뒤에는 바로 1층과 2층을 연결하는 계단이 있었는데, 그들은 그 계단에 층층이 늘어서 있었다. 계단이 좁은 탓인지, 사람 수가 많은 탓인지 상당히 긴 행렬이었다.

"당신이 그라다 메르저스인가?"

사람들 중에 맨 앞줄 가운데에 서 있는 자가 질문을 던져 왔다. 그냥 척 봐도 누가 그라다인지 확실했지만 정확히 확인하고 싶은 모양이다. 아무래도 이자가 뒤에 서 있는 병사들의 지휘관인 모양인데, 상당히 깔끔한 인상을 가지고 있었다. 뺨에 길게 그어진 흉터와 울퉁불퉁한 근육이 아니라면 전혀 무기를 휘두를 만한 사람으론 보이지 않을 정도였다.

"그렇소만."

건물 안의 사람들은 전부 긴장하고 있었지만, 그라다는 여전히 차분히 대꾸했다. 말투부터 무례한 사병들의 태도에 불안감을 느낀 뮤트가 한 발을 내디며 그라다의 옆에 섰다. 약간 경계하는 듯한 태도였다. 하지만 병사들은 그런 뮤트에겐 전혀 신경 쓰지 않았다. 저런 작은 여자가 무얼 하겠냐는 식이었다.

"따라와라. 당신에게 볼일이 있다."

지휘관으로 보이는 자도 뮤트의 행동엔 아랑곳하지 않고 분명한 말을 꺼냈다. 아예 명령하는 태도다. 그라다는 그런 그를 잠시 쳐다보더니 갑자기 몸을 홱 돌려 다시 환자들이 있는 방향으로 돌아섰다.

"이곳에는 환자들이 있소. 볼일이 있는 사람보고 오라고 하시오."

한치의 흔들림도 없는 단호한 태도였다. 그런 그라다의 태도에 지휘관은 기가 차다는 표정을 지으며 돌아서는 그라다의 어깨를 한 손으로 붙잡았다.

"좋은 말할 때 따라와!"

이 정도 되면 완전히 행패나 다름없었다. 그런 그의 행동에 기분이 나빠진 스시리아너가 무슨 말을 하려던 찰나에 뮤트가 지휘관의 손목을 붙잡았다. 그리고 아주 간단히 그라다의 어깨에서 그의 손을 떼어냈다.

"이러시면 안 됩니다. 그라다 씨 말대로 해주세요."

상황에 전혀 어울리지 않는 친절한 목소리였다. 어쩐지 상황 파악을 제대로 못 하고 있는 것만 같은 태도였다.

"지금 네가 나에게 설교하는 거냐? 내가 누군지 알고!"

지휘관은 뮤트를 노려보며 큰 소리로 호통을 쳤다. 하지만 그는 여전히 뮤트에게 손목을 잡힌 채였다. 무엇 때문인지 그는 잡힌 손목을 뿌리치려고 하지 않았다.

'왜 저러는 거지? 소리는 치면서……'

이상하게 여긴 스시리아너가 슬쩍 가까이 다가가 보았다. 멀찍이서 볼 때는 몰랐는데 가까이서 보니 지휘관 사내의 팔에 미미한 경련이 이는 게 보였다. 그제야 스시리아너는 지휘관이 뮤트의 손을 안 뿌리친 게 아니라 못 뿌리친 것이라는 사실을 깨달았다.

'와우, 생각보단 대단한데……'

이쯤 되자 스시리아너는 재미있다는 생각마저 들었다. 뮤트가 허리에 검을 차고 있는 데다가 검술과 마법을 철저히 가르치기로 유명한 엘하우드 가문 출신이니, 그녀가 검사라는 사실은 어렴풋이 눈치채고 있었다. 하지만 솔직히 이 정도일 줄은 예상하지 못했었다.

"저…… 누군지 모르는데, 가르쳐 주시겠습니까?"

뮤트는 여전히 팔목을 붙잡은 손을 놓지 않은 채 정중한 어투의 질문을 던졌다. 이쯤 되자 그에게도 오기가 생기는 모양이었다. 갑자기 숨을 깊게 들이마시더니 소리를 치며 뮤트에게 잡힌 손목을 교묘한 방향으로 비틀었다.

"나는 다켄 백작님의 제4부 대장이자, 아들인 에카테인 다켄이다!"

그는 뮤트가 자신의 팔목을 꽉 잡고 있는 것을 이용해 그대로 뮤트의 팔을 비틀어 버릴 생각이었던 모양이다. 당당히 소리치며 기세 좋게 시도한 것까진 꽤 좋았다. 하지만 뮤트는 팔이 비틀리기 전에 재빨리 손을 놓아버렸다. 덕분에 자신을 '에카테인 다켄'이라 소개한 그는 혼자 팔을 비틀다가 비틀거리며 넘어질 뻔했다. 결국 상당히 인상적인 방법으로 자신을 소개한 셈이 되어버렸다.

사방에서 킥킥대는 소리가 들려왔다. 자신들의 지휘관이 작은 여자 하나를 당해내지 못하고 비틀거리자 병사들마저 킥킥거리며 눈앞에 펼쳐진 상황을 구경하고 있었다.

"으으……."

자기 편에게까지 놀림거리가 되자 에카테인의 이마에서 힘줄이 불끈 솟았다. 어지간히도 화가 난 모양이다. 그런 기색을 눈치챈 병사들은 얼른 웃음을 멈추었으나, 그의 화는 이미 머리 끝까지 올라온 뒤였다.

"뭐 하는 거냐! 어서 이 무뢰한들을 전부 붙잡아라!"

신경질적인 명령이었다. 하지만 그 한마디에 병사들의 표정은 금방 완전히 바뀌어 버렸다. 언제 그렇게 킥킥대며 웃었냐는 듯이 모두들 진지한 무표정이 되어 검을 뽑았다. 날카로운 금속음이 연이어 나자 예민한 환자들은 귀를 막았다.

뒤쪽에 있던 미르도 앞으로 걸어나왔다. 환자를 간호하던 이들 중에 건장한 청년들도 쭈뼛거리며 뮤트의 뒤에 와 섰다.

팽팽한 긴장감이 주변의 공기를 무겁게 했다. 뒤쪽에 있는 이들은 불안한 표정으로 앞에 있는 사람들을 쳐다보았고, 얼떨결에 앞으로 나선 청년들은 침을 꿀꺽 삼켰다. 병사들은 자신들의 지휘관을 비틀거리게 만든 뮤트가 눈앞에 있어 섣불리 덤비지 못하는 모양이었다. 덕분에 도무지 끝이 날 것 같지 않은 긴장감이 한없이 시간을 잡아먹기 시작했다.

"이야아압!"

더 이상 긴장감을 견딜 수 없게 되었는지, 갑자기 에카테인이 검을 뽑아 들고 앞으로 달려들었다. 생각보다 잽싸고 날렵한 동작이었다. 그와 함께 가만히 있던 병사들도 일제히 달려 들어왔다.

에카테인은 예상대로 제일 먼저 뮤트에게로 달려들었다. 그는 덩치도 그리 크지 않은데 상당히 거대한 검을 사용하고 있었다. 날이 넓고 묵직한 검. 그는 몸을 옆으로 조금 회전시키며 그 반동으로 검을 휘둘러왔다. 거대한 검이 휘잉, 하는 무서운 소리를 내며 뮤트에게로 날아 들어갔다.

챙!

대기를 찢는 듯한 날카로운 금속음이 크게 울려퍼졌다. 재빨리 검을 뽑은 뮤트가 검으로 공격을 막아냈던 것이었다. 하지만 그녀로서도 예측 못 했던 힘이었는지, 그녀는 검이 날아 들어온 힘을 완전히 상쇄시키지 못하고 뒤로 조금 주춤했다.

우우우웅…….

상당한 속도와 힘으로 충돌한 두 검은 작게 떨리며 으스스한 공명음을 내었다. 에카테인은 손목이 저려옴을 느꼈다. 있는 힘껏 검을 휘둘렀던 건 사실이었지만, 그걸 막아내리라고는 전혀 예상하지 못했던 것이었다.

'뭐 저런 괴물 같은 여자가 다 있어!'

팔이 저린 느낌은 아무래도 금방 가라앉을 것 같지 않았다. 이

24

래서는 두 손으로 들어야 하는 거대한 검은 더 이상 휘두를 수가 없었다. 그는 미련없이 검을 버리고는 허리에 찼던 또 다른 검을 뽑았다. 그리고 그 순간 가벼운 동작으로 뛰어올라 공격해 오는 뮤트의 모습이 시야에 잡혔다.

'걸렸다!'

그는 회심의 미소를 지으며 검을 올려칠 자세를 갖췄다. 저렇게 뛰어올라 공격해서는 밑에서 올려치는 공격을 피할 수가 없었다. 공중에서는 몸의 방향을 쉽게 바꿀 수 없기 때문이다.

그러나 뮤트의 검은 그를 향해 날아오는 것이 아니었다. 공중에 떠오른 뮤트는 갑자기 들고 있던 검을 바닥에 꽂았다. 그리고는 검을 붙잡은 손으로 몸을 지탱한 채 몸을 회전시켜 에카테인의 면상을 발로 차버렸다.

"우욱!"

완전히 예측 불허의 동작이었던 데다 굉장히 빨라서 그는 그대로 뮤트의 발에 채이고 말았다. 코가 화끈거림을 느끼며 그는 몸의 중심을 잡기 위해 뒤로 몇 발 내디뎠다. 그러나……

"으아아악!"

불행히도 그의 뒤에 있는 건 평평한 바닥이 아닌, 아래로 내려가는 계단이었다. 발 밑이 허전함을 느끼는 동시에 그의 몸은 뒤로 떨어져 내렸다.

수적으로 굉장히 불리한 싸움이었음에도 불구하고 5분도 안 되어 모든 것은 정리되고 말았다. 스시리아녀는 고소하다는 표정으로 계단 아래쪽을 내려다보았다. 그리고 킥킥대며 말했다.

"바보들, 나 같아도 계단을 등지고 싸우진 않겠다."

계단에 늘어서 있던 병사들은 앞의 몇 명밖에 싸움에 가담할 수가 없었고, 뒤로 조금 밀린 순간 우르르 뒤로 떨어져 버렸던 것이다. 그나마 에카테인이 조금 오래 버티긴 했지만, 그도 결국은 5분을 다 채우지 못한 채 뒤로 떨어졌다.

"아프겠다⋯⋯."

뮤트가 아래를 내려다보며 걱정스런 목소리로 중얼거렸다. 우르르 떨어져 내린 병사들은 꽤 충격이 컸는지, 아직도 일어나지 못한 채 꿈틀대고 있었다.

"괜찮아, 원래 그런 건 걱정 안 해도 되는 거야. 자신을 곤경에 빠뜨린 사람까지 걱정했다간 세상 살기 팍팍해진다고."

"곤경에 빠뜨린 것까진 아니었잖아."

뮤트는 여차하면 내려가보겠다고 할 것만 같은 표정이었다. 아무래도 그냥 말려서는 안 될 것 같자 스시리아너는 얼른 화제를 바꾸었다.

"그런데 뮤, 넌 검을 진짜 오래 썼나 봐? 거무스름한 게 보통 검과는 달라 보이는데?"

미르도 여러 번 당한 바 있는 교묘한 화술이었다. 이대로 대화가 흘러가게 되면 자신이 무슨 생각을 했는지 금방 잊어버리게 되는 것이었다. 인간은, 아니, 꼭 인간만이 아니라도 지성을 가진 생명체는 망각의 동물이니까. 지나치게 잘 잊는 탓에 가까운 사람이 죽어도 언젠가는 잊고 마는 정도다. 그러니 생활하면서 잠깐잠깐 스치는 작은 생각은 화제가 바뀌면 잊어버릴 수밖에 없다.

그러나 이번에는 상황이 이상하게 돌아가 버렸다.

"꺄아악⋯⋯!"

저편에서 날카로운 여자의 비명 소리가 들려왔다. 울음이 섞여 있는 악에 받친 목소리였다. 어지간히도 위기에 몰린 모양이었다.

그 소리를 듣자마자 뮤트는 그대로 단숨에 계단을 뛰어내려가
버렸다. 말릴 틈도 없었을 만큼 빠른 행동이었다. 앗, 하는 사이에
그녀는 벌써 저 아래 골목길을 달려가고 있었다.

"그럼 미르, 뒤를 부탁해!"

스시리아너는 미르를 돌아보며 싱긋 웃더니 그대로 뮤트를 따
라 달려나갔다. 미르는 이제 아예 말릴 생각도 않고 그녀의 말에
답했다.

"예에, 무사히나 돌아와요."

8

"아……."

비명 소리에 이끌려 비 내리는 바깥으로 뛰어나온 뮤트는 눈앞에 펼쳐진 상황에 놀라 발을 멈추었다. 비바람 소리가 상당히 큰데도 불구하고 사방은 이미 소란스러워져 있었다. 사병들의 거친 목소리와 물건 부서지는 소리가 사방에 가득하다. 얼마나 많은 사병들이 이곳에 왔는지, 시선을 돌리는 곳마다 검과 갑옷으로 무장한 이들이 돌아다녔다. 뮤트는 이 상황을 도무지 어떻게 해야 할지 감이 잡히지 않았다. 저렇게 많은 사병들이라니, 대체 무슨 일이 벌어지고 있는 건지 짐작도 가지 않았다.

'대체 무엇 때문에……?'

사병들은 골목마다 퍼져서 이집 저집을 기웃거리고 있었다. 그들의 동작은 분명 무언가를 찾는 사람의 행동이었다. 무엇을 찾는건지는 모르겠지만, 단지 이 부근을 수색하는 것뿐이라면 뮤트로서도 간섭할 이유는 없었다. 하지만······.

"제발, 제발 그만두세요!"

젊은 여성의 울음 섞인 목소리가 저편에서 들려왔다. 수색하는 것까진 좋지만 사병들은 수색을 겸해서 멋대로 행패를 부리고 있었던 것이다. 뮤트는 목소리가 들린 곳으로 달려갔다. 그녀가 그쪽으로 달려가는 동안에도 사방에서 물건 깨지는 소리가 났다.

목소리가 들려온 곳은 한쪽 골목에 위치한 작은 집 안이었다. 이 부근 집들이 다 그렇듯이 좁은 공간을 최대한으로 이용하려고 애쓴 듯한 모양을 하고 있었다.

퍽!

뮤트가 그 집 앞에 도착한 순간, 중년의 남자가 뒤로 나가떨어지는 장면이 제일 먼저 눈에 들어왔다. 퍽! 하는 소리가 났을 정도였으니 상당히 세게 맞았던 모양이다. 그는 나가떨어지면서 식탁에 등을 세게 부딪혔다. 덕분에 식탁이 크게 흔들리고 식탁 위에 놓여진 꽃병이 넘어 데구르르 구르다 바닥에 떨어져 박살이 났다.

와장창!

"어때, 이래도 말대답하겠어?"

그를 그렇게 나가떨어지도록 한 것은 집 앞에 서 있는 거친 인상의 사병이었다. 아무래도 저 사병이 주먹을 휘둘러 중년의 남자를 힘껏 친 모양이었다. 아직도 꽉 쥐고 있는 주먹을 위협하듯 흔들고 있었다.

"제발, 그만 해주세요, 제발!"

그 집 안 한구석에는 나가떨어진 남자의 아내로 보이는 여성이 바닥에 주저앉은 채 필사적으로 소리치고 있었다. 그녀의 얼굴은 이미 눈물로 범벅이 되어 완전히 엉망이 되어 있었다. 아무래도 다리가 풀려 일어날 수도 없는 모양이었다.

그들의 그런 모습을 보던 문 앞에 서 있는 사병이 킬킬 웃으며 집 안에 발을 들여놓으려 했다. 그 순간 뮤트가 나지막한 목소리로 그를 불렀다.

"그만두세요."

"넌 또 뭐냐!"

사병은 뮤트의 말이 끝나자마자 거칠게 소리치며 뒤를 획 돌아보았다. 뮤트의 말은 나지막하고 정중했지만, 그런 말이 통할 만한 상대가 아니었다. 어떻게 해야 좋을까…… 뮤트는 숨을 깊게 들이쉬며 다시 말을 꺼냈다.

"무엇 때문에 이렇게까지 하는 겁니까?"

"흥, 네가 상관할 바가 아냐!"

그는 다시 몸을 돌려 집 안에 들어가려 했다. 뮤트는 그런 그의 어깨를 붙잡아 힘으로 뒤로 끌어내었다.

"우아아아……."

그는 뒤로 끌려가지 않으려고 버둥거렸으나 역부족이었다. 결국 그는 대여섯 걸음 정도 끌려오고 말았다.

"이, 이게 건방지게!"

뮤트가 자신을 잡아끌어 버리자 상당히 화가 난 모양이었다. 그는 거칠게 소리치며 몸을 빙 돌려 주먹을 날렸다.

꽤나 거칠고 힘이 들어간 주먹이었지만 속도가 너무 느렸다. 뮤트는 간단히 몸을 숙여 그 주먹을 피했다. 그러자 그의 화는 절정에 달했다.

"으아아아! 잡히면 가만 안 둬!"

　그는 이제 완전히 흥분해 버린 모양이다. 얼굴이 벌겋게 물든 채 주먹을 사방으로 내질렀다. 하지만 언제나 그렇듯이 흥분해 버린 이는 이성적인 계산을 잘 하지 못하는 법이다. 그의 주먹질의 대부분은 아예 엉뚱한 방향으로 향해 있어서 뮤트는 별로 피할 게 없었다.

　'하지만…… 어쩌지…… 이래서는 끝이 없겠는데……'

　처음부터 어느 정도 예상은 하고 있었지만, 이건 도무지 말이 통할 상대가 아니었다. 뮤트가 아무리 정중히 말해도 그는 점점 더 흥분할 뿐이었다. 단 한 사람을 상대해도 이러니, 골목마다 퍼져 있는 사병들의 행패를 막기란 거의 불가능할 것이다. 게다가 어찌어찌해서 저 사병을 제압해 둔다 해도 보복이 없을 리 없었다.

　그 순간 뮤트의 머리 속에 전에 들었던 한마디가 떠올랐다.

　세상에 필요한 게 악마라면 내가 기꺼이 그 역을 맡겠어.

　'하지만……'

　뮤트는 고개를 세차게 흔들었다. 인정할 수 없는 말이었다. 절대로……

　"으아악……!"

　그러나 뮤트는 어느새 눈앞에 있는 사병의 팔을 꺾고 있었다. 그는 팔의 고통에 온 인상을 다 쓰며 뮤트를 노려보았다. 그러나 그 노려보는 눈빛은 몇 초 지나지 않아 사정하는 눈빛으로 바뀌었다. 뮤트는 그런 그를 보며 무표정한 얼굴로 말을 내뱉었다.

　"이 정도도 못 버티면서 그렇게 행패를 부렸나요?"

　"으…… 으아…… 제, 제발……"

그의 얼굴은 시간이 지날수록 하얗게 질려가고 있었다. 꺾인 팔이 꽤나 고통스러운 모양이었다.

"다음에도 이런 짓 하는 게 눈에 띈다면 가만두지 않겠어요."

"아, 예, 예! 그, 그러겠습니다……."

사병의 눈빛이 비굴해질 정도까지 변하자 뮤트는 그의 팔을 놓아주었다. 간신히 뮤트에게서 벗어난 사병은 겁에 질린 모습으로 헐레벌떡 도망쳤다. 저 정도로 겁을 먹었다면 앞으로 어느 정도는 보복은 꿈도 못 꿀 거라는 생각이 들었다. 인간은 무서운 힘 앞에서 가장 말을 잘 듣는 존재이니까.

집 안에 있는, 사병에게 당하던 사람들이 뮤트에게 무어라고 말을 하려고 하는 것 같았다. 하지만 뮤트는 도망치듯 달려 그곳을 벗어나 버렸다. 감사의 말이든 원망의 말이든 듣고 싶지 않았던 탓이었다.

"이봐, 뮤."

갑자기 누군가의 손이 뮤트의 팔을 붙잡았다. 뮤트는 깜짝 놀라 뒤를 휙 돌아보았다.

"왜 그리도 빨리 달려? 못 따라잡을 뻔했잖아."

스시리아녀였다. 뮤트를 따라 달려왔는지 숨을 몰아쉬고 있었다. 비에 젖은 긴 머리가 아름다운 붉은빛으로 보이는 모습이었다.

"아, 미안……."

뮤트는 무엇 때문인지도 모르는 사과를 했다. 에이린이었다면 네가 왜 사과를 하냐고 따져들기 시작했을 테지만, 스시리아녀는 그런 뮤트에게는 별로 신경 쓰지 않은 채 장난스런 미소를 지었다.

"그런데 뮤, 아까 대단하던데? 그렇게 놀라서 도망가는 꼴이라니……. 후훗!"

"보, 보고 있었어?"

뮤트의 얼굴이 보여서는 안 될 것을 들킨 사람처럼 당혹감에 물들었다. 하지만 스시리아너는 그러한 뮤트의 표정 변화를 눈치 채지 못한 듯했다.

"그런 놈들은 혼 좀 나야 해."

너무도 당연해서 반박할 생각조차 떠오르지 않는 투의 말. 뮤트 는 한참을 머뭇거리다 작은 목소리의 말을 꺼냈다.

"……그렇게 생각해?"

에이린이 들었다면 확실히 말하지 못하냐고 호통을 쳤을 것 같 은 우물거리는 투의 말이었다. 하지만 뮤트에겐 이 이상 분명히 말할 자신이 없었다.

"물론이지. 그럼 다음 목표로 갈까?"

"자, 잠깐, 스시리아너."

스시리아너가 당장이라도 달려나가려고 하자, 뮤트는 당황해서 스시리아너의 팔을 붙잡았다.

"……이래도 되는 걸까?"

"뭐가?"

스시리아너는 그제야 뮤트가 심상치 않다는 걸 눈치챘는지 의 아한 눈으로 뮤트를 쳐다보았다. 언젠가 보았던 것 같은 맑은 초 록색 눈동자였다. 순간 뮤트는 흠칫했다.

모두를 이해하도록 해야지…… 다들 자신의 생각을 가지고 살아가는 거야…….

언제 들었는지도 모르는 말이 머리 속을 빙빙 돌았다. 누구에게 들었는지, 왜 이런 때 생각이 나는지도 알 수 없는 말이.

"어째서 이렇게 거칠게 말하지 않으면 들어주지 않는 걸까?"

"뭐야, 그건. 설마 그 사병에게 너무한 게 아닌가 하는 생각이 든 거야?"

뮤트는 말없이 고개를 끄덕였다.

"정말 별걱정 다하네. 그런 건 걱정할 게 아냐. 저런 녀석들은 한번쯤 따끔하게 혼나봐야 조금이나마 정신차려. 자신이 정말 잘못하고 있다는 걸 모르고 있으니까. 한 수 가르쳐 준 거라고 생각해."

스시리아녀는 뮤트를 잡아끌어 걷기 시작했다.

"하지만…… 모를 리가 없잖아. 그런 걸……."

뮤트는 여전히 자신없는 목소리로 중얼거렸다.

"글쎄, 우리 입장에서 보면 뚜렷히 보이지만 본인 입장에선 그렇지도 않아. 난 행패를 부린다, 난 나쁜 놈이다, 하고 생각하면서 저럴 것 같아? 천만에! 설사 그렇게 생각하는 척하더라도 진심은 달라. 제3자의 입장에서 보면 잘잘못이 뚜렷하지만, 그 주체가 자신이 되면 어떤 핑계를 대서라도 합리화시키기 마련이야. 자신이 저지르는 행동이 정말 잘못된, 혹은 빗나간 행동이라고 생각하고 그 일을 하는 사람은 없어. 소설 같은 걸 읽을 때도 그렇잖아? 모두들 악당의 행동에 분개하고 기분 나빠하지. 그대로라면 세상엔 그런 악당 같은 사람이 없어야 하는데, 세상엔 분명히 존재한단 말야. 그건 제3자인 독자의 입장에서 볼 때와 스스로 행동할 때가 다르기 때문이야. 살다 보면 정말 잘못을 못 깨닫는다고. 그러니까 혼을 내줘야지. 사람들을 괴롭힌 데 대한 벌까지 겸해서……."

어느새 스시리아너는 상당히 긴 말을 한번에 쏟아붓고 있었다.

"벌이라니, 너무 거창하잖아. 그런 건……."

"그렇지도 않아. 내가 요즘 계속 느낀 건데 말야……."

스시리아너는 저편의 요란스러운 소리가 난 곳으로 뛰기 시작했다. 뮤트도 얼떨결에 따라 뛰었다.

"세상에 천벌이란 없어. 저런 자들을 그대로 두어봤자 아무리 세월이 지나도 저들은 행동의 대가를 치르지 않아."

"자아, 그럼 이번엔 어디에 처박아줄까?"

스시리아너는 차가운 미소를 지은 채 하얗게 질린 사내를 쳐다보았다. 사내는 스시리아너와 눈이 마주치자마자 덜덜 떨며 눈을 내리깔았다. 처음에는 그토록 당당하더니, 이젠 어지간히도 겁을 먹은 모양이었다. 무슨 말을 해도 다 순순히 들어줄 것만 같은 태도였다. 당연한 결과였다. 힘으로 주민들을 깔보았던 그들은 더 큰 힘 앞에서는 겁을 먹고 복종할 수밖에 없는 것이다. 자신보다 약한 자 앞에서는 그리도 당당하더니, 저렇게 비굴한 눈빛이라니. 그래, 그게 너희들의 가치관이지. 스시리아너는 새삼스레 그런 그들에게 혐오감을 느꼈다.

그 사내는 스시리아너에게 수작을 걸던 사병이었다. 상대를 골라도 한참 잘못 고른 셈이다. 덕분에 그는 그 유치한 몇 마디의 대가로 엄청난 고생을 치르고 있는 중이었다.

이미 그의 얼굴은 백지장처럼 하얗게 질려 있었고, 투명한 비옷 아래의 옷은 흠뻑 젖어 있었다. 어지간히도 스시리아너에게 시달린 탓에 비가 억수같이 쏟아지는 날씨에도 불구하고 그는 땀을 뻘뻘 흘리며 숨을 몰아쉬고 있었다.

"커…… 컥…… 다, 다시는 안……."

물 속에 수차례 머리를 처박은 탓에 숨쉬는 것조차 괴로운 모양이었다. 그는 거의 말도 제대로 하지 못했다. 조금 심했다는 생각이 들 정도의 상태였다. 하지만 스시리아너는 순순히 그를 풀어줄 생각이 없었다. 이대로 끝낸다면 그가 지금껏 해왔을 일에 비해 너무나도 가벼우니까. 근처에 있던 스시리아너에게 아무렇지도 않게 수작을 걸어왔던 것처럼 이 사내는 항상 그래왔을 것이다. 수많은 아가씨들을 공포에 질리게 하면서 오히려 즐기는 기분으로 그네들을 바라보았겠지. 그런 행위들의 대가로 이 정도 고통을 주는 것이라면 아직은 너무 가벼웠다.

"이제 그만 해. 이곳에만 있을 수는 없잖아."

보다못한 뮤트가 스시리아너를 말렸다. 그녀는 어쩐지 겁먹은 어린아이 같은 표정을 하고 있었다.

"그럴까……."

"그럴까가 아니야!"

"알았어, 그럼."

하지만 내가 벌을 내려봤자 무엇이 바뀐단 말인가. 사실상 이런 행동들은 단순한 화풀이일 뿐이다. 저들은 지금 당장은 절대 행패를 부리지 않을 것처럼 말하지만 실제로는 그럴 리 없다. 몇 주만 지나면 또 아무렇지도 않게 행패를 부릴 게 뻔하다. 저들은 그것이 잘못이라는 것조차 인정하지 않으려는 머저리들이니까. 자신의 단순한 즐거움과 주민들의 괴로움 중에 자신의 즐거움을 선택한 이들이다. 그러한 선택은 어지간한 전환점이 없는 한 바뀌어질 리가 없다. 스시리아너는 사내를 아무렇게나 던져 둔 채 걷기 시작했다. 또 다음 목표를 찾아가는 것이다. 그런 스시리아너를 뮤트가 첨벙거리는 걸음으로 뒤따라 잡았다.

"지금 뭐 하고 있는 거야, 대체⋯⋯."

뮤트의 목소리에는 약간의 불안감이 담겨 있었다. 미친 듯이 불어오던 바람은 어느새 많이 가라앉아 걷는 데 지장을 느끼진 않았다. 하지만 한없이 쏟아붓는 빗줄기는 여전해서 발 밑은 흥건한 물바다였다. 물 속에 질질 끌리는 게 귀찮아서 스시리아녀는 긴 바짓단을 무릎 아래까지 걷어올렸다. 하지만 이미 흠뻑 젖어버린 옷자락이 몸에 딱 달라붙은 탓에 별 도움이 되질 않았다.

이렇게도 비가 많이 오다니⋯⋯. 아무래도 올해 페리어드의 농사엔 상당한 지장이 생길 것 같았다. 미르의 말대로 이렇게 비가 오는 것은 150년 만이었다. 마족과의 전투로 대지 계열 정령들이 몰살을 당한 이후 이번이 처음인 셈이었다. 그 해의 작물들은 처참하리만치 부실했다고 한다. 아무래도 올해 역시 그런 일이 반복될 것만 같았다.

그리고 또 심하게 오른 농작물 가격을 이용해 누군가가 폭리를 취하겠지.

"23명째. 이 정도면 꽤 많이 치웠지?"

스시리아녀는 장난스레 웃으며 뮤트를 돌아보았다. 실제로는 기분이 몹시 불쾌했지만, 이럴 때 그런 감정을 내세워봤자 나아지는 건 하나도 없었다. 차라리 그저 즐기는 것처럼 가볍게 구는 게 제일 편했다. 이러다 보면 정말로 즐기는 태도가 되기도 하니까.

그런 스시리아녀의 생각을 아는지 모르는지, 뮤트는 한숨을 쉬며 대답해 왔다.

"하지만 이래서는 끝이 없어. 뒤탈이 없을 거란 보장도 없고⋯⋯."

"뒤탈이야, 뭐. 당분간은 없을 거야. 충분히 협박을 해두었으니까. 그런데 이렇게 흩어진 사람들을 단번에 해치울 수 있는 방법이라도 있어?"

"글쎄, 저들의 지휘관을 우선 찾아볼까……."

뮤트는 잠시 생각해 보다 대답했다. 완전히 계획을 짜서 말한 게 아니라 그냥 생각나는 대로 꺼낸 말이었다. 그러나 그런 뮤트의 말이 끝나기도 전에 스시리아너는 손에 들고 있던 긴 덩쿨의 한쪽 끝을 던지며 큰 소리로 외쳤다.

"거기 너! 너희 지휘관이 누구냐?"

스시리아너가 던진 덩쿨 끝은 저편에서 나무 문을 발로 거칠게 걷어차고 있는 사병의 한쪽 팔에 휘감겼다. 마력을 써서 만들어낸 덩쿨이었다. 일단 저렇게 한번 휘감기면 스시리아너가 풀어주기 전엔 쉽게 풀리지 않았다.

뮤트가 별수없다는 표정으로 상황을 방관하고 있는 동안, 덩쿨에 감긴 사내는 반항하다가 벽에 두 번 머리를 부딪히고, 물에 세 번 처박힌 끝에 벌벌 떨기 시작했다.

"저, 저, 저, 에……."

"자아, 다음엔 벽이다!"

스시리아너는 생긋 웃으며 그 사내를 쳐다보았다. 그러자 그 사내는 스시리아너와 눈이 마주치자마자 단숨에 대답을 쏟아내었다.

"에, 에카테인 다켄님입니다!"

어디서 들어본 적이 있는 이름이었다. 덕분에 스시리아너는 '그는 어디 있지?' 라는 질문을 던지지 않아도 되었다.

"그래, 고마워. 그리고…… 다음에 이런 곳에서 그렇게 거칠게 구는 게 발견되면 벽만 다섯 번이다."

"예! 예…….."

어쩐지 유치한 협박이긴 했지만 사내는 필사적으로 고개를 끄덕였다. 그렇지, 너희들은 힘 앞에선 굴복할 수밖에 없으니까. 항상 그런 식으로 지나치게 당당하고, 지나치게 비굴하니까. 그것이 너희들의 인생관일까? 나는 그런 것들이 치사하게밖에 보이지 않아. 최고의 행세와 최고의 안전 도모. 그것이 과연 제대로 된 것일까? 하지만 이런 생각들과는 달리 스시리아너는 만족한 표정을 지으며 뮤트에게로 돌아섰다. 나도 이렇게 이들을 괴롭히며 만족할 수밖에 없으니까. 이렇게 아무것도 해결하지 못하고 유치하게 만족하는 게 나에게도 최선이니까.

"자, 그럼 가볼까?"

"어, 어쩐지 행패를 부리는 쪽은 우리 쪽이 아닐까, 하는 생각이 들어……."

뮤트는 여전히 불안한 말투였다. 이 아이는 어째서 이렇게 세심한 것까지 신경 쓰고 있는 건지 모르겠다. 그냥 나쁜 놈들을 혼내준다고 간단히 생각하면 편할 텐데. 도무지 그렇게 넘어갈 생각이 없어 보인다.

스시리아너는 그런 소심한 태도를 이해할 수가 없었다. 하지만…… 어째서 이렇게 뮤트의 말들이 신경 쓰이는 건지 알 수가 없었다. 대체 무엇 때문인지…….

생각이 복잡해지기 시작하자 스시리아너는 그런 생각들을 억지로 접어둔 채 가볍게 그녀의 말에 답했다.

"그래도 그냥 얌전히 있는 사병은 안 건드렸잖아?"

"얌전히 있던 사병이 있기나 했어?!"

"뭐, 말이 그렇다는 얘기지. 아무튼 있었다면 안 건드렸을 거야."

휘청거리며 자신을 소개했던, 그 에카테인 다켄이란 지휘관은
환자들이 있는 건물 1층에 얌전히 묶여 있었다. 미르가 붕대용 천
으로 건물 안에 들어온 사병들을 전부 단단히 묶어두었던 것이다.

지휘관인 에카테인은 미르의 배려에 따라 특별히 더 단단한 매
듭으로 묶여 있었다. 웬만한 장사라도 끊을 수 없을 만큼 촘촘한
솜씨였다. 그는 언제라도 이런 상황은 빠져 나갈 수 있다는 듯이
눈을 부릅뜨고 있었지만, 어지간히도 단단히 묶인 탓에 꿈쩍도 못
하고 있었다. 그 덕분에 스시리아너는 그의 코앞에 앉아서 맘 편
히 협박조의 말을 늘어놓을 수 있었다.

"에카테인 다켄이랬지?"

침묵.

"당신이 저 밖에 있는 사병들을 끌고 온 거지?"

"……."

"무언가를 찾고 있던 것 같은데, 그게 뭐지?"

정적.

"대답 안 할 거야?"

아무 말이 없다.

"정말 이럴래?"

스시리아너는 이제 그만 고집 피우고 대답하라는 눈빛으로 에
카테인을 쳐다보았으나 화난 표정을 짓지는 않았다. 아무래도 지
휘관인만큼 어느 정도는 버틸 거라고 미리 예상하고 있었던 것이
다. 아무리 계단을 등지고 싸울 만큼의 바보라도 최소한의 자존심
은 있을 테니까. 그가 실제로 어떤 사람인지는 모르지만, 지휘관이
라는 직책이 만들어주는 최소한의 자존심은 가지고 있지 않을 리

없었다.

하지만 언제나 그렇듯이 공포는 자존심을 이기는 법이다.

"좋아, 대답하고 싶지 않다면 대답하지 않아도 돼."

스시리아너는 생긋 웃었다. 호감이 가는 미소였다. 그러나 바로 그 다음 순간, 그녀는 거짓말처럼 입가에 머물던 미소를 싹 지워버렸다.

"하지만 그 대가는 비싸. 이 다음 질문부터 대답하지 않으면……."

"대답하지 않으면, 어쩌겠다는 거냐?"

위협을 하려는 순간 에카테인이 갑자기 입을 열었다. 갑작스런 그의 반응에 스시리아너는 어깨를 으쓱했다.

"뭐, 정확히 생각해 두진 않았지만, 당신이 묶여 있는 한은 위협할 수 있는 게 많아. 팔을 하나 잘라버린다든가…… 뭐 그런 거. 어차피 머리만 남아 있으면 말은 할 수 있을 테니까."

태연하면서도 섬뜩한 내용의 말이었다. 하지만 에카테인은 별다른 감흥을 느끼지 못하는 표정이었다.

"멋대로 해. 붙잡힌 이상 멀쩡히 돌아갈 거라 생각진 않으니까."

"정말? 정말 그렇게 생각해? 그럼 다행이네. 좀 잔인하게 굴어도 원한 살 일은 없을 테니까."

"그런다고 원한을 안 품을 것 같나?"

"쳇, 뭐야. 각오하고 있는 사람은 원한도 안 품는 게 정정당당한 거 아냐?"

"그런 게 어디 있어요?"

이상한 방향으로 흘러가는 스시리아너의 말에 미르가 이의를 제기했다. 스시리아너는 타이밍이 안 맞는다는 듯이 고개를 저으며 미르를 돌아보았다.

"같은 편이면 맞장구를 쳐줘야지!"

"하지만 내가 생각해도 그런 법칙은 없는 것 같은데……."

"너까지 이럴 거야, 뮤트!"

희한하게 진행되어 가는 대화에 미르가 한숨을 내쉬었다.

"이런 식으로 하면 아무도 겁 안 먹겠어요. 간단한 걸로 하죠?"

"간단한 거?"

스시리아너가 의아한 표정으로 미르를 쳐다보자 미르는 손가락으로 딱! 소리를 냈다.

"이런 거 말이에요."

스스스스…….

순간 기분 나쁜 소리가 나더니 바닥에 하얀 냉기가 모여들기 시작했다. 하얗고 축축하게 깔리기 시작한 그 냉기는 무서운 속도로 퍼져 나가더니, 이내 에카테인의 몸을 감싸들었다.

"으……."

에카테인은 신음 같은 비명을 흘렸다. 하얀 냉기가 잠시 동안 싸고 있던 그의 몸은 금세 발끝에서부터 하얗게 얼어가기 시작했다. 지금까지 비교적 의연하던 그의 얼굴이 공포로 물들어가기 시작했다.

딱!

하얀 얼음이 그의 발목까지 올라갔을 때쯤, 미르가 손가락으로 소리를 내었다. 순간 냉기가 에카테인에게서 물러났다.

그리고 미르는 차분한 어투의 질문을 던졌다.

"무엇 때문에 이런 일을 하고 있는 거지요?"

에카테인은 약간의 두려움이 섞인 눈으로 미르를 올려다보았다.

하지만 그의 입은 굳게 닫혀 있었다.

'몸이 얼어붙어 가는 만큼 날카로운 통증이 느껴질 텐데, 이를 악물고 참는 모양이군.'

미르는 별수없이 다시 손으로 딱! 소리를 내었다.

잠시 물러났던 냉기가 다시 기분 나쁜 스스스 소리를 내며 에카테인의 몸을 감싸들기 시작했다. 에카테인은 꽉 악문 이 사이로 신음을 내뱉으며 몸을 비틀었다. 하얀 얼음이 몸 위를 뒤덮는 건, 수만 개의 바늘이 온몸을 사정없이 찔러대는 감각일 거다. 에카테인의 얼굴이 완전히 땀 범벅이 되고, 얼굴에서 핏기가 사라진 창백한 빛이 나타났을 때에야 미르는 다시 딱! 소리를 내었다.

"말하고 싶지 않나요? 시간을 많이 끌수록 안 좋아요. 얼어붙은 조직이 괴사해 버리니까. 다신 다리를 쓰지 못하게 될지도 모르죠. 나야 아무래도 상관없지만."

"그, 그……."

"다리에 감각이 없어지지 않았나요?"

"요, 용의자들을 찾고 있다!"

절대 말할 것 같지 않던 에카테인은 갑자기 소리치듯 말을 내뱉었다. 미르는 고개를 조금 숙여 그런 그를 빤히 쳐다보았다.

"용의자라고요? 이샤트 암살의 용의자 말인가요?"

에카테인은 대답하지 않았지만 요즘 용의자라고 말할 수 있는 건 그것밖에 없었다. 미르는 무언가 복잡하게 꼬여 있다는 감각을 느끼며 다른 질문을 던졌다.

"그런데 그라다 씨는 왜 끌고 가려 했죠?"

"모른다. 나는 명령에 따를 뿐이다."

"얼리는 게 맘에 안 든다면 불로 조금씩 태우는 방법도 있어요."

"뭐라 해도 모른다……."

에카테인은 분한 듯 눈살을 찌푸렸다. 미르는 알 것 같다는 듯이 중얼거렸다.

"별로 신임받지 못하는 아들인가 보군요."

순간 에카테인이 발끈해서 소리쳤다.

"쓸데없는 소리 마라!"

"뭐, 아무래도 좋아요. 정말 모르는 것 같으니까. 아마 다켄 백작이 용의자를 찾는 이유도 모르겠지요?"

"그런 이유 따위! 당연한 거다! 그런 극악무도한 범죄를 저지른 놈들을 다켄 백작가에서 찾아낸다는 건……."

"모른다면 간단히 모른다고 해요. 화 안 날게요."

"내 말을 무시하는 거냐!"

"당연하죠."

"이…… 머리에 피도 안 마른 자식이……!"

"푸홋!"

순간 스시리아너가 웃음을 터뜨렸다. 20대로 보이는 에카테인이 300년을 넘게 살아온 미르에게 이런 말을 한다는 것이 우스웠던 탓이었다. 미르는 곤란하다는 듯이 스시리아너를 돌아보았지만, 그녀는 도저히 웃음을 참지 못하는 듯했다. 미르는 그런 그녀를 잠시 돌아보다가 별수없다는 표정을 지으며 손으로 딱! 소리를 내었다.

다시 스스스 하는 소리가 나더니 몇 초 지나지 않아 근처에 어슬렁거리던 냉기가 전부 물러났다. 그리고 에카테인의 다리를 뒤덮고 있던 하얀 얼음까지 거짓말처럼 사라졌다. 에카테인은 모든 것이 너무 깨끗이 사라지자 좀 얼떨떨한 듯했다. 조금 전까지만 해도 감각조차 없던 다리가 아무 무리 없이 움직여지자 꽤나 혼란스러운 모양이었다.

그리고 그건 스시리아너도 마찬가지였다.

"어라? 미르, 어떻게 한 거야? 얼어붙은 부분까지 깨끗해졌네?"

스시리아너의 질문에 미르는 얕은 한숨을 내쉬었다.

"환각이었어요. 스시리아너님도 진짜인 줄 알았던 건가요?"

순간 스시리아너와 에카테인 두 사람이 동시에 얼빠진 표정을 지었다.

"뭐? 그게 환각이었다고?!"

"소리치지 말아요. 귀 아파요."

"네가 놀래켰으니까 소리치는 거지! 아무튼 물 계열 마법에는 환각에 관련된 게 없잖아? 그런데 어떻게……?"

"없는 건 아니에요. 다만 물 계열의 마법사가 사용하기엔 지나치게 어려워서 마법 체계 속에 들어가지 못한 것일 뿐이죠."

"어려워? 넌 간단히 사용했잖아?"

"마법이란 아무리 어려운 거라도 처음 사용할 때만 그렇지, 익숙해지면 간단하다는 걸 알잖아요?"

"그런가?"

"그런가가 아니에요. 아무튼……."

미르는 스시리아너에게서 시선을 떼어내어 에카테인에게 돌렸다.

"10분 내로 저들을 전부 끌고 철수할 수 있나요?"

의외의 질문이었다. 에카테인은 기분 나쁜 듯 미간을 좁혔다.

"내가 그렇게 해줄 것 같나?"

"아, 미리 말해 두겠는데 환각이 아닌 진짜도 할 수 있어요. 다만 저들을 끌고 철수하려면 다리가 멀쩡해야 할 것 같아서 환각을 쓴 건데…… 이번엔 팔을 해볼까요? 환각이 아닌 진짜로?"

에카테인이 말없이 입술을 깨물자 미르는 옅은 미소를 머금었다. 친절한 미소이면서도 왠지 묘한 의미가 담겨 있는 미소였다.

"이대로 그냥 풀려나는 건 당신에게도 이익이 아니던가요? 당신이 모여 있는 사병을 전부 끌고 물러난다면, 여기 묶여 있는 이들도 풀어드리지요."

1층의 출입문을 활짝 열어두었다. 비가 가끔 들이치긴 했지만, 본래 안 쓰는 건물이었기 때문에 문 가까이에 있지만 않는다면 그런 건 별로 신경 쓸 게 못 되었다. 지금 그곳에서는 그 열린 문을 통해 보이는 바깥 풍경을 즐기고 있는 사람들이 잡담을 나누고 있었다.

"정말 열심이군. 어지간히도 겁먹은 모양인데?"

에카테인은 정말로 열심히 뛰어다니고 있었다. 이곳에 가만히 앉아서도 가끔씩 그가 저편으로 뛰어가는 모습이 보였다. 스시리아너는 어쩐지 그런 그의 모습을 즐기고 있는 듯했다. 가끔씩 에카테인의 모습이 보일 때마다 그녀는 킥킥 웃으며 즐거워했다. 하지만 그녀의 앞에 앉은 미르는 별로 즐겁지 않은 표정이었다.

"즐거워할 일이 아니에요."

"뭐가 아니야? 내가 즐거우면 즐거워할 일인 거지."

"……대단한 가치관이군요."

"뭐야, 그 말투는. 내가 이상한 사람이라고 말하는 것 같잖아, 그건."

"별다른 의미는 없었어요. 그런데 뮤트 누난 검을 상당히 오래 쓰셨나 봐요."

스시리아녀가 긴 말을 쏟아부을 듯한 표정을 짓자 미르는 급히
말을 돌리며 뮤트를 돌아보았다.

"이 검 말이야? 그리 오래 쓰진 않았어."

뮤트는 가벼운 동작으로 검을 빼어보며 대답했다. 수많은 전투
에 사용되었음이 분명한 거무튀튀한 검이었다. 미르는 그리 오래
쓰진 않았다는 대답이 어떤 의미인지 알아듣고 괜한 후회감을 느
꼈다. 그저 화제를 바꾸려고 한 것뿐이었는데, 오히려 더 복잡한
대화로 파고들어 버린 모양이었다.

하지만 그 뒤에 이어진 뮤트의 말은 엉뚱한 것이었다.

"며칠 전에 고물상에서 샀거든. 하도 싸길래. 음…… 좀 낡은 검
이긴 한데……."

너무도 의외의 대답에 미르는 웃고 말았다.

"그건 '좀'이 아니에요. 검은 그 정도까지 가면 사용할 수 없는
것으로 간주된다고요. 치열한 전투에서는 검의 날카로움도 승패에
큰 영향을 미치니까."

"그럼…… 바가지 쓴 거야?"

미르의 한마디에 뮤트는 금방 당황한 표정이 되었다. 저렇게 단
순하고 즉각적인 반응이라니…… 정말 딘이랑 똑같아. 똑같이 한
심하고 정이 가…….

미르는 웃음을 참느라고 쿡쿡거렸다. 무엇 때문인지 괜히 기분
이 좋아지고 있었다. 기어코 뮤트와 딘을 비슷하게 보려는 자신이
한심하긴 했지만, 그래도 기분은 나쁘지 않았다.

"그런 검들은 아주 싼 단가에 연습용으로 팔려요. 목검과 달리
진검(眞劍)으로써의 중량감도 있는 데다가 검날이 잘 들지 않아

서 연습 시합에서 운없이 다칠 위험이 적기 때문이지요. 싸게 샀다면 바가지는 아니에요. 용도를 착각했을 뿐이에요. 하지만 웬만하면 새 검을 사요. 검은 아무래도 목숨과도 관련이 있는 물건이니까 중고품을 사는 건 좋지 않아요. 희한한 장비를 하고 다니는 용병들도 중고품 검은 사지 않을 정도예요."

"그렇구나……."

뮤트는 금세 시무룩해져서 검을 집어넣었다. 그리고는 갑자기 생각난 듯이 헐레벌떡 뛰어다니는 에카테인을 가리켰다.

"그런데 저 에카테인이란 사람, 저대로 두어도 될까?"

뮤트의 질문에 스시리아너는 다시 킥킥거리며 맘 편히 답했다.

"괜찮아, 괜찮아. 인질도 있는 데다 미르도 있는데 뭘 어떻게 하겠어?"

그런 스시리아너를 미르가 '당신에게서 그런 대답을 들어도 신뢰가 가지 않아요.'라고 말하는 듯한 눈빛으로 쳐다보았다.

"에카테인이 사병들을 모은다면, 그것은 곧 '힘'이에요. 그 정도의 힘이 주어진다면 어느 정도의 상대는 무시할 수 있다고 생각할지도 모르지요."

"그래도…… 인질이 있는걸."

이번에는 뮤트가 대답했다. 스시리아너와는 달리 자신없는 대답이었지만.

"글쎄요. 모든 사람이 다 뮤트 누나처럼 생각한다면 그렇겠죠. 하지만 어떠한 목적을 위해서는 희생도 필요하다고 생각하는 사람도 꽤 많아요. 뮤트 누나는 그런 걸 잘못이라고 생각하는 것 같지만…… 그렇게 생각하는 사람들에겐 그것이 정의예요. 그것이 그들의 가치관이니까요. 제가 보기에 에카테인이란 사람도 이 정도는 무시하고 밀어붙일 것 같은데요."

그렇게 생각하는 사람들에겐 그것이 정의예요.

세상에 필요한 것이 악마라면 나는 기꺼이 그 역을 맡겠어.

아무도 그들에게 심판을 내리지 않는다면 네가 스스로 하는 것도 좋겠지.

뮤트는 갑자기 현기증을 느꼈다. 무슨 의미를 담고 있는지도 정확히 모를 말들이 머리 속에서 뒤섞여 가고 있었다. 혼란스럽다. 뭐가 뭔지 하나도 모르겠다. 이건 나와 상관없는 말들일 텐데, 왜? 왜 이렇게 신경이 쓰이는 거지?

뮤트의 생각이 깊어질 때쯤 스시리아너가 알 수 없다는 투의 질문을 던졌다.

"그런데 그를 놓아준 건 너잖아. 그런 생각을 하면서 왜 놓아준 거야?"

"저렇게 모아놓는 게 흩어져 있는 것보다 치우기 편하잖아요?"

미르의 말이 이상한 쪽으로 흐른다는 것을 느낀 스시리아너는 급히 문 밖을 쳐다보았다. 그곳엔 어느새 에카테인이 모아놓은 사병들이 바글거리고 있었다. 엄청나게 낙관적으로 생각한다면야 다 같이 퇴각하려고 모아놓은 거라 판단할 수도 있겠지만, 정상적으로 판단하기에는 별로 상황이 좋아보이지 않았다.

"저게 치우기 편해진 거라고? 그게 네 가치관이냐, 미르!"

스시리아너의 외침에 미르는 한숨을 쉬었다.

"내가 치울 테니 걱정 말아요."

바글거리는 사람들.

정말이지 수를 세고 싶지 않을 만큼 많은 수의 사람들이 허름한 2층 건물 앞에서 바글바글하니 서 있었다. 작전인 건지, 아니면 단순히 길이 좁은 탓인지, 그들은 허름한 건물을 빙 둘러싸고 서 있었다. 건물 안에 있는 사람들로서는 완전히 포위당해 있는 셈이었다. 건물이 함락되는 건 시간 문제로 보였다. 굳건한 성채도 이렇게 포위당하면 견디지 못한다던데, 이 허름한 건물 안에서는 오래 버티고 있을 리가 없었다.

"아깐 잘도 나를 속였겠다! 이젠 어림없다!"

에카테인의 목소리는 너무도 당당하게 주변을 쩌렁쩌렁하니 울렸다. 극적인 변화인 셈이었다. 하지만 미르는 여전히 태연했다.

"그렇다면 이번엔 속이지 말고 진짜로 해볼까요?"

그냥 듣기에는 간단한 말이었지만, 미르가 어떤 사람인지 생각한다면 그 한마디는 정령의 수장들까지 겁먹게 하기에 충분한 말이었다. 하지만 아무것도 모르는 에카테인은 귀찮다는 듯이 소리칠 뿐이었다.

"쓸데없는 소리는 그만두고 순순히 항복해라!"

더없이 흔한 말이었지만 왠지 대책이 서지 않는 말이기도 했다. 미르는 고개를 갸웃하며 질문을 던졌다.

"어떻게 하면 항복하는 게 되는 거죠? 이 건물을 내드릴까요?"

"그, 그건……."

혹시 했는데 에카테인도 그 점에 대해서는 생각하지 않은 모양이었다. 성채라면 성문을 여는 게 항복이 되겠지만, 이미 문은 열

려 있고, 이딴 건물은 점령해 봐야 의미가 없는 것이다. 덕분에 그
는 스시리아너의 킥킥거리는 웃음 소리를 들으며 잠시 심각한 고
민에 빠져야 했다.

"……그렇지, 그라다 메르저스와 뮤트 엘하우드를 내놔라!"

절반은 예상했던 말이고, 절반은 의외의 말이었다. 뮤트는 그의
말을 금방 이해하지 못해 미르와 스시리아너를 돌아보며 작은 목
소리로 물었다.

"어? 그라다 씨는 원래 잡으려고 했지만, 왜 나까지?"

"글쎄요. 정확한 건 잘 모르겠지만 엘하우드 백작과 다켄 백작
은 오랫동안 정적(政敵) 관계였으니, 뮤트 누나를 붙잡으면 그걸
빌미로 엘하우드 백작을 위협할 수 있지 않을까…… 하는 생각을
한 게 아닐까요?"

"오빠를? 하지만 오빠는 내가 며칠씩 집에 안 들어가도 눈 하나
꿈쩍 안 하는 사람인걸."

"그런 건 저자가 상관할 바가 아니에요."

"하지만 그건 그렇다 쳐도 난 특별히 잘못한 게 없어. 날 잡아
가는 건 명백한 범죄 행위라고."

너무도 당연히 이 상황을 생각하고 있던 미르는 그제야 뮤트의
말에 정신이 드는 것을 느꼈다.

"쿠데타군요."

"뭘 그리 소곤대는 거냐!"

"그게 무슨 소리야? 다켄 백작이?"

"지금부터 내 말을 들어라!"

"지금은 자세한 설명을 할 수 없지만…… 이 상황으로 보아……"

"날 무시하는 거냐?"

"그렇게 상황이 복잡한 거야?"

"더 이상 소곤대는 건 용납하지 않겠다!"

미르는 최대한 간단히 뮤트에게 설명해 보려고 했지만 중간중간에 끼여드는 에카테인의 목소리 때문에 대화가 완전히 엉망진창이었다. 간신히 대화가 이루어지긴 했지만, 이래서는 헷갈려서 제대로 말을 할 수가 없었다.

결국 참다못한 미르는 바깥을 휙 돌아보며 소리를 질렀다.

"조용히 좀 해요! 지금 심각하게 대화 중이잖아요!"

"아, 그, 그래."

갑작스러운 미르의 말에 에카테인은 얼떨결에 얌전히 대답했다. 그 덕분에 그의 병사들이 크게 술렁거리며 킥킥댔다. 아무리 얼떨결에 한 대답이라지만 저런 어린 소년의 말에 놀라 순순히 답하다니, 병사들로서는 웃지 않을 수가 없었다.

병사들이 술렁거리는 것을 보고 나서야 자신이 무슨 실수를 했는지 깨달은 에카테인은 당황해서 급히 소리쳤다.

"그, 그게 아니잖아! 당장……."

그러나 그는 그 말조차 끝까지 잇지 못하였다. 갑자기 하얀 냉기가 주변에 몰아쳐 오더니 발 밑에 흥건한 빗물이 얼어붙기 시작했던 것이었다.

"으아악! 발이 얼어붙는다!"

주변에 있던 병사들이 놀라서 제각각의 소리를 쳐대기 시작했다. 여러 명의 병사들이 어쩔 줄 모르고 우왕좌왕하는 게 혼란이라 불러도 좋을 만한 상황이었다.

에카테인은 그런 병사들을 한심한 듯 쳐다보더니 큰 소리로 외쳤다.

"이건 그냥 환각이다! 눈속임이란 말이다!"

하지만 공포에 잠식된 병사들이 에카테인의 말을 제대로 알아들을 리가 없었다. 모두들 '흐아악! 아악!' 등의 비명을 지르더니, 이내 썰물처럼 건물 앞에서 흩어지기 시작했다. 에카테인은 도망치는 병사들의 목덜미를 붙잡으면서까지 그들을 제자리에 있게 하려 애썼지만 아무런 소용이 없었다. 모두들 겁에 질린 모습으로 필사적으로 도망칠 뿐이었다.

몇 초 지나지 않아 에카테인의 주변은 텅 비어버렸다. 미르는 그런 그를 쳐다보며 짧은 질문을 던졌다.

"당신은 안 도망치나요?"

"누굴 두 번 속이려는 거냐! 이딴 환각은……."

에카테인은 굉장히 당황했으나 간신히 의연한 태도로 대답하는 것 같았다. 미르는 그런 그를 불쌍하다는 듯이 쳐다보았다.

"이번엔 환각 아니에요. 발이 얼어붙었군요. 꽤나 아플 텐데."

"헛소리 마라! 이렇게 멀쩡한데 무슨 소리냐!"

에카테인은 약간의 불안감을 느끼면서도 있는 힘을 다해 발을 들어올렸다. 그의 발은 하얗게 얼어붙은 바닥에 들러붙어 있었으나, 그가 강한 근력으로 잡아당기자 이내 쩌적 소리를 내며 바닥의 얼음이 갈라졌다. 발끝에 얼음이 덕지덕지 붙어 있는 모양이긴 했지만, 아무튼 그는 그런 식으로 두 발을 다 바닥에서 떼어내었다.

미르는 그런 그의 모습을 보며 한숨을 내쉬었다.

"무식한 것엔 대항할 방법이 없군요……."

탁!

에카테인은 발을 바닥에 세게 굴러 덕지덕지 붙어 있는 얼음을 털어냈다. 아무리 얼어붙은 데서 떼어냈다 해도 한번 얼어붙었던 발이라 꽤 아플 텐데도 그는 고집스레 멀쩡한 척하는 것이다. 미르의 말대로 정말 무식한 행동이었다.

그리고 그는 검을 빼 들더니 이쪽으로 달려 들어오기 시작했다. 혼자서라도 공격을 하려는 모양이었다.

그런 그에게 미르가 간단한 마법을 걸려고 한 순간, 갑자기 뮤트가 앞으로 뛰어나갔다. 건물에 들어오기 전에 그를 막아내려고 생각한 모양이었다. 굉장히 빠른 움직임이었다. 미르가 그녀를 붙잡기도 전에 그녀는 에카테인의 바로 앞까지 나아가 있었다.

"하압!"

휘이잉!

에카테인은 뮤트가 사정권 안에 들어오자마자 긴 기합성을 외치며 검을 휘둘렀다. 뮤트는 검을 뽑아 들며 가볍게 몸을 숙였다. 머리 위로 섬뜩한 검날이 스치고 지나가는 것을 생생히 느낄 수가 있었다.

'무서운 힘이다…… 전사로서는 상당한 실력이야……'

에카테인은 뮤트가 몸을 숙이자 그대로 검을 힘껏 내리쳤다. 뮤트는 위에서 떨어져 내리는 검을 몸을 돌려 피하며 그의 옆구리를 향해 길게 검을 휘둘렀다. 그는 갑작스런 뮤트의 공격에 당황한 듯 주춤했지만, 간신히 뒤로 조금 물러나 아슬아슬하게 사정거리에서 벗어나 버렸다.

뮤트는 당황하지 않고 침착하게 손목을 옆으로 꺾었다. 손목의 각도가 미묘하게 바뀌자 옆으로 휘둘러지던 검은 바로 올려치는 방향으로 바뀌었다. 뮤트는 그와 함께 잽싸게 발을 내디뎌 에카테인을 다시 사정권 안에 넣었다. 이 각도라면 쉽게 피할 수 없을 터였다.

그러나 에카테인은 아예 피할 생각을 하지 않았다. 아니, 순간적으로 이를 악물며 몸을 조금 비트는 것이, 이 공격을 맞으면서 공격을 감행할 생각인 모양이었다. 그 사실을 깨닫자 뮤트는 갑자기 그와 싸울 마음이 사라지는 것을 느꼈다.

팔을 길게 휘둘러 검을 각도를 다시 바꾸었다. 금방이라도 에카테인을 조각낼 것처럼 맹렬히 날아 들어가던 거무칙칙한 검날은 갑자기 위쪽으로 솟구쳐 오르며 에카테인의 키를 넘겼다.

도저히 빗나갈 수 없는 공격이 빗나가자 에카테인은 얼떨떨한 모양이었다. 뮤트는 그대로 몸을 굽혀 에카테인의 복부를 힘껏 발로 찼다.

크윽!

근육으로 단련되어 있는 데다가 갑옷까지 입고 있는 그였지만, 뮤트의 힘엔 당할 수 없었다. 들고 있던 검까지 놓치고는 상당한 충격을 받은 듯이 허리를 굽혔다. 뮤트는 재빨리 그런 그의 뒤로 돌아가 손으로 뒷덜미를 내리쳤다.

첨벙!

물소리와 함께 에카테인의 육중한 몸은 앞으로 꼬꾸라졌다. 정신을 잃은 것이다.

'심정은 알지만…… 당신이 원하는 대로 해줄 수는 없군요…….'

뮤트는 그가 익사하지 않도록 그의 상체를 잡아당기며 그를 내려다보았다. 지친 얼굴이다. 그냥 보아도 알아볼 수 있을 것같이 다켄 백작을 꼭 닮은…….

아버지에게 인정받을 수만 있다면 난 악마가 되어도 좋아…….

날아 들어오는 검을 몸으로 받으려 했을 때 순간적으로 그의 눈에 나타났던 진심. 뮤트는 씁쓸한 미소를 지었다.

'그럼, 그것이 당신의 정의인가요……'

9

조용한 밤이었다. 바깥에서 일직선을 긋고 있는 빗소리만이 건물 안을 가득 채우고 있었다. 이상하리만치 푸근하게 들려오는 빗소리. 빗소리마저도 분위기에 휩쓸렸나 보다.

미르는 창 밖에 던지던 시선을 거두어 건물 안을 둘러보았다. 밤새워 환자를 간호하는 몇몇 사람을 제외하고는 거의 대부분이 잠들어 있었다. 어두운 방안을 환히 비추던 마석의 광도(狂濤)도 약하게 해놓은 덕에 건물 안은 흐릿한 어둠 속에 감싸여 있었다.

정신을 잃은 에카테인을 다시 꽁꽁 묶어 이 건물 일층에 놔두었다. 그라다는 왜 에카테인이 자신을 찾았는지 전혀 짐작하지 못하겠다고 했다. 하지만 미르는 그런 그에게서 무언가 미심쩍은 것을 느낄 수가 있었다. 알면서도 모른 척하는 듯한 모습. 오랜 세월을 살아온 미르이기에 그런 눈치는 꽤 발달했다.

하지만 별로 말하고 싶어하지 않는 듯한, 그라다에게 일부러 말을 끌어낼 이유를 찾지 못했기에 미르는 그러려니 하고 넘어가는 쪽을 택했다. 그리고 그라다는 한참을 고심한 끝에 지오르 백작 저택으로 들어가자는 말을 내놓았다. 비도 이렇게 많이 오고, 페리어드의 정황도 심상치 않기에 안전한 장소에 있는 게 제일 낫겠다는 말이었다.

저택이야 굉장히 넓고 안 쓰는 공간도 많은 건물이니 그건 문제없겠지만, 지오르 백작이 과연 이 환자들을 용납할 것인가 하는 스시리아너의 질문에 그라다는 아마도 괜찮을 거라 대답했다. 아무래도 이 상황을 봐서는 내전이라도 일어날 것 같은데, 그런 상황이 되면 의사가 절실히 필요할 거라는 말이었다. 환자 몇 명 수용하여 의사 한 명을 얻는 거라면 지오르 백작도 싫어하진 않을 거란 것이다.

페리어드에는 의사의 수가 그리 많지 않았다. 물론 백작 정도의 사람들은 집 안에 주치의 하나씩을 두고 있긴 하지만, 내전이 터지면 한 명으로는 모자랄 것이다. 매일매일 수많은 병사들이 부상을 입고 실려올 테니까.

하지만 미르는 그런 그의 논리에서도 약간의 이상함을 느꼈다. 맞는 말이긴 하지만 그렇게 생각하면 지오르 백작보단 엘하우드 백작 쪽으로 가는 게 편할 터였다. 뮤트가 여기 있고, 또 적극적으로 도우려는 자세를 가지고 있으니까. 실제로 뮤트는 지오르 백작 저택으로 들어가자는 말이 나오자 엘하우드 백작 저택도 괜찮다는 말을 했었다. 하지만 그라다는 고개를 저을 뿐이었다.

분명 무슨 사정이 있는 것이다. 지금의 상황에 긴밀히 연결된……

'하지만 나와는 상관없는 일이지……'

미르는 귀찮게 꼬여드는 생각들을 흩어버리고는 시선을 약간 아래로 내렸다. 바닥에 누운 채 곤히 잠든 두 소녀의 모습이 보인다. 스시리아녀와 뮤트였다. 이불도 덮지 않은 채 나란히 누워 잠든 모습이 사이 좋게 놀다가 잠든 자매같이 보였다. 깨어 있을 때는 그리도 시끄럽더니, 잠든 모습만은 더없이 평화롭다는 생각에 미르는 픽 웃었다.

조용히 잠든 얼굴들. 평화로운 모습.

시선을 옆으로 기울여 가만히 뮤트의 얼굴을 내려다본다. 딘과 닮아 있으면서도 다른 사람. 딘보다는 얼굴이 약간 갸름하고 이목구비가 뚜렷한 얼굴이다. 하지만 정말 닮았다. 자꾸만, 자꾸만 딘을 떠올릴 수밖에 없을 만큼…….

어느새 미르의 의식은 그리 오래되지 않은 기억 속으로 빠져들어가고 있었다.

*　　　*　　　*

'저 빌어먹을 정령들! 언제까지 이럴 셈이지?'

미르는 거친 숨을 진정시키려 애쓰며 커다란 바위에 기대어 있었다. 몸이 주체할 수 없이 무겁다. 그렇게도 세게 동여매었건만 가슴의 상처에서는 계속 피가 흘러 웃옷을 발갛게 물들이고 있었다. 인간이라면 이미 숨이 끊어졌을 만한 상처로, 드래곤인 미르에게도 이 상처는 꽤 감당하기 힘들었다.

하지만 그보다 더 그를 짓누르는 것은 미칠 것만 같은 자신의 감정이었다.

'빌어먹을…… 빌어먹을…… 또 나이트를 바꿔야 한단 말이냐,

또······.'

미르는 눈물이 턱을 타고 흘러내리는 것도 느끼지 못하였다. 천천히 주문을 외우는 자신의 목소리가 심하게 떨리고 있음도 느끼지 못하였다. 다만 미칠 듯한 의식에 괴로워하며 하나의 이름을 반복해서 마음속으로 되뇌이고 있을 따름이었다.

미르의 온몸은 마법이 완성되어 감에 따라 푸른빛에 싸여 하얗게 변해갔다. 새하얀 육체. 드래곤으로는 있을 수 없는 새하얀 육체. 미르는 날개를 퍼덕였다. 매끄럽고 아름다운 새하얀 날개는 주변에 돌풍을 일으키며 우아한 움직임으로 미르의 몸을 공중에 띄웠다. 아침의 하얀 태양빛이 미르의 하얀 육체를 눈부시게 반짝이게 했다. 눈같이 하얀 비늘을 반짝거리며 파란 하늘을 천천히 선회하는 드래곤의 모습은 더없이 아름다운 광경이었다. 운이 좋아 이 광경을 보게 된 인간들은 놀라움과 두려움의 탄성을 내뱉었다.

"우와아아아앗······!"

미르는 아래를 내려다보았다. 푸른 산맥과 진한 황톳길과 옹기종기 모여 있는 집들이 시야에 들어왔다. 순식간에 미르의 머리 속에서 계산이 완료되었다.

"아아아······."

갑자기 사방에 떠오른 수천 개의 물방울에 사람들은 아무 말도 하지 못하고 감탄사만 내뱉었다. 아름다운 광경이었다. 아침 햇살에 반짝이는 눈처럼 새하얀 드래곤과 사방에서 눈부시게 반짝이는 물방울들.

그리고 학살이 시작되었다.

에리네스력 446년 1월. 알테이아의 북부 지방에는 붉은색의 눈이 내렸다. 피를 잔뜩 머금은 듯한 눈송이였다. 오랜만의 눈에 기뻐하던 아이들은 앞마당을 벌겋게 물들여 놓은 눈을 보고 기겁을 했다.

사방이 피비린내였다. 사람들은 공포에 떨어야만 했다. 떨어져 내려오는 눈송이 중 대부분은 보통의 흰 눈이었지만, 가끔씩 섞여 내리는 붉은 눈송이는 피에 젖은 것이 분명했다. 후각을 자극해 오는 지독한 피비린내가 그것을 입증했다.

때때로는 철퍽! 하고 거대한 핏방울이 떨어져 내리기도 했다. 운 나쁘게 지나가다 그 핏방울을 맞은 사람은 완전히 피투성이가 되어 공포에 질린 울부짖음을 내뱉어야만 했다.

이게 대체 무슨 변고인지 궁금해하는 사람들은 하늘을 올려다 보았다. 그리고 그들은 아주 간단히 결론을 내릴 수 있었다. 하늘을 날고 있는 새하얀 드래곤이 그들의 시야에 들어왔던 것이다. 그 드래곤의 새빨갛게 물든 가슴팍에선 계속해서 피가 떨어져 내리고 있었다.

안 그래도 하얀 드래곤이 헤센의 일부분을 파괴했다는 소문이 있던 차에 이런 일이 생겼으니 사람들은 공포에 질리지 않을 수 없었다. 하지만 그 드래곤은 그저 지나가기만 할 뿐, 실질적인 공격을 하진 않았다.

하지만 또 그렇다고 해서 아무런 실질적인 피해가 없었던 것은 아니었다. 피는 최고의 흥분제라고 했던가. 피 냄새에 흥분한 이들이 사방에서 엽기적인 살인 행각을 벌인 통에 거리는 온통 피바다였다. 깨끗한 눈 위로 여기저기 피가 번져 나가고 갈기갈기 찢긴 고깃덩이들이 멋대로 굴러다녔다.

인간의 본성이 무엇인지 의심스럽게 하는 공포의 날이었다. 누구의 것이었는지도 모를 안구가 피에 젖은 채 눈바닥을 굴러다녔다. 마치 세상 전체를 노려보기라도 하려는 듯이.

"비이— 비—"

긴 새소리가 귓가를 간지럽히듯 들려온다. 미르는 천천히 눈을 떴다. 아직 졸음이 채 다 물러나지 않은, 몽롱하고 편안한 기분이다. 바싹 마른 침대 시트가 오늘따라 유난히 부드럽게 느껴지는 것 같다. 오늘따라.

"아앗!"

잠에서 덜 깬 탓에 멍하니 누워 있던 미르는 뒤늦게서야 상황을 깨닫고 몸을 벌떡 일으켰다. 깔끔하게 정리되어 있는 통나무 집의 내부가 시야에 들어왔다. 사방을 감싼 맑은 공기와 풀 냄새가 더없는 평화로움을 느끼게 해주고 있었다.

미르는 손을 쥐었다 폈다 해보았다. 멀쩡하다. 그렇게 심하게 다쳤었는데, 지금은 상처 하나 없이 멀쩡하다. 다행이라는 생각이 들기보단 우선 어이가 없었다. 대체 어떻게?

끼이익—

한쪽에서 문 소리가 들려왔다. 미르는 반사적으로 침대에서 뛰어내렸다. 그리고 경계하는 자세로 눈앞을 빤히 쳐다보았다.

"아, 일어났구나. 역시 회복이 빠른데."

맑은 목소리. 오래되었지만 그럭저럭 귀에 익은 목소리였다. 그 순간 미르의 긴장은 완전히 풀려버렸다. 문을 열고 들어온 사람은 너무나 낯익은 얼굴을 하고 있는 이였다. 미르는 얼굴을 감싼 긴장된 표정을 풀고 앞에 서 있는 사람에게 인사를 건넸다.

"오랜만이군요, 네이아님."

네이아라 불린 여성은 미소를 띤 채 들고 왔던 바구니를 옆에 내려놓았다. 검은 긴 머리에 녹색 눈을 한, 더없이 선량해 보이는 미인이었다. 한때 전설적인 인물로 추앙받았고, 또 지금도 하나의 전설이 되어 있는 사람.

미르는 그녀를 보며 잊었던 씁쓸한 감정을 다시 떠올렸다. 아쉬움이라고도, 괴로움이라고도 하기 힘든 미묘한 감정이었다. 네이아는…… 하나도 변하지 않았다. 오래 전의 온화하고 아름다운 모습 그대로였다. 세월은 거침없이 흘러가 모든 것이 무섭게 변화해 버렸는데도 네이아는 과거의 모습을 그대로 유지한 채 미르를 쳐다보고 있었다.

모든 것을 다 이해해 줄 것만 같은 맑은 녹색 눈동자도 하나도 변하지 않았다. 지금 네이아를 쳐다보고 있는 미르 자신도 무섭게 변해버렸는데도.

"오랜만이구나, 미르."

네이아의 목소리는 여전히 맑았다.

"네이아님이 절 구해주신 모양이군요."

미르는 씁쓸한 미소를 지으며 시선을 조금 떨구었다. 아무래도 무의식중에 이곳으로 날아와 버렸던 모양이었다. 다 잊어버렸다고 생각했었는데, 마음 한구석에서는 그토록 모든 것을 그리워했던 모양이다. 덕분에 이렇게 다시 삶을 이어갈 수 있게 되었지만…… 이렇게 계속 사는 것이 무슨 의미인지조차 알 수가 없었다. 오래 전 모두가 힘을 합쳐 이루어놓았던 모든 것들이 무섭게 변질되고, 부서져 가는 장면을 한없이 쳐다보아야 하는 것도 이제는 지겨운데.

그런 미르의 생각을 아는지 모르는지, 네이아는 여전히 미소 띤 얼굴로 가벼운 말을 건네왔다.

"난 아무것도 하지 않았어. 저 아이가 널 데려왔더구나."

네이아는 하얀 손으로 침대 가에 잠들어 버린 여자아이를 가리켰다. 그제야 미르는 자신이 누워 있던 침대 옆에 누군가가 잠들어 있었다는 사실을 깨닫고 의아한 표정을 지었다.

"널 치료한다고 계속 회복 마법을 써대더니, 결국 탈진해 버린 모양이야."

"그러니까 저 딘이라는 아이는 로베리 마을에서 데려온 아이라는 거군요. 그 마을에 대해 얘기는 들었지만 생존자가 있을 줄은 몰랐어요."

미르는 이제야 알겠다는 듯이 고개를 끄덕였다. 그러나 그에 이어 돌아온 네이아의 반응은 조금 어두운 것이었다.

"그건 딘의 생명력이 그만큼 엄청나다는 의미야. 로다의 말로는 저 아이는 마을이 파괴될 당시에 거의 살아나기 힘든 상태였대. 하지만 우리가 갔을 때는 그저 조금 다친 걸로 보이는 상태일 뿐이었어……"

"그렇군요……"

미르의 중얼거림에도 우울한 감정은 띄워져 있었다. 네이아를 만나 잠시 동안 잊었다고 생각했던 이름이 다시 떠올라 버린 탓이었다.

위노. 위노 마리느. 공간을 조절할 수 있다는 특별한 마법사. 오프너. 그녀에 관계된 기억들이 삽시간에 기억 한켠을 어두운 빛으로 물들여놓고 말았다. 아무리 지금 이래도 십 년도 못 되어 잊어버릴 게 뻔하지만, 지금 이 순간만은 그녀의 생각에 우울했다. 오프너의 능력을 가지도록 만들어져 정령들에게 이용당하고, 쫓기

고, 결국은 끝없는 심연 속에 떨어져 버릴 수밖에 없었던 위노를
생각하면 우울해지지 않을 수가 없었다.

"설마 저 딘이라는 아이도 오프너인가요?"

의구심과 불안감이 섞여 있는 질문이었다. 대체 정령들의 농간
에 얼마나 많은 사람들이 시달려야만 하는지 한숨이 나왔다. 아무
리 그들이 만들어낸 존재라지만, 그렇다고 해서 멋대로 생명체를
가지고 놀다 죽일 권리가 어디 있단 말인가.

"아닌 것 같아. 하지만 확신할 순 없어."

네이아는 수풀 저쪽에서 새들과 장난치는 딘의 모습을 힐끔 쳐
다보았다.

"시간이 지날수록 두려워지는 것을 느껴……. 저 아이는 이미
상당한 수준의 검사인 데다 중급 마법사이고, 또 상급 회복술사야.
회복술이야 내가 열심히 가르쳤으니 그럴 만하다고 쳐도 놀라울
뿐이야. 몇 년 후에는 우리도 저 아이를 감당할 수 없게 될지도
몰라."

하지만 네이아의 우울한 말과는 너무도 대조적으로 저편에 있
는 딘은 정말 즐거워 보였다. 여기저기 내려앉은 새들과 장난치는
천진한 소녀의 모습. 네이아의 말이 쉽게 실감나지 않을 정도였다.

"마법에 있어서는 위노님도 그랬어요."

"얼마 전까지 너와 함께 다녔던 그 아이를 말하는 거니? 흔치
않은 완전한 오프너였다는……."

"그래요. 위노님은 바람 계열 위저드Wizard였어요. 지금에 와서
는 그런 것이 아무 소용 없이 되어버렸지만……."

한숨 섞인 미르의 대답에 네이아는 놀랍다는 표정을 지었다.

"세상에…… 바람 계열 위저드라면 거의 휴페른 수준이잖아."

"그렇죠. 정령들의 수준은 놀라울 정도로 발달했어요. 이제 그들이 만들어내는 건 거의 괴물에 가까워요. 외모는 아름답지만 있어서는 안 될 힘이죠. 아무래도 딘의 경우는 최악의 생명체인 것 같군요."

"최악의 생명체라니. 그런 말은 하지 않는 게 좋아."

네이아는 표정을 굳히며 가벼운 책망을 해왔다. 하지만 미르는 물러나지 않았다.

"하지만 사실이에요. 실험체로서 멋대로 개조당하고 모든 것을 박탈당해 버린 이들의 삶이 정말 비참하다는 건 알아요. 하지만 아무리 그렇다고 해서 그들이 존재해서는 안 될 존재들이란 사실엔 변함이 없어요."

그리고 미르는 쓸쓸한 한마디를 덧붙였다.

"결국 그들은 스스로도 자신의 존재를 저주하고 말지요."

"이런 나의 마음이 어떤 결과를 불러일으킬는지 나도 알 수 없어. 하지만 적어도 저 아이에게도 살아갈 권리라는 건 있다고 생각해. 네가 말한 대로 스스로 자신의 존재를 저주하지 않도록 최대한 평화롭고 평범하게 살아가게 해주고 싶다. 너도 조금 함께 지내보면 알겠지만 사랑스러운 아이야. 하지만 로다는 나와 생각이 다른 모양이야. 너도 로다의 가치관이 어떤 것인지는 잘 알겠지? 나는 저 아이가 로다의 말들에 휩쓸려가지 않도록 계속 설득하고 있지만, 어쩌면 이런 시도들조차 역효과를 불러일으킬지도 모르겠어. 실험체들의 정신이 불안정하다는 걸 너도 알지? 이대로 가다가는 저 아이가 혼란스러워하게 될 수밖에 없어. 최악의 상황에는 인격이 갈려버릴지도 모르지. 네가 저 아이를 조금 도와줄 수는 없겠니. 무리한 부탁인지도 모르겠지만, 나로서는 로다를 막을 수 없어. 저 아이를 나이트로 선택하란 말은 아니야. 계속 드래 곤으로서 살아가곤 있지만, 결국 네 나이트는 영원히 하딘뿐이라 는 걸 나도 모르는 건 아니니까. 네게 주어진 그 긴 시간 중 한순 간만 저 아이 곁에 있어주지 않겠니? 특별한 도움은 바라지 않아. 단지 곁에 있어주기만 해줬으면 좋겠어. 그것만으로도 저 아이에 겐 큰 힘이 될 테니. 최악의 경우에는 내 손으로 저 아이를 죽여 야 할 상황이 생길지도 몰라. 무분별한 파괴를 일삼는 존재가 되 어버릴 바에는 내 손으로 죽이는 게 낫겠지. 그러니 그렇게 되지 않도록 네가 조금만 도와줘. 저 아이에게는 친구가 필요한데 친구 를 쉽게 만들어줄 수가 없구나. 완벽한 친구를 원하지는 않아. 그 냥 저 아이와 함께 어느 동안만 어울려주지 않겠니?"

내가 네이아님의 말을 처음 들었을 때는 그리 탐탁하단 생각을 하지 않았다. 사실 나는 그때까지만 해도 나와 함께 있었던—겉으 로는 나이트였지만 네이아님의 말대로 실제 나이트는 아니었다. 오래 전, 하딘님의 한마디로 나는 영원히 하딘님의 드래곤이 되어 버렸으므로—위노의 생각으로도 충분히 머리가 아팠으니까. 그래 서 당분간은 휴식을 취해야겠다는 생각을 단단히 하고 있던 차였 다. 사실상 그때 또 실험체와 함께 다닐 만큼의 여력은 없었다. 비 록 겉으로만 나이트로 섬기는 것이라 해도 그 사실을 들키지 않 으려면 나는 웬만한 명령은 다 들어야 했으니, 실제로 나이트로 섬기는 것과 크게 다를 바도 없었다.

실험체와 함께 다니는 것은 정말로 고역이었다. 나는 위노와 함 께 다니면서 그 사실을 절감해 버리고 말았다. 오프너의 능력을 가지도록 만들어진 그녀는 아주 어렸을 때부터 통제된 환경에서

자라났으며, 어느 정도 나이가 들고부터는 온갖 섬뜩한 일들을 해 내야 했다. 정령들은 실험체들을 생명으로 보지 않았다. 그들에게 있어서 실험체는 하나의 성능 좋은 도구일 뿐이었다. 그랬기에 그들은 자신의 손을 더럽히기 싫은 일에 실험체들을 이용했고, 위노도 예외는 아니었다. 그녀는 매일 밤 좁은 방 한구석에서 몸을 잔뜩 움츠린 채 울었다. 자신의 의지는 아니었다 해도 결국 자신이 죽일 수밖에 없었던 수많은 이들에 대한 기억으로 숨죽여 울었다.

이렇게 도구로만 사용하려면 왜 나에게 자아를 부여한 것이냐고 울부짖던 그녀의 목소리를 나는 아직도 생생하게 기억하고 있다. 나는 그 질문의 대답을 알고 있었다. 자아를 가지고, 또 어느 정도의 지식을 가진 존재는 돌발적인 상황에서 유동적으로 대처할 수 있기 때문이었다. 하지만 나는 그 대답을 끝내 하지 못했다.

정령들에게 있어서 실험체란 그런 것이었다. 최대한 쓸모있기만 하면 그들은 실험체가 어떻게 되든 전혀 신경 쓰지 않았다. 그러한 극한의 환경에서 실험체들은 많이 폭주하고 미쳐 나가곤 했는데, 그러한 상황에서 그들이 하는 말은 너무도 일상적인 것들이었다.

역시 이런 방식은 오래 못 버티는군. 그래도 노력을 들인 만큼 충분히 써먹었어. 재수없군. 별로 기분 좋지 않은 꼴이야⋯⋯.

이 세상 전체를 창조한 신(神)도 저런 태도로 우리를 쳐다보고 있는 걸까. 아니, 그렇게 먼 데까지 갈 필요도 없다. 우리도 아무 생각 없이 근처에 돌아다니는 벌레들을 찔러보고 또 학살하니까. 자기보다 더 약한 생명체에, 혹은 자신에게 종속되어 있는 생명체에 대한 태도가 어떠한 것인지, 지성을 지녔다고 자부하는 생명체들이 얼마나 잔인한 존재인지 나는 무섭도록 깨달아가고 있었다.

사실 그 이전에도 아예 모르고 있었던 것은 아니었다. 용족인 나는 말도 안 되는 횡포에 얼마나 많은 동족들이 죽어가는지 지겹도록 듣고, 또 보아왔다. 모두들 자신과 동등한 존재에게는 예의를 지키고 정중한 태도를 보이지만, 자기보다 못하다고 생각되는 존재에게는 본성을 드러내는 모양이었다. 아니, 뭐 본성이라고 할 것도 없다. 사실 지나가는 벌레를 괜히 한번 건드려보는 게 어디 파괴 본능 같은 데서 나오는 것이겠는가. 그저 아무 생각 없이 건드려볼 뿐이다. 인간들은 동물, 식물, 그리고 자신에게 종속되어 있는 드래곤들에게 그렇게 대했고, 정령들은 자신들이 만들어낸 실험체들에게 그렇게 대했다. 그러한 행위에는 한치의 죄의식도 무엇도 없었다. 그들은 너무도 당당했고, 다른 곳에서는 그럭저럭 예의를 갖춘 사람들로 인정받았다.

위노가 그러한 지옥 같은 곳에서 도망치기로 결정했을 때, 나는 그녀의 결심에 전적으로 동의하고 그녀를 도왔다. 그리하여 위노는 잠시 동안의 평화와 자유를 얻을 수 있었다. 이상하게도 나는 그런 작은, 보통 사람에게는 너무도 당연하게 주어지는 모든 것에 너무도 행복해하는 그녀를 보며 즐거움을 느낄 수가 있었다. 위노의 즐거움은 나와는 아무 상관이 없는데, 나는 그녀의 행복이 오래 가길 빌었다. 영원하리라고는 생각지 않았다. 어차피 오프너의 수명은 길지 않으니 얼마 남지 않은 시간 동안만이라도 행복하길 빌었다.

그러나 나의 그러한 작은 바람은 이루어지지 않았다. 정령들은 도망친 위노를 끝까지 따라왔고, 우리가 도망치는 데는 한계가 있었다. 위노는 뛰어난 마법사였고, 나도 그런 그녀를 적극 도왔지만 그 많은 정령들을 당해낼 수는 없었다. 그리고 결국 자신 때문에 넓은 지역의 사람들이 전부 몰살당하는 것을 목격한 위노는 그대로 자신의 의식을 깊은 잠 속에 가두어 버리고 말았다.

오프너가 깊은 잠에 빠져 들어버린다는 것은 보통 사람들관 아주 다른 의미였다. 잠들어 버린 위노의 육체는 시체나 다름없었다. 살아 있다고는 하지만 깨어날 가능성이 희박했으므로.

무서운 절망의 시간에도 아득바득 살아왔던 위노였다. 하지만 그런 그녀도 결국 무서운 현실 앞에서는 무릎을 꿇을 수밖에 없었다. 계속 그녀를 지켜보아 왔던 나조차도 차라리 이렇게 되어버리는 게 나을런지도 모르겠다는 생각을 했을 정도였으니까.

하지만 그렇다고 해서 그대로 물러날 생각은 없었다. 위노에 대한 분노로 나는 그대로 정령들이 있던 지대로 날아가 온 힘을 다한 아쿠아 브레스로 그 근처에 살아 있는 생명체를 전부 죽여버렸다. 물론 그곳에 무고한 사람들도 많았다는 사실을 부정하지는 않겠다. 하지만 그때의 나에게 그런 것은 큰 장애물이 되지 않았다. 나는 어떠한 방법을 쓰든지 간에 그 정령들을 죽여버려야 했고, 그것은 충분히 훌륭한 방법이었으니까.

위노가 원했던 것은 아주 작은 것이었다. 보통 사람들이 꿈꾸는, 소위 소박한 꿈보다도 훨씬 소박한 것이었다. 그저 조용한 곳에서 평범하게 살아가는 것. 가끔씩 먹을 것이 부족하거나 옷이 헤져도 그녀는 즐거워하기만 했다. 오프너의 운명을 조금 비껴났다는 그 사실 하나만으로도 그녀는 까르르 웃으며 행복해했다. 하지만 세상은 그렇게 작은 소망조차도 이루어주지 않았다. 가장 처참한 방법으로 그녀 스스로 삶을 포기하게 만들었다.

얼마 전까지만 해도 그런 일들을 겪었던 차에, 내가 딘을 대했을 때 한숨부터 나온 것은 당연한 일이었다. 위노와는 또 다르게 라이드 가문 사람들은 공인된 실험체였다. 알테이아 왕가에서 정령들과의 친교를 위해 바치는 일종의 재물. 왕가의 적손에 쌍둥이가 태어나면 그중 한 명에게 라이드란 성(姓)을 붙여주어 정령들에게 넘기는 것이다.

물론 실험 재료야 클로닝Cloning으로 얼마든지 만들어낼 수 있고, 또 그걸로 부족하면 아무나 잡아와서 사용하기도 했으니 실험 재료가 부족한 건 아니었다. 하지만 알테이아 왕가의 아이들이 좋은 실험 재료로 인정받는 것은, 왕가인만큼 그 계보가 확실해서 연구하기도 좋았고, 또 정령의 먼 핏줄이라 비교적 생명력이 강하다는 점 때문이었다.

이러한 모든 것을 알고 있었으니 그때 딘을 보는 내 눈빛에 동정심이 서리지 않았을 리 없다. 그리고 딘이 그것을 눈치채지 못했을 리 없다. 하지만 딘은 나의 태도에는 별로 신경 쓰지 않았다. 다만 까르르 웃으면서 자신의 주변에 날아다니는 새들 몇 마리를 내 쪽으로 날려보내 오며 같이 놀자는 손짓을 해왔을 뿐이었다. 정말 천진한 아이 같은 밝은 모습…….

딘은 운 좋은 실험체였다. 운 좋게 자신의 운명에서 벗어나 네이아님의 보호 아래 행복하게 자라난 아이였다. 나는 그런 딘을 보면서 위노와 하딘님의 생각에 짙은 비감에 잠기지 않을 수가 없었다.

그러나 나는 그러한 생각이 착각이라는 걸 단지 며칠 만에 깨달아 버리고 말았다. 딘은 분명 밝았다. 언제나 행복하게 웃었고 장난을 좋아해 주변 사람들을 웃게 만들었다. 하지만 언제나 그것뿐이었다. 그녀는 언제나 웃고 있었지만 그게 진심인지 아닌지도 알 수가 없었다. 그녀의 마음은 정말 철저하리만큼 닫혀 있었다. 딘이 눈물을 보이는 건 동물들이 심하게 다쳤을 때뿐이었다. 어느 날 실수로 절벽에서 떨어졌던 딘이 피투성이가 된 모습으로 무표 정하게 걷고 있는 장면을 목격했을 때, 나는 등줄기가 서늘해지는 것을 느낄 수가 있었다.

피에 젖은 그녀는 그저 무표정할 뿐이었다. 아무렇지도 않은 듯 이 호숫가에서 피를 닦아내고 그냥 돌아다니는 것이었다. 그 또래 여자아이라면 그 정도 상처에 그렇게 태연히 대처할 순 없었다. 내가 얼핏 보기에도 걱정되었을 만큼 심한 상처였으니까. 하지만 그녀는 작은 신음 소리 하나 내뱉지 않았다. 그날 저녁 심한 열에 시달리는 것을 네이아님이 발견할 때까지 딘은 멀쩡한 척하고 돌 아다녔다. 분명 굉장히 고통스러웠을 텐데도 그녀는 다른 사람의 걱정을 받는 것조차 원하지 않았다.

아무리 겉으로는 밝아 보여도 딘 역시 실험체였다. 인내심을 최 대한 동원한 오랜 대화를 통해 나는 그녀가 다섯 살 이전의 기억 을 완전히 가지고 있다는 사실을 어렴풋이 알아낼 수 있었다. 그 안에 어떠한 기억이 있는지 나는 아직도 알지 못한다. 하지만 그 기억은 평생 커다란 상처로 딘을 따라다닐 거라는 사실은 분명했 다.

그 시점에서 나는 딘을 떠나려 했다. 네이아님의 부탁에 계속 떠나지 못하고 있었던 거지만, 그쯤 되자 딘을 감당해 낼 자신이 없어져 버리고 말았다. 그 당시의 나는 위노의 기억만으로도 충분 히 지쳐 있었다.

그러나 왜 그렇게 웃고만 있냐는 나의 질문에 돌아온 그녀의 대답은 나를 그대로 그 자리에 묶어버리고 말았다.

내가 웃는 걸 보면 날 보는 사람도 즐거워지잖아? 난 모두가 행복했으면 좋겠어.

그리고 그날로 딘은 나의 나이트가 되었다. 물론 정식으로 계약을 맺을 수는 없었고, 무척 힘겨울 거라는 예상도 했지만 한 가지만은 분명했다. 절대 후회하지는 않을 거라고.

*   *   *

'그게 2년 전이었나⋯⋯.'

미르는 씁쓸한 미소를 지었다. 그리 오래되지는 않았지만 어느새 퇴색되어 가는 기억에 그는 묘한 감정을 느꼈다.

고룡(古龍). 고대로부터 살아온 용족의 칭호. 300년이란 세월은 그리 짧은 것이 아니었다. 지금 돌이켜 생각하면 한순간이지만 실제로는 수많은 일들이 있었다. 그리고 그 덕분에 그의 머리 속에 남은 기억은 엄청난 양이 되어 있었다. 무척 힘들었던 기억도, 무척 안타까웠던 기억도, 희한한 기억도, 행복했던 기억도⋯⋯ 모두 아스레한 기억의 저편에서 미르를 쳐다보고 있었다. 인간은 상상도 못 할 만큼 무수한 경험을 거쳐 지금까지 살아온 셈이었다.

하지만 우습게도 그 수많은 기억을 제쳐 두고 지금 가장 신경 쓰이는 것은 요즈음의 일들이고, 지금의 나이트인—정확히 말하면 나이트는 아니지만—딘의 일이었다.

딘보다 더 호감이 갔던 사람이 없었던 건 아니다. 하딘은 그에게 있어 운명 전체의 방향을 결정해 버렸을 만큼 큰 영향을 미친 인물이었고, 그만큼은 아니지만 충분히 딘보다 나아 보이는 사람들은 얼마든지 있었다.

하지만 그건 이미 다 과거의 일이다. 이미 지나가 버렸고, 때문에 어떻게 해도 바꿀 수 없는 일이다.

딘은 정말 어지간히도 신경 쓰이게 하는 사람이었다. 실험체 중에서도 최악의 케이스인 탓에 정령들과 시시때때로 충돌하는 고생을 치러야 했으며, 그렇다고 해서 딘이 미르에게 많이 신경 써 주는 편도 아니었다. 요즘 5개월 동안 딘을 보지도 못했을 정도니, 딘이 아예 자신을 잊고 있는 건 아닐까 하는 생각이 들 정도였다. 허용적인 나이트이긴 해도 이건 거의 무관심에 가까운 셈이었다.

하지만 그럼에도 불구하고 지금은 딘이 가장 신경 쓰였다. 바로 지금 함께 있어야 할 사람이니까. 과거의 기억이 아무리 소중했고 대단했다고 해도, 이미 지나간 일은 아무 소용이 없었다.

300년 동안……

문득 오래된 의문이 머리 속에 퍼져 나가 미르는 픽 웃었다. 지금은 에리네스력 448년. 하지만 이 세계가 만들어진 건 300여 년 전. 100년 가량의 시간이 텅 비어 있는 것이다. 이건 대부분의 역사가들이 역사상의 최대 미스터리라고 칭하며 수많은 가설을 내놓은 의문이지만……

'학자들이란 언제나 단순한 건 생각지 못한단 말야……'

10

아무래도 아름다운 날이 될 것만 같은 아침이었다. 억수같이 퍼부어졌던 비로 대기는 깨끗해졌고, 하늘은 더없이 맑고 깨끗했다. 아직 채 가시지 않은 비의 여운이 보슬보슬 보슬비로 대지를 마저 적시고 있었지만, 아침 비는 금방 멎는 법이다. 이대로라면 '맑음'이라고 불리는 날씨를 보게 되는 것도 어렵지 않을 성 싶었다.

"날씨까지 좋아지고…… 딱 좋은데."

스시리아너는 즐거운 표정으로 맑은 하늘과 뮤트를 번갈아 쳐다보았다. 날씨가 개어가니 기분도 좋아진 모양이었다. 뮤트도 그런 그녀에게 옅은 미소를 지어주었다.

아침 일찍 지오르 백작 저택으로 환자들을 옮기고 나서 바깥으로 나온 두 사람이었다. 지오르 백작은 환자들을 받아들여 주었을 뿐만 아니라, 집안의 시녀들을 몇 명 불러 환자의 간호를 돕도록 해주었다. 그럭저럭 잘된 셈이었다.

그리고 그렇게 일손이 필요없게 되자 미르는 라드휜과 합류해야겠다면서 어디론가 가버렸고, 스시리아너는 뮤트를 끌고 밖으로 나왔다. 스시리아너를 한군데 놔두고 돌아다니려는 미르의 생각과 뮤트와 함께 놀고 싶었던 스시리아너의 생각이 잘 맞아들어간 것이다.

하지만 스시리아너는 뮤트를 끌고 나와서도 다리므와 렌스를 찾으러 가자고 했다. 전부터 디아나에 대해 관심을 가지고 있었던 그녀였기에 다리므를 찾으면 디아나에 관련된 무언가를 알게 되지 않을까, 하는 생각을 가지고 있었던 것이다. 뮤트는 이번 사건과는 관련이 없는 사람이긴 했지만 스시리아너가 계속 같이 가자고 졸라대자 별수없다는 듯이 따라와주었다.

참방참방—

비는 거의 멎어가지만 바닥에 고인 물은 아직 다 빠지지 않아서 계속 발끝에 차였다. 보석같이 반짝이는 빗방울들이 산산이 부서지다 다시 물로 되돌아가는 동작을 반복하고 있었다.

"정말 그곳에 있을까?"

뮤트는 발끝에서 부서지는 물방울들을 내려다보았다. 부서지고 합쳐지고, 또 부서지고 합쳐지는 물. 이상한 느낌이었다.

"나도 확신은 안 가지만 아마 맞을 거야."

이윽고 돌아오는 스시리아너의 가벼운 대답. 가벼운 장난기까지 서려 있는 말투였다.

두어 시간 전, 자신과 친한 정령들에게 연락을 취해 본 스시리아너는 의외의 소득을 얻을 수 있었다. 아헨의 서쪽에 위치한 소도시 레부스에 있는 정령들이 비슷한 사람을 보호하고 있다는 답을 받은 것이다. 그 지역의 정령들은 물론 스시리아너도 다리므와 렌스의 얼굴을 모르기 때문에 확신할 수는 없지만, 그래도 비교적 가능성 있는 장소인 셈이다.

레부스까지는 꽤 많이 걸어야 하는 길이었다. 처음 두 시간 정도는 쉴새없이 떠들던 스시리아너도 세 시간째로 접어들자 말이 조금 뜸해졌다.

빗물이 씻어내린 깨끗한 대기. 선명하고 뚜렷한 사물들. 간간이 들려오는 새소리. 바닥에서 참방거리는 맑은 빗물.

언제부터인가 뮤트는 작은 목소리로 노래를 흥얼거리고 있었다. 무심코 걷던 스시리아너는 말없이 그 목소리에 귀를 기울였다. 부드러운 꿈결같이 흐르는 선율. 아, 이건 아는 노래다. 트리스테스 Tristesse의 자장가. 그 괴기스러운 노래를 뮤트가 흥얼거리니 아름답게 들려오긴 한다. 뮤트의 목소리는 조금 낮은 편이었지만 음색 자체는 맑았고 노래도 꽤 잘 부르는 편이었다.

그리고 어차피 뮤트가 부르는 이 자장가의 앞부분은 아무 생각 없이 들으면 그저 아름답게만 느껴지는 부분이었다. 인간들에게 알려진 이 부분은 그저 아름다울 뿐, 진짜 의미는 없는 부분이니까. 이 노래의 뒷부분과 그에 얽힌 섬뜩한 이야기를 아는 건 정령들뿐이다.

그러나 그러한 스시리아너의 생각은 금방 깨어져 나가고 말았다. 비록 흥얼거리는 콧노래였지만 뮤트는 아무렇지도 않게 뒷부분까지 계속 흥얼거렸던 것이다. 이건 뮤트가 이 노래를 뒷부분까지 완전히 알고 있다는 의미였다. 본인은 아무 생각 없이 흥얼거리는 것이겠지만 스시리아너는 왠지 모를 꺼림칙한 기분을 느꼈다.

"이 노래 어디서 배운 거야, 뮤?"

"응?"

스시리아너는 결국 짧은 질문으로 뮤트의 노래를 중단시켜 버리고 말았다. 그런 그녀의 난데없는 질문에 뮤트는 금방 노래를 멈추고 고민에 빠져들기 시작했다.

"아, 음…… 어…… 에…… 그게…… 이…… 그……."

생각이 날 듯 날 듯하다가 안 나는 모양이었다. 뮤트는 온갖 감탄사를 다 내뱉으며 고민에 잠기고 있었다. 덕분에 심각해질 뻔했던 스시리아너는 그만 웃음을 터뜨리고 말았다.

"푸하하핫!"

스시리아너가 갑자기 웃기 시작하자 뮤트는 어리둥절해하면서도 일단 당황스런 표정을 지었다. '무엇 때문인지는 몰라도 아무튼 당황스러운 상황이다' 라고 생각한 듯한 반응이었다. 덕분에 스시리아너의 웃음 소리는 더욱 커질 수밖에 없었다.

"왜 그래에……."

뮤트는 스시리아너의 옷자락을 잡아당겼다. 마치 길 잃은 강아지 같은 표정이었다. 저 어리둥절해하는 동그란 눈이라니. 정말 강아지가 따로 없어 보였다.

'정말 귀엽다아~ 이런 애한테 내가 무슨 의심을 하고 있었던 거지?'

스시리아너는 마지막 남아 있는 웃음에 쿡쿡거리며 정확하고 예리했던 생각을 내던져 버리고 말았다.

뮤트는 아직도 스시리아너의 옷자락을 잡아당기고 있었다. 덕분에 스시리아너는 마지막까지 남아 있던 작은 의심마저 간단히 몰아내 버리고 그녀의 말에 답했다.

"갑자기 재미있는 생각이 났어. 그리고……."

그리고 스시리아너는 불안하기 짝이 없는 연대 관계를 맺어버리고 말았다.

"내 이름은 내가 생각해도 너무 길어. 그냥 시스라고 불러."

*   *   *

페리어드 북서부 지방에 위치한 소도시 레부스. 도시라고는 하지만 기본적으로는 아바스 백작의 영지인 데다 그리 발전된 곳은 아니어서 도시다운 분위기는 전혀 없는 곳이었다. 그러니 도시라기보단 차라리 조금 복잡한 농촌 마을로 보아두는 게 무방했다. 실제로 물의 나라 파르나의 농촌 마을들은 이런 모습을 하고 있다고 했다. 파르나가 전체적으로 워낙 부유한 탓에 이런 현상이 생긴 것이겠지만.

그 도시의 외곽에는 작은 동산이 하나 있었다. 그리 높은 장소는 아니었지만 높은 건물이 거의 없는 앉은뱅이 도시인 탓에 이곳에서도 도시의 모든 광경을 내려다볼 수 있는 장소였다.

지금 그 동산의 꼭대기에는 두 사람의 여성이 서 있었다. 한 사람은 붉은빛이 감도는 금발을 길게 땋아내린 사람이었고, 나머지 한 사람은 특이한 분위기를 가진 짧은 흑발의 소녀였다. 그 두 사람은 아무래도 동료인 것 같았는데, 그들의 주변에는 묘한 분위기가 흐르고 있었다. 바람에 검은 망토를 휘날리며 자못 진지한 표정을 짓는 게 그들이 범상치 않은 생각을 하고 있다는 사실을 쉽게 알게 해주었다.

그리고 한참의 침묵이 흐른 뒤, 붉은 금발의 소녀가 진지한 표정을 유지한 채 입을 열었다.

"역시, 한번쯤 이런 곳에 올라와서 망토를 휘날려보고 싶었어."

순식간에 진지하고 장중하던 분위기는 깨어져 버리고 말았다.
대체 무슨 말을 하려고 이렇게 분위기를 잡나 불안해하던 흑발의
소녀, 뮤트는 어리벙벙한 표정을 지었다.

"그러려고 올라온 거였어?"

"아니, 이건 그냥 부수적인 거였고…… 도시를 살피러 올라오자
고 한 거야."

"그, 그래……?"

"못 믿겠다는 거야?"

"아, 아니, 믿을게. 그런데 아무래도 무슨 일이 생긴 모양이야.
저쪽을 봐."

뮤트가 가리킨 방향은 몇 개의 건물들이 길게 늘어선 골목길의
한 부분이었다. 여전히 의심스러운 눈빛으로 시선을 돌리던 스시
리아너도 뮤트가 무엇을 가리켰는지 깨닫자 금세 미간을 좁혔다.

"다리므란 사람, 바람 계열 마법사라고 했지, 시스?"

뮤트가 가리킨 곳에는 원인 모를 넓은 구덩이가 패여 있었다.
아주 깊은 구덩이는 아니었지만 스시리아너를 놀라게 하는 데는
그것만으로도 충분했다.

며칠에 걸친 무서운 비 때문에 바닥엔 아직도 물이 흥건히 고
여 있었다. 다시 말하자면 두꺼운 물의 장막이 대지를 보호하고
있었던 것이다. 이렇게 물이 고여 있을 때 저 정도 구덩이가 패였
을 만한 충격이라면…… 맨바닥에선 상당한 깊이의 구덩이가 패
였을 터였다.

"저 정도 충격이라면 바람 계열에서는 번개 종류이겠는데…….
썬더 브레스Thunder Breath라면 이 근방이 통째로 날아갔을 테니
아닐 테고…… 썬더 스트라이크Thunder Strike일까? 아니, 그것 치

곤 범위가 너무 넓어…… 그럼 대체 무슨 마법일까……."

뮤트는 그곳에서 시선을 떼지 않은 채 중얼거렸다. 마법에는 전혀 문외한인 줄 알았는데, 어느 정도는 알고 있는 모양이다.

"마법에 대해 잘 알고 있나 봐?"

"내가 아는 건 바람 계열과 물 계열뿐이야. 그것도 '지식' 뿐이고. 아무튼 중급 이상의 마법 흔적인 것 같은데…… 하지만 그라다 씨의 말로는 그때 다리므의 상태가 하급 이상의 마법은 쓰기 힘들었을 거라고 들었거든? 다른 사람일까?"

"글쎄, 하급 마법이라면 검사나 기사들도 쓰지만 중급이라면 마법사가 썼던 것일 테고, 마법사는 흔한 게 아닌데."

"아무래도 가까이 가봐야겠는데……."

뮤트는 가벼운 걸음으로 도시를 향해 내려가기 시작했다. 딴에는 천천히 내려간다고 한 것 같긴 한데, 내리막길인 탓에 가속도가 붙어서 스시리아너는 헉헉거리며 뮤트를 따라가야만 했다.

"천천히 좀 가!"

"으앙~ 내리막길이라 속도 조절이 안 돼!"

아바스 백작의 영지 레부스. 그 중앙에 세워진 성의 접견실에서 두 사람이 마주 앉아 차를 마시고 있었다. 한 사람은 이 성의 주인 아바스 백작이었고, 나머지 한 사람은 흔치 않은 은발에 녹색 눈을 한 묘한 느낌의 청년이었다.

그의 이름은 리안 카레이프. 몇 개월 전부터 서서히 세력을 잡기 시작한 사라 왕녀의 측근 중 하나라 여겨지는 사람이었다. 기사 출신의 전략가로 20대 중반의 젊은 나이에도 불구하고 꽤나 실력 있다는 평판을 듣고 있었다.

지금 그는 사라 왕녀의 명령에 따라 독특한 작전을 수행하는 중이었다. 표면적으로는 페리어드에서 일어나는 사건을 조사하는 명목이었지만, 사실은 그것과 조금 다른 이중 작전인 셈이었다.

아바스 백작 같은 멍청이는 그런 사실을 꿈에도 알지 못하겠지만.

"……그렇습니까."

잠시 동안 아바스 백작의 설명을 듣고 있던 리안은 조금 눈을 내리깔며 짧은 대답을 중얼거렸다. 사방에 향그러운 차 내음이 퍼져 있었다. 타오 로이튼이라는 약초를 가공해서 만든 진귀한 차라던가. '타오-' 계열의 약초에는 독성이 있는 걸로 아는데, 그 독성을 없애는 가공을 한 모양이다. 한 잔에 3,000로엔을 호가하는 차라는 자랑스런 설명을 듣고 있자니 리안의 머리 속에 하고 싶은 말은 단 한 마디밖에 떠오르지 않았다.

미친놈.

"정말 향기로운 차로군요. 언제 다시 이런 차를 마실 수 있을런지……."

하지만 리안은 속마음과는 달리 만족한 미소를 지으며 차를 마셔야만 했다. 벌써부터 할말 다했다가는 오히려 의심을 사기 쉽다. 우선 아주 잠깐 동안은 저 앞에 있는 자의 비위를 맞춰주어야 했다.

'우에엑! 너무 달잖아. 이게 3,000로엔이라고? 어이구, 아까워. 3,000로엔이면 얼마야. 100로엔에 12개들이 한 상자를 파는 고급 차 데루닌으로 세면 360잔, 50로엔에 12개인 리가로 세면 720잔. 35로엔에 12개를 파는 챠만으로 세면…… 가만, 소수점 세째 자리에서 반올림해서 1,028,571잔이잖아. 젠장, 저 돈으로 챠만을 샀으면 하루에 두 잔씩 마신다고 쳐도 1년하고도 149일 동안은 마실 수 있을

텐데. 돈을 쓸 데가 없는 모양이군.'

그는 지금 천재적이라는 놀라운 계산력을 엉뚱한 곳에 사용하고 있었다. 하지만 그런 리안의 머리 속을 저 앞에 있는 사람이 알 리가 없다. 겉으로 드러난 리안의 표정은 더없이 만족스럽고 즐거운 듯한 것일 터이므로.

너무 달아서 속이 뒤집어질 것 같은 차를 간신히 다 마신 리안은 구겨지려는 인상을 간신히 펴며 말을 꺼내기 시작했다.

"그런데 아바스 백작님께서는 요즘 용의자들을 찾느라고 사병 여러 부대를 움직이고 계신다고 들었습니다만……."

"당연한 일이지요. 페리어드를 위한 일이니……."

최대한 우아해 보이려 애쓰는 대답이 돌아왔다. 하지만 리안은 그런 그의 대답이 우습기만 했다. 페리어드를 위한 일이라니. 그런 자식이 용의자를 잡아서 조사할 생각은 안 하고 대뜸 죽이려고 드냐? 조금 설득력 있는 핑계를 댈 수는 없나?

"파견된 사병들 중에 사상자가 꽤 있었던 걸로 들었습니다만……."

"예, 슬픈 일이지요. 그 마법사의 마법이 생각보다 강대했던 탓에……."

아바스 백작은 애써 안타까운 표정을 지으며 리안을 쳐다보았다. 리안은 금세 그의 눈에 담긴 감정을 읽어낼 수 있었다. 그 마법사라는 건 분명 다리므. 알테이아의 마법사인 다리므가 벌인 일이니 알테이아에서도 어느 정도 책임을 져야 할 거라는 은근한 협박성 말이다.

하지만 우리가 미쳤냐? 지금 우리도 다리므가 얽혔든 탓에 골치가 아파 죽겠는데. 만약 다리므에게 무슨 일이라도 생겼으면 적

어도 이 영지 하나쯤은 서서히 말라죽어 버릴 거다. 영지에 말라
죽는다는 표현은 조금 우습긴 하지만, 제르비드님이라면 그런 짓
을 충분히 하고도 남을 사람이니까. 딴 사람의 일에는 무심해도
다리므의 일이라면 목숨걸고 달려드는 게 칼 제르비드다. 하지만
그럼에도 불구하고 저렇게 여유로운 걸 보면 아바스 백작은 그런
예상은 전혀 하고 있지 못하는 모양이다.

"하지만 특별한 위협이 없는 한 다리므는 그런 마법을 쓸 사람
이 아닙니다."

리안은 차가운 어투로 중얼거렸다. 순간 아바스 백작의 미간에
약간의 주름이 잡혔다. 차갑게 대꾸하는 리안의 말투가 맘에 들지
않았던 모양이다.

"그 말은 제 사병들이 먼저 위협을 가했을 거라는 뜻으로 들리
는군요. 제가 잘못 들은 것 같지만……."

"아니, 잘 들으셨습니다. 생각보다 이해력이 좋으시군요."

아직은 조금 이른 것 같아 최대한 억제하려고는 했지만, 리안의
말에는 비아냥거림이 가득 실려 있었다. 덕분에 그는 눈앞에 앉아
있는 아바스 백작의 미간이 점점 구깃구깃해지는 진기한 장면을
목격할 수가 있었다.

'어떻게 하면 미간에 저렇게 구김이 잡히는 거지? 호오, 신기하
군.'

"대체 무슨 말을 하고 싶은 건가요."

아바스 백작의 목소리에는 짜증이 묻어 있었다. 하지만 리안은
그런 그의 태도엔 전혀 상관치 않고 여전히 차가운 태도로 그의
말에 답했다.

"제가 조사한 바로는 사병들이 먼저 검을 빼 들고 달려들었다

고 들었습니다. 이 소도시 외곽 지역의 한 여관 주인에게서 들은 말입니다만, 그 주인이 거짓말을 했을까요? 한 명을 여러 명이 상대하는 차에 한 명이 먼저 공격하는 경우는 없는 걸로 알고 있습니다만."

이제 그 여관은 망했군. 이제 몇 분 후에 아바스 백작의 화풀이 성 명령에 따라 그 여관 주인은 엉뚱한 대가를 치러야 할 터였다.

하지만 그런 건 리안이 상관할 바가 아니었다. 어떻게 해서든 목적만 이루면 되니까. 여관 하나 망하는 것까지 신경 쓰려면 제대로 할 수 있는 일은 아무것도 없다는 걸 잘 알고 있는 그였다. 여기서 까딱 잘못했다가는 여관 하나만 망하는 게 아니라 이 영지 전체에 안 좋은 영향이 미치게 될 테니까.

그리고 리안은 차갑게 웃으며 자신의 말을 끝맺었다.

"이 기회에 피에렌 파를 몰아내고 권력의 판도를 바꾸어보겠다고 생각하는 건 그렇다 치겠습니다만, 큰 실수를 하신 겁니다. 물론 실수에 따른 대가를 치르셔야겠죠."

"라드흰? 여기 있나요?"

미르는 어두운 건물 안에 들어서며 라드흰의 이름을 불렀다. 순간 투덜거리는 말투의 대답이 곧바로 돌아왔다.

"두 시간이라고? 이게 두 시간이냐?"

어둠 속에 묻힌 라드흰의 얼굴에는 불평이 가득 차 있었다. 하지만 그의 태도가 자주 그렇듯 진지한 맛은 없어서 미르는 픽, 웃어버렸다.

"아무리 찾아도 단서가 없어서 늦어버렸어요."

"어이구, 빗속을 뛰어나가더니만…… 스시리아너님은 어디에?"

라드휜은 늙은이 같은 투의 말을 중얼거리며 불을 켰다. 이럴 때를 대비해 작은 마석을 주머니에 넣고 있었던 모양이다. 어두컴컴하던 방안이 순간 밝은 흰빛으로 둘러싸였다.

미르는 얕은 한숨을 쉬며 라드휜의 옆에 주저앉았다.

"사정이 있어서 헤어졌어요. 그런데 라드휜, 무슨 할말이 있는 얼굴을 하고 있군요. 하고 싶은 말이라도 있는 모양이죠?"

"눈치 하난 빠르군."

라드휜은 어깨를 으쓱해 보이더니 말을 계속했다.

"단서가 없다고 했지? 이제 더 이상은 안 찾아도 돼. 또 나이트에게 한방 먹었거든. 우린 완전히 헛수고했어."

"역시…… 딘은 다리므를 계속 지켜보고 있었던 모양이군요."

너무도 간단하고 정확히 자기가 할말을 짚어내는 미르의 말에 라드휜은 황당하단 표정을 지었다.

"뭐야, 알고 있었잖아."

"한두 번 당했어야지요. 아무튼 어떻게 되었어요?"

"아레스에게 연락이 왔어. 너와 연락한 지 몇 시간 후에 나이트의 연락을 받아 그때부터 다리므를 지켜보고 있었다더군. 지금 그들이 있는 장소는 북서쪽 도시 레부스라던데. 상황이 그리 좋진 않은 모양이야. 최악의 상황에서만 보호하고, 그 외에는 방관하며 지켜보라는 명령이 있었다는 거야. 나이트는 명령이 아니라 그냥 하는 말이니까 적당히 거역해도 된다고 우겨대지만, 어디 우리에게 그런 게 통하겠어? 아무리 그렇게 우겨대봤자 나이트의 말이니 그대로 들어줄 수밖에 없잖아. 아무리 강제성이 없다 해도 몇백 년에 걸쳐 드래곤으로서의 생활이 몸에 배어버린걸. 아무튼 그 덕분에 아레스는 제대로 개입을 못 하고 위험한 순간에야 간신히 방어 마법을 걸어주었다더군. 거의 아슬아슬하게 구해낸 모양이야. 지금은 그 근방 정령들에게 발견되어 그들에게 보호받고 있다는데."

정령이란 말에 미르는 미간을 좁혔다.

"정령이라면?"

"그 두 사람 모두 상당한 상처를 입은 모양이야. 누군가의 도움을 받게 하긴 해야겠는데, 그 근처 주민들은 잔뜩 겁을 먹어서 도와주려 하지 않았다는 거야. 게다가 다리므가 그대로 기절해 버렸으면 편했을 텐데, 직접 데리고 가려는 순간 바득바득 일어나 버렸다지 뭐야. 그러니 별수 있었겠어? 적당히 쇼를 벌여서 정령들이 발견하게 한 거지. 하지만 다행히 그쪽에 거주하는 정령들은 특별한 파벌에 속하지 않은 이들이야. 다시 말하면……."

"다시 말하면?"

"스시리아녀의 옹호자들이지. 제일 다루기 좋은 사람들이야."

미르는 라드휜의 말에 자기도 모르게 한숨을 쉬었다. 그 시끄러운 최상급 정령을 옹호하는 사람들이라고?

그런 미르의 태도에 라드휜은 킥킥 웃었다.

"역시 어지간히도 당한 모양이군. 하이 소프라노와 있으면 피곤하다고. 하지만 내가 알아봤더니 희한하게도 스시리아녀는 실질적인 파벌은 없어도 인기는 꽤 있는 모양이야."

"아무튼 몇 시간 정도만 쉬다가 레부스로 가봐야겠군요."

미르는 더 이상 얘기하기 싫다는 듯이 그 자리에 드러누워 버렸다. 딱딱한 나무 바닥의 느낌이 등에 느껴져 왔다.

"아참, 깜박 잊은 말이 있는데……."

라드휜의 말을 들으며 미르는 스르르 눈을 감았다.

"레브라드가 넘어왔어. 타피카의 풋내기 풍룡(風龍) 말이야. 덕분에 나이트의 드래곤은 넷이 됐어."

……감았다가 번쩍 떴다.

"뭐라고요?"

"왼쪽이야."

스시리아녀의 간단한 말에 따라 뮤트는 눈앞을 가리는 수풀을 걷어내며 거친 숲길을 걸었다. 대체 이 길이 맞기는 한 건지 의심스러운 기분이 들 정도로 거친 길이었다. 최근에 사람의 왕래가 전혀 없었음이 분명한 길이었다.

"대체 얼마나 더 가야 하는 거야?"

워낙 거친 길이다 보니 뮤트도 그리 빨리 걸을 수는 없었다. 한 발 한 발 옮길 때마다 발 밑에 부서지는 나뭇가지와 시야를 가리는 넓은 잎사귀들이 수없이 걸음을 방해했다. 축축이 젖어 있는 잎사귀들을 헤치다 보니 뮤트의 옷은 이미 흠뻑 젖어 있었고, 군데군데 진녹색의 물이 들어 있었다. 게다가 잎사귀를 조금만 잘못 건드려도 날카로운 잎 옆면에 손을 베이기 일쑤였다.

"나도 몰라. 가다 보면 나오겠지."

"이, 이봐, 시스……."

너무도 무책임한 스시리아녀의 말에 뮤트는 할말을 잃고 말았다. 지금껏 스시리아녀가 지정해 주었던 방향마저 의심스러워지는 순간이었다.

"별수 있어? 정령의 영역이라는 게 다 이런걸. 걷다 보면 나오겠지. 가다가 해지면 노숙하고."

아무래도 스시리아녀의 말은 갈수록 무책임의 정도가 심해지는 것 같았다. 뮤트는 한숨을 쉬며 뒤따라오는 스시리아녀를 돌아보았다. 하지만 놀랍게도 그녀는 너무도 쉽게 이 거친 길을 걸어오고 있었다. 나무와 풀잎을 헤치고 걷는 게 아니라, 아예 이 숲이 그녀에게 길을 만들어주고 있는 것이다. 얼핏 보아서는 보이지 않을 만큼 느릿한 움직임이었지만, 자세히 살펴보면 나무들이 천천히 가지를 들어 스시리아녀가 가는 길을 열어주는 모습이 분명히 보였다.

"왜 그렇게 쳐다봐?"

하지만 아무래도 스시리아녀는 이런 데 너무 익숙해져서 특별함을 느끼지 못하는 모양이었다. 너무나 자연스러운 모습. 뮤트는 가벼운 미소를 지으며 걸음을 조금 늦춰 스시리아녀와 나란히 걷기 시작했다.

"아니, 아무것도 아니야."

스시리아녀와 나란히 걸으니 걷는 것이 상당히 수월했다. 이런 길에서는 앞서가는 사람이 풀을 치워가며 길을 만들어야 하기 때문에 일부러 앞서 걸었던 것인데, 지금 생각하니 괜히 고생하며 걸었던 셈이었다. 이곳이 근래에 사람의 왕래가 거의 없었던 것처럼 보이는 이유를 이제서야 알 것 같았다. 대지의 정령들이 지나갈 때에는 숲 자체가 스스로 길을 열어주었다가 다시 제자리로 돌아갈 테니, 특별히 흔적 같은 게 남을 이유가 없었다.

"그런데 시스, 넌 그 사람들을 왜 찾고 있는 거야?"

"그냥."

"에엑?"

분명하면서도 어중간한 대답에 뮤트는 놀란 표정을 지었다.

"한번쯤 만나보고 싶어서 그래. 왜, 그런 적 있잖아. 얘기만 들어도 만나보고 싶은 사람."

조금 부연 설명을 붙여주긴 했지만 그래도 스시리아너의 대답은 여전히 애매한 것이었다. 사실 정확한 대답도 아니었다. 그녀가 만나보고 싶어하는 사람은 다리므와 렌스가 아니라 그림자의 기사 디아나 라이드였으므로. 하지만 뮤트는 그런 스시리아너의 생각을 알지 못했기에 그냥 대충 이해하고 고개를 끄덕였다. 역시 정령들은 주어진 시간이 많은 만큼 이런 이유로 움직이는 경우도 있구나, 하고.

"그런데 미르는 정말 두고 와도 되는 거야?"

"아, 알아서 찾아오겠지. 뭐, 아니면 우리가 그 사람들을 찾아서 미르한테 가보면 되고."

이쯤 되자 뮤트는 어떻게 하면 스시리아너에게서 '불안한 투'의 말을 들을 수 있을지 궁금해졌다. 하지만 이런 스시리아너와 있으니 마음만은 편했다. 아주 작은 것으로도 고민하고 힘겨워하는 자신과는 달리, 스시리아너는 시원시원했고 맘 편해 보였다. 무책임하다고는 하지만, 달리 말하면 쓸데없는 걱정을 하지 않는 셈이었다.

쓸데없는 걱정으로 아무것도 못 하고 전전긍긍하는 것보단 과감히 무책임해지는 게 더 나을 테니.

하지만 정작 스시리아너는 더없이 불안한 마음으로 뮤트를 보고 있었다. 지금 이렇게 정령의 구역에 찾아가고 있긴 하지만, 정령들에게 연락하는 것조차 조금 망설였던 그녀였다. 뮤트에게는 자신이 정령이란 사실을 알리고 싶지 않았기 때문이다. 우선은 그냥 아는 정령들이라고 말해 두고, 그쪽에 있는 정령들에게도 미리 결계를 풀어놓으라고 일러두긴 했지만 여전히 불안했다. 뮤트가

'시스는 어떻게 정령들을 아는 거야?' 라는 질문을 던져 오면 할말이 없어져 버리기 때문이었다. 그러나 뮤트는 별다른 질문을 던지지 않았다. 단순하게도 뮤트는 정령들의 영역에 가볼 수 있겠다고 좋아하기만 했다.

'휴…… 역시 아슬아슬해.'

스시리아너는 뮤트를 돌아보며 작은 한숨을 쉬었다. 가끔씩 이렇게 인간들과 어울릴 때마다 아슬아슬한 줄타기를 해야 하는 그녀였다. 완벽한 인간의 모습을 하고 정령으로서의 느낌까지 완벽하게 숨기는 건 간단했지만, 아무리 그래도 오랜 기간 동안 함께 있다 보면 언젠가는 정령이라는 사실을 들키기 마련이었다.

우정, 교감. 소중하다고 여겨지는 이런 단어들이 얼마나 쉽게 깨어지는지 절실히 느끼며 살아온 스시리아너였다. 아무리 친해져도 최상급 정령이라는 게 밝혀지면 누구든 어색해져 버리고 말았다. 상대방이 어떤 종족인지가 오랜 세월의 유대 관계를 간단히 부숴 버릴 만큼 엄청난 것은 아닐 텐데도, 그 사실을 들킨 순간 모두들 그렇게 어색해져 가는 것이었다. 그 동안 날 속였어. 난 널 믿었는데, 라는 식의 말을 중얼거리면서.

정말 믿었었다면 그런 말을 할 수 있는 걸까? 정말 믿었었다면 그 사람이 어떤 비밀을 가지고 있었든, 또 누구이든 간에 변함없는 태도로 대할 수 있어야 하지 않을까?

하지만 역시 그건 쓸데없는 기대겠지.

스시리아너는 이번에는 과연 얼마나 오래 갈 수 있을까, 하는 생각을 하며 뮤트를 돌아보았다. 그 순간 스시리아너는 풋, 하고 웃음을 터뜨리고 말았다. 스시리아너가 괜히 심각해져 있는 동안 뮤트는 지나가는 벌레 한 마리를 신기한 표정으로 쳐다보고 있었던 것이다.

'뭐, 그런 건 그때 가서 생각해도 되겠지.'

어쩐지 뮤트를 만난 뒤로 점점 가벼워져 가는 스시리아너였다. 하지만 지금만큼은 그런 걸 신경 쓰지 않고 지금 이 순간만을 생각하고 싶다는 기분이 들었다. 처음으로 불확실한 앞날보다는 지금 이 순간을 느끼는 게 소중할 거라는 생각이 들었다.

"이런 곳에 건물이 있다니 놀라워."

뮤트는 몇 시간을 걷고 나서야 눈앞에 나타난 거대한 건물을 올려다보았다. 어떻게 이런 숲 깊숙한 곳에 저렇게 커다랗고 대단한 건물이 있을 수 있는지 놀라웠다. 뮤트가 아닌 누구라도 놀랄 수밖에 없는 장면이었다.

아무래도 아주 오래 전에 지어졌는지, 건물 전체에는 고풍스러운 분위기가 가득 배어 있었다. 세월의 풍상을 받아 그윽한 아이보리색으로 변한 벽면. 그 위에는 싱싱한 식물 줄기가 건물 전체를 감싸듯 진녹색 줄기를 사방에 얽어두고 있었다. 바람이 살랑살랑 불어올 때마다 벽면에 얽힌 잎사귀들이 손을 흔들듯이 일제히 까딱거린다.

어쩐지 저 잎사귀들에게서 환영받고 있다는 기분이 들어 뮤트는 자신도 모르게 미소를 지었다. 처음으로 환영받고 있는 기분이 푸근하고 좋았다. 괜히 혼자 생각해 본 착각일 뿐이지만, 이렇게 생각할 수 있다는 것 자체가 즐거웠다.

"오셨군요."

건물의 문 앞에 서자, 친절하게 생긴 사람이 미소를 지으며 두 사람을 맞아주었다. 갈색의 긴 머리를 곱게 땋아올린, 차분한 인상의 여성이었다. 그녀의 하얗고 뾰족한 귀는 그녀가 정령임을 알려 주었다. 차분한 인상에 깨끗한 흰 옷. 그리고 친절한 미소가 뮤트의 마음을 푸근하게 했다. 언제나 정령들에 대한 악담만을 들어왔던 그녀로서는 예상치 못했던 장면이었다. 물론 스시리아녀가 옆에 있어서 저렇게 친절히 맞아주는 것이겠지만, 기분은 나쁘지 않았다.

그녀의 안내를 따라 긴 통로를 걸었다. 마치 아주 조용한 성소에라도 온 분위기였다. 긴 통로 안에서 세 사람의 발소리는 아주 맑은 소리로 울려퍼졌다. 통로 양편에 커다랗게 만들어져 있는 유리창에선 새하얀 햇볕이 길게 비껴 들어와 환상적인 분위기를 만들어내고 있었다.

그리고 어디선가 풍겨오는 향기로운 기운…… 졸릴만치 조용한 분위기에 모든 것이 젖어 있었다.

스시리아녀는 분위기에 젖어 있는 듯한 뮤트를 힐끔 쳐다보고는 걸음을 조금 빨리해 앞서가던 정령에게 말을 걸었다.

"내가 말한 대로 일러두었겠지?"

소곤거리는 귓속말이었다. 그녀도 아주 작은 목소리로 답했다.

"물론입니다. 안심하세요."

언제나 그랬듯이 차분한 그녀의 목소리를 듣고 나서야 스시리아녀는 간신히 안심을 할 수 있었다. 그리고 다시 걸음을 늦춰 뮤트와 나란히 걸으려는데, 문득 뮤트가 작은 목소리로 혼자말 같은 말을 중얼거렸다.

"특이한 느낌이 들어."

"지금은 그렇지, 며칠만 있으면 지루해."

어쩐지 분위기를 깨는 듯한 말이었지만 스시리아녀로서는 그것이 진심이었다. 그냥 잔뜩 성스러운 척만 해놓은 이런 식의 건물은 스시리아녀에게는 식상한 형태일 뿐이었다. 성스러운 척만 해놓았지, 실제로 성스러운 것과는 거리가 머니까. 이런 고요한 건물 안에서도 저속한 투쟁과 불합리가 끝없이 펼쳐진다는 걸 이미 생생히 알고 있는 이상, 이런 건물이 푸근하게 느껴져 올 수가 없었다.

바람이 부는지 한쪽에 매달린 하얀 커튼이 하늘거린다. 무엇이 그리도 시선을 끄는지 잠시 동안 그 커튼을 쳐다보고 있던 뮤트가 덤덤히 중얼거렸다.

"차가워."

"응?"

뮤트의 성격상 예쁘다, 따뜻해. 등등의 말이 나올 줄 알았던 스시리아녀는 갑자기 무슨 소리냐는 듯이 뮤트를 쳐다보았다. 그러나 뮤트는 의미를 알 수 없는 한마디만 덧붙이고는 입을 다물어 버렸다.

"하얀 건물에선 왠지 비누 냄새가 나는 것 같아."

그러는 동안 그들은 방문이 여러 개 길게 늘어서 있는 곳까지 와 있었다.

"어젯밤에 도시 한곳에서 다친 사람을 전부 데려왔습니다. 이 방부터 왼쪽에 늘어선 방에 있습니다."

앞서가던 정령이 조용히 앞에 늘어선 방문들을 가리켰다. 스시리아녀는 아무런 주저 없이 가장 가까이에 있는 방문을 열었다.

문은 소리없이 열렸다. 깔끔하게 정리된 작은 방이었다. 아무래도 손님용 방인 듯, 방 한가운데 작은 탁자가 놓여 있고 한쪽 벽면에 침대 하나가 놓여 있었다.

그리고 그 방 한쪽에 있는 창가에 누군가가 서 있었다. 열린 창을 통해 쏟아져 들어오는 바람을 맞으며 한 사람의 모습이 창 밖을 내다보고 있었다.

부드럽게 밀려들어 오는 바람. 바람결을 타고 그의 검은 머리칼이 부드럽게 흩날린다. 스시리아너에겐 낯설었지만 뮤트에겐 더없이 낯익은 모습이었다. 언제나처럼 바람을 맞고 서 있는 저 사람의 모습은…….

"다리므……."

뮤트는 어느새 자신도 모르게 그의 이름을 부르고 있었다. 조용히 퍼져 나간 뮤트의 목소리에 그는 뒤를 돌아보았다. 바람에 닿아 있던 그의 얼굴이 천천히 방안의 사람들에게 비춰졌다. 역시 하나도 변하지 않은 얼굴이다. 놀라움과 반가움을 뒤섞은 표정을 짓는 것까지도…….

"딘……?"

순간 그가 팔을 뻗어 뮤트를 와락 끌어안았다. 따뜻하고 포근한 체온이 전해져 온다.

"대체 어딜 갔었던 거야……."

다리므의 목소리가 귓가에 스며든다. 좋은 느낌. 이대로 눈을 감아버리고 싶다. 하마터면 '오랜만이야……'라는 말을 내뱉을 뻔했다.

하지만…….

"저…… 사람을 잘못 보신 것 같은데요……."

뮤트가 내뱉은 작은 목소리에 다리므는 고개를 들어 뮤트를 쳐다보았다. 한참 동안 뮤트의 얼굴을 빤히 쳐다보던 그는, 이내 얼굴이 빨갛게 물들더니 급히 뮤트를 안고 있던 팔을 풀었다.

"아, 죄, 죄, 죄송합니다. 아, 아는 사, 사람이랑 너, 너무 닮아서……."

보통 사람이라도 충분히 당황할 만한 상황이지만, 다리므의 경우에는 그 정도가 심했다. 너무 더듬거려 무슨 말인지도 알아듣지 못할 말을 내뱉으면서 비틀비틀 뒤로 물러나는 게 거의 제정신이 아닌 듯했다.

그리고…….

"우와악!"

너무나 당황한 나머지 뒤에 창문이 있다는 사실을 잊은 다리므는 뒤로 심하게 휘청했다. 덕분에 놀란 뮤트가 급히 달려가 그의 어깨를 붙잡…….

……으려 했지만 때가 너무 늦었다. 순식간에 뒤로 넘어가 버린 다리므는 그대로 처참한 비명을 남긴 채 창 밖으로 떨어져 버렸다.

풀썩……!

풀들이 단체로 눌리는 소리가 나며 찢긴 풀잎들이 어지러이 날렸다.

"어, 어쩌지?"

뮤트가 당황한 표정을 지으며 스시리아너를 쳐다보았다. 스시리아너는 킥킥거리며 그녀의 말에 답했다.

"치한의 처참한 말로지 뭐."

"하지만……."

"뭘 그리 걱정해? 여긴 일층이잖아?"

11

철컹!

철문이 닫히는 날카로운 소리가 조용한 공간을 울렸다. 너무도 차가운 철문의 감촉. 리안은 있는 힘을 다해 소리쳤다.

"야! 이 나쁜 자식들아! 왜 날 잡아 가두는 거냐!"

어두운 지하 통로가 쩌렁쩌렁 울릴 정도의 큰 목소리였다. 그걸로도 모자라 리안은 있는 힘을 다해 철창을 흔들기까지 했다. 철컹거리는 소리와 리안이 악쓰는 소리가 고요하던 통로를 시끄럽게 울렸다.

"그래, 막 나가라! 막 나가! 날 여기 가두어놓고 잘되나 보자!"

하지만 아무리 리안이 철창을 흔들어봤자 철창이 열릴 리가 없었고, 아무리 소리쳐 봤자 문을 열어줄 사람은 없었다. 앞에 있던 두어 명의 간수들도 그런 리안을 보며 한심하다는 듯이 혀를 차더니, 이내 저편으로 걸어가 버렸다.

"갔군……."

간수들이 저편으로 가버리자, 그제야 리안은 철창을 잡은 손을 놓고 뒤쪽에 있는 침대 같은 물건 위에 털썩 주저앉았다. 침대라고 놔둔 것 같긴 한데, 아무리 보아도 리안의 눈에는 철제 널빤지를 벽에 붙여놓은 걸로밖엔 보이지 않았다. 차갑고 딱딱하다. 아무리 작전이라지만 감옥에 갇혀보는 건 처음이라 도무지 익숙하지가 않았다.

하지만 다행스럽게도 이곳은 독방이고, 또 조용했다. 아예 갇히기로 작정을 하고 온 것이지만 별말 하기도 전에 다짜고짜 감옥에 처넣어져 감옥 환경은 얼마나 나쁠까, 하는 걱정을 하던 차였다. 하지만 이 내부 환경 자체는 그리 나쁘지 않았다. 며칠 지내보면 견디기 힘들지도 모르지만, 지금 당장은 견딜 만했다. 그저 차갑고 으스스한 게 귀신 나오기 딱 좋을 분위기라는 것뿐이었다.

'나참, 진짜 독설을 꺼내기 전에 우선 조금 비위 맞춰주는 시작 단계밖에 안 갔었는데, 그렇게 다짜고짜 날 감옥에 처넣을 수가 있나. 어지간히도 성질이 급한가 보군. 뭐, 요즘 페리어드 돌아가는 걸 봐서는 눈에 뵈는 게 없는 시기이겠지만…… 이건 좀 성급하잖아. 나야 생각보다 간단히 목적을 이룬 셈이긴 한데…… 어째 찜찜하네. 그런데 왕녀님은 무슨 생각을 하고 있는 거지? 내가 여기 있으면 페리어드에 개입할 명분이 생긴다는 건 사실이지만……'

이런 데서 오래 생활하면 허리 디스크 생기겠다. 겨울에는 이 위에서 자기 힘들겠지? 날씨가 좀 추우면 여기서 얼어죽는 사람도 꽤 되겠구만. 과연 밥은 제대로 주려나. 여기선 인권이고 뭐고 다 필요없겠지?

리안은 한참 구시렁대다 말고 천장을 올려다보았다. 회색 빛 천장. 우습게도 익숙한 느낌이다. 색깔은 다르지만……

"차갑군…… 노이테라보다 더 차가워."

과연 그 하얀 건물보다 더 차가운 건물이 있을까, 라고 생각해왔던 오랫동안의 의문이 한번에 풀려나간 셈이었다.

리안은 스르르 눈을 감았다. 그 새하얀 건물이 떠올랐다. 정말 새하얀…… 노이테라. 세월은 많이 흘렀는데 변한 건 하나도 없었다. 지금은 그때와는 달리 리안에게도 할 일이 있고, 또 어느 정도의 힘이 있긴 하지만…… 상황 자체는 변하지 않았다.

"디아나…… 라이드."

리안은 자신도 모르게 하나의 이름을 되뇌어보았다. 이상한 기분. 묘한 느낌이 혀끝에 맴도는 것만 같다.

'하지만 감상 따윈 이제 끝내야겠지.'

그리고 리안은 다시 몸을 일으키며 현실적인 생각에 잠겨들어가기 시작했다.

'왕녀님은 무슨 생각을 하고 있는 걸까, 내가 여기 있으면 명분이 생기는 건 사실인데, 나없이 군사를 쉽게 운용할 수는 있을까? 훗…… 역시 이런 생각은 자만일까? 내가 없어도 베기스님이 있으니 잘하시겠지. 이제는 손댈 수도 없이 높은 곳에 있는 사람이니까.'

리안은 천천히 몸을 돌려 벽면을 돌아보았다. 탄탄해 보이는 벽면 위쪽에 작은 창이 있는 게 보였다. 너무도 전형적인 감옥의 창문이었다. 녹슨 쇠막대기가 다섯 개 꽂혀 있는 형태가, 단단하면서도 어쩐지 허술해 보였다.

삐각!

리안이 침대 같은 물체 위로 올라가 철창을 잡아당겨 보니 이
상한 소리가 났다. 역시 오랫동안 신경 쓰지 않았나 보다. 그리 힘
을 주지 않았는데도 철창이 조금씩 어긋나기 시작했다. 조금만 더
잡아당기면 어떻게 될 것도 같은데…….

그때였다.

뚜벅, 뚜벅, 뚜벅!

저편에서부터 발소리가 점점 가까이 다가오기 시작했다. 간수들
이 다시 감옥을 둘러보는 모양이다. 젠장, 타이밍이 너무 안 좋다.
이대로 손을 놓고 침대 위로 내려갔다가는 철창을 어긋나게 한
게 들킬 텐데…….

'에라, 모르겠다'

리안은 철창이 어긋난 부분을 손으로 꽉 잡았다. 그리고 악을
쓰듯이 소리치기 시작했다.

"거기 밖에 누구 없어요! 나 좀 빼내줘요!"

뒤쪽에서 조롱하는 듯한 소리가 들려온다.

'그래, 어디 언제까지 저렇게 웃을 수 있나 보자.'

리안은 철창을 잡은 손을 놓지 않은 채 그대로 계속 소리쳤다.

"거기 밖에 누구 없어요!"

날카롭게 비껴나간 철창의 단면은 금세 손바닥의 살을 파고들
어갔다. 이내 붉은 피가 손바닥을 타고 내려와 소매를 적시기 시
작했다. 하지만 아직은 이 손을 놓을 수가 없었다. 간수들이 충분
히 멀리 가지 않으면…….

'우…… 젠장, 저 자식들이 꾸물거리고 지나간 탓에 손이 완전
히 피투성이잖아.'

간수들이 충분히 멀리 갔다고 판단된 후에야 리안은 다시 철창

을 흔들기 시작했다. 삐걱거리는 소리가 나더니 금세 쇠막대기 세 개가 부러져 나갔다. 너무 쉽게 빠진다 싶어 이상하기도 했지만, 아무튼 이 정도라면 간신히 이곳에서 빠져 나갈 만한 넓이는 될 것 같았다.

'아이구, 이게 웬 고생이야……'

하지만 빠져 나가는 것은 생각보다 어려웠다. 간수들이 돌아다니는 눈치도 봐야 하는 데다 쇠막대기가 부러져 나간 단면이 너무 날카로워서 요령껏 피해 넘어가야만 했기 때문이다.

꼭 먼저 이곳에서 나가 있을 필요는 없었지만, 이왕 들어온 김에 이 부근을 한번 염탐해 보고 싶었다. 명분 때문에 일부러 잡혀 들어온 것이긴 하지만, 일단 시나리오상으로는 '억울하게 잡혀 들어온' 것이니 탈옥을 한다 해도 차질이 빚어질 리 없다.

보통 지하 감옥의 창은 바깥에선 지면에 가까운 낮은 높이에 위치하기 마련인데, 이곳은 그렇지 않았다. 덕분에 리안은 간신히 창을 넘어가고도 그대로 바닥에 떨어져 굴러야만 했다.

'대체 이곳 구조는 어떻게 생겨먹은 거야. 지하 감옥의 벽 너머에 또 지하실이라니…… 보통은 바깥과 연결되기 마련인데……'

떨어지면서 딱딱한 바닥과 세게 부딪힌 탓에 온몸이 욱신거렸다. 리안은 투덜대며 몸을 일으켰다. 그러나 그 주변의 풍경이 눈에 들어온 순간, 그는 그대로 몸이 굳어지는 것을 느꼈다.

"뭐, 뭐지, 이곳은……"

"……이곳에서 엘하우드 양을 만나다니 의외로군요."

렌스의 무심한 목소리가 넓은 방안에 울려퍼졌다. 반갑다는 뜻인지, 귀찮다는 뜻인지 도무지 감을 잡을 수가 없게 하는 어투였다. 하지만 오랫동안 렌스의 태도를 관찰해 온 다리므는 그 말의 의미가 반가움이란 사실을 어렴풋이 느낄 수 있었다.

"내가 끌고 왔어요. 여기까지 혼자 오기엔 심심해서."

한쪽에 앉아 있던 스시리아녀가 가벼운 대답을 던져 주었다.

"그런데 우릴 찾았던 이유는 뭔가요?"

"그냥 한번 만나고 싶어서였어요."

"예? 그게 무슨……"

전혀 예상하지 못했던 답변에 다리므는 고개를 갸웃했다. 그런 그에게 스시리아녀가 장난스런 부연 설명을 던져 주었다.

"처음 만난 사람을 와락 끌어안았다가 놀라서 창 밖으로 넘어 가 버린 사람이니…… 재미있잖아요? 한번쯤 만나볼 만하지요."

"아, 그, 그건……"

"어라, 너 그랬었냐?"

이 방에는 방금 왔던 탓에 무슨 일이 있었는지 전혀 모르던 렌스가 의외라는 표정으로 다리므를 쳐다보았다.

"그게 말이지……"

다리므는 급히 항변의 말을 해보려 했으나 뭐라고 해야 할지 생각이 나질 않았다. 게다가 아까부터 스시리아녀가 생글생글 웃는 얼굴로 이쪽을 빤히 쳐다보고 있어 그의 당혹감을 더해주고 있는 상태였다.

결국 다리므는 변명의 말을 포기하고 화제를 돌려버렸다.

"아, 아무튼 이곳은 정령의 영역이랬죠? 정령의 영역은 두 번째 와본 것이긴 한데, 왠지 모두 노이테라 성과 비슷한 분위기군요."

당황해서 화제를 바꿔버렸다는 사실이 너무도 뻔히 드러나는 말이었다. 하지만 다리므의 그런 노력이 가상했는지, 스시리아녀는 순순히 대답해 주었다.

"당연하죠. 알테이아는 원래 정령들이 세운 나라였으니까. 지금 사용하고 있는 노이테라 성은 알테이아 본성을 본뜬 건물이라······."

스시리아너의 말에 다리므는 조금 고개를 갸웃했다. 무언가 이상한 점이 느껴졌기 때문이다.

"알테이아 본성보다는 노이테라가 먼저 지어지지 않았었나요? 그리고 그곳은 본래 마족들의 건물이었으니 본뜰 것도 없었을 텐데······."

다리므는 그냥 조금 이상한 점을 지적한 것뿐이었지만 스시리아너에게는 놀라운 말이었다. 최상급 정령으로서 지겨울 정도로 역사 공부를 해야 했음에도 불구하고, 노이테라가 원래 마족들의 건물이었다는 말은 처음 듣는 얘기였다. 물론 워낙 역사 공부를 싫어했었기에 잊어버린 것일 수도 있었지만, 그래도 무언가 이상하다는 생각이 계속 들었다.

다리므는 다시 잠시 생각에 잠겨 있다가 혼자말 같은 말을 중얼거렸다.

"······이상하게 연대가 어긋나 있는 것 같네요. 에리네스가 일부러 수를 써놓은 건 사실이지만······."

"에리네스라면?"

호기심이 인 스시리아너는 슬쩍 떠보듯이 질문을 던져 보았다.

"에리네스 라팅겔. 에리네스력(曆)을 만든 사람 말이에요. 그 사람 때문에 고대 이전의 120년이 텅빈 채로 남겨졌었잖아요······. 어? 그런데 왜 그렇게 뚫어지게 쳐다보고 있어요? 내 얼굴에 뭐라도 묻었나?"

다리므는 무심코 스시리아녀의 질문에 답하다가 뒤늦게야 스시리아녀가 자신을 뚫어지게 쳐다보고 있다는 사실을 깨닫고 눈을 깜박였다.

"아니에요. 내가 역사 공부를 제대로 안 한 탓에……."

"무슨…… 말인지?"

도무지 이해할 수 없는 스시리아녀의 대답에 다리므는 의아한 표정을 지었다. 하지만 스시리아녀는 제대로 설명을 해주지 않은 채 가볍게 손을 저으며 그의 말을 넘겨버렸다.

"아무것도 아니에요. 그건 그렇고, 잠깐 나갔다 올게요. 알아볼 게 있어서……."

탁!

문이 가볍게 닫히며 방안에는 어리둥절한 세 사람만 남았다. 렌스와 뮤트가 의아한 표정으로 다리므를 쳐다보았다.

"왜 저러지? 화났나?"

다리므가 알 수 없다는 듯이 고개를 갸웃하자, 렌스가 심드렁하니 대꾸했다.

"그걸 나한테 물어보면 내가 어떻게 아냐?"

*　　　　*　　　　*

'이게 대체 뭐야. 지하 감옥 너머에 미궁이라니. 그 자식의 취미가 의심스러워지려고 하잖아…….'

리안은 한참을 뛰다 말고 헉헉대며 바닥에 주저앉았다. 감옥을 빠져 나간 게 금방 들킬 게 뻔했기에 무조건 뛰었던 그였다. 하지만 이쯤 되자 더 이상 뛸 필요가 없을 것 같다는 느낌이 들었다.

감옥을 빠져 나간 것이 발견되더라도 쉽게 따라올 수 있을 리가 없었기 때문이다. 벌써 몇 개의 갈림길을 거쳤는지도 모르겠다. 이러다간 정말 며칠 동안 이 미궁을 헤매야 하는 건 아닐까 하는 생각이 들 정도였다.

'설마…… 미노타우르스라도 키우는 건 아니겠지……'

리안은 자기도 모르게 실없는 생각을 하며 픽 웃었다. 타오 로이튼을 가공해 차를 만들 정도의 인물이라면 집 안에 미궁을 만들어놓을 수도 있지 않을까? 그리고 그 안에 미노타우르스를 키울 수도 있지 않을까……?

만약 정말 이 안에 그런 괴물이 있으면 내겐 큰일이겠지만.

툭!

"응?"

어디선가 작은 소리가 난 것 같다. 리안은 고개를 들었다. 설마…….

스륵…….

옷자락이 스치는 듯한 소리도 난다. 리안은 긴장감이 온몸으로 퍼져 나가는 것을 느끼며 몸을 벌떡 일으켰다. 감옥에 갇혔다 뛰쳐 나온 터라 그에게는 무기도 없었다. 진짜 강력한 몬스터라도 나오면 바로 끝장인 것이다. 만약을 대비해 궁극의 방어 소재인 로제타로 된 옷을 입고 있긴 했지만, 아무리 그래도 공격을 못 하는 상태라면 언제까지나 버틸 수 있을 리가 없었다. 기사 출신이라는 게 무색해질 정도로 그의 운동 신경은 바닥을 긁고 있었으므로.

사라락…….

리안은 소리에 정신을 집중했다. 앞쪽에서 소리가 났다고 해서 무조건 뒤로 달려나갈 수는 없었다. 소리가 가까이에서 난다고 해서 정말 '가까운' 곳일지 확신할 수 없었기 때문이다. 이곳은 미궁이다. 물리적으로는 가까운 벽 하나 사이의 거리라도, 막혀 있다면 실제로는 아주 먼 거리와 다름없을 테니까.

"어엇?"

그러나 소리의 주인공은 리안의 바로 앞 모퉁이에서 나타났다. 그 소리의 주인공을 본 순간, 리안은 급히 달아날 필요가 없다는 사실을 금방 깨달을 수가 있었다.

저편에서 걸어오는 이는 인간…… 그것도 아주 아름다운 젊은 여성이었다. 올이 가는 금발을 허리까지 드리우고, 연하늘색이 감도는 원피스를 입었다. 아무래도 리안처럼 감옥을 뛰쳐 나온 사람인 것 같았다. 미궁을 돌아다니면서 어지간히도 고생했는지, 얼굴은 잔뜩 더럽혀져 있었고, 원피스는 더없이 구깃구깃했다. 게다가 어디서 그렇게 다쳤는지 오른팔에는 피가 흐르고 있었다.

아무래도 다친 몸을 이끌고 상당히 걸었던 모양이다. 팔에 흐르는 피는 이미 굳어져 덕지덕지 달라붙어 있었고, 신발도 신지 않은 하얀 발은 피투성이였다. 얼마나 걸었는지 발목은 퉁퉁 부어 있었다.

리안은 조심스레 그녀에게 다가갔다. 그러나 그 순간, 그녀는 갑자기 고개를 들며 날카롭게 소리쳤다.

"다가오지 말아요!"

가시가 잔뜩 돋혀 있는 앙칼진 목소리. 리안은 순간 움찔하며 걸음을 멈추었다. 그 순간 그녀는 벽에 한쪽 손을 댄 채 무너져 내리듯이 스르륵 주저앉았다.

"제발……"

흐느낌이 섞인 중얼거림과 함께 그녀의 어깨가 들썩거린다. 그녀는 표정이 전혀 보이지 않을 정도로 고개를 떨구고 있었다. 헝클어진 머리카락이 그녀의 얼굴을 완전히 가리고 있다. 그리고 이내 툭툭 떨어져 내리는 눈물 방울.

"무슨…… 일입니까?"

리안은 그 자리에서 더 다가가지 않은 채 침착히 질문을 던졌다. 그녀는 리안의 질문에 천천히 다시 고개를 들었다. 눈물로 범벅된 아름다운 검은 눈동자가 리안의 눈을 똑바로 쳐다보았다. 순간 리안은 숨이 멎는 듯한 감정을 느꼈다. 하마터면 자신도 모르게 그녀에게 다가갈 뻔했다.

하지만 리안은 마지막 순간에 간신히 이성을 되찾아 뒤로 몇 걸음 물러섰다. 지금 눈앞의 여성이 아무리 가련한 모습을 하고 있어도 일단은 모르는 사람이고, 이런 곳에서 만났으니 의심스러운 여지는 충분히 있었다. 적어도 리안에겐 아무 생각 없이 그녀를 도와줄 이유가 없었다.

"그래요. 빨리, 빨리 내게서 떨어져요……."

그녀는 리안이 몇 발자국 뒤로 물러서는 모습을 보며 다시 중얼거렸다. 그리고 서서히 다시 몸을 일으키기 시작했다. 피가 흐르는 오른손을 벽에다 댄 채 왼손을 바닥에 짚어 천천히…….

"왼쪽으로…… 통로를 계속 따라가요. 그러면 나갈 수……."

무엇 때문인지 그녀의 목소리는 점점 작아지고 있었다. 리안은 다시 몇 발짝 물러났다. 뭐가 어떻게 된 건지는 몰라도 우선 이 정도 거리가 떨어져 있으면 무슨 수를 쓰진 못할 터였다. 우선은 이대로 그녀가 어떻게 움직이는지 살피기로 했다.

그러나 그런 그의 생각은 단번에 깨어져 나가고 말았다.

"크를……."

그녀의 입에서 섬뜩한 소리가 새어나온다는 생각이 든 순간, 그녀는 어느새 리안의 바로 앞에 와 있었다. 움직이는 게 제대로 보이지 않았을 정도로 놀라운 속도였다.

'이, 이런!'

리안은 급히 몸을 뒤로 틀었으나 그녀의 손이 더 빨랐다. 휙, 하고 무언가 지나갔다는 느낌이 든 순간, 리안의 옷자락 끝이 깨끗이 베어져 나갔다. 리안은 급히 발로 그녀의 복부를 힘껏 찼으나 그녀는 움찔하며 한 발짝 물러났을 뿐, 별다른 반응을 보이진 않았다.

'이럴…… 수가!'

발끝에 전해온 느낌에 리안은 전율을 느꼈다. 차갑고 딱딱한…… 쇳덩어리를 찬 것 같은 느낌이다.

경악하고 있을 여유 따윈 없었다. 리안은 곧바로 있는 힘을 다해 뒤로 내달렸다. 순간 뒤에서 섬뜩한 느낌이 들었지만 뒤돌아볼 순 없었다. 그녀의 속도라면 순식간에 따라잡힐 테니……

하지만 이상하게도 첫 번째 공격 이후 그녀는 리안을 적극적으로 따라오지 않는 것 같았다. 원래대로라면 이미 따라잡혔어야 하는데도 뒤에 기척이 없었다. 한참 동안 전속력으로 달려가던 리안은 숨이 턱까지 차오르는 것을 느끼며 용기를 내어 뒤를 휙 돌아보았다.

놀랍게도 그녀는 저만치 뒤에 서 있었다. 고개를 푹 숙이고 벽에 기댄 채 덜덜 떨고 있었다. 뭔가 문제라도 있는 걸까? 무슨 말인가를 중얼거리고 있는 것 같다. 하지만 아까도 그랬듯이 저 정도의 거리는 순식간에 좁혀질 수 있을 터였다. 사실 이 정도로 속도의 차이가 난다면 내가 아무리 달려봐야 붙들릴 수밖에 없다. 하지만······.

리안은 순간적으로 떠오른 생각에 빠른 동작으로 위로 뛰어올랐다. 그리고 두 팔을 뻗어 훌쩍 벽 위로 올라갔다. 이곳은 미궁이지만 천장과 벽이 붙어 있지는 않아 얼마든지 넘어갈 수가 있었다. 이렇게 넘어다닌다면 거리가 쉽게 좁혀지지는 않을 터였다.

'앗!'

그러나 그녀의 속도는 리안이 생각했던 것 이상이었다. 리안이 벽을 채 넘어가기도 전에 그녀의 팔이 리안을 향해 날아오고 있었다. 리안은 급히 반대편으로 뛰어나가려 했지만 때는 너무 늦어 있었다. 피할 수 없다!

"으아아아악!"

붉은 피가 팍, 튀어 미궁의 벽과 천장을 온통 붉게 물들였다. 처절한 비명 소리가 미궁 안을 가득 채워나갔다.

"세, 세상에!"

리안은 자신도 모르게 탄성을 내었다. 그녀의 손이 날아 들어올 때 질끈 눈까지 감았건만, 소리를 지른 건 그가 아니었다. 하지만 그는 소리를 지르고 싶은 심정이었다.

"크······ 르······."

그녀의 오른팔은 그대로 몸통에서 떨어져 나가 바닥을 뒹굴었고 있었다. 그녀의 오른팔이 리안의 몸에 닿기 직전, 그녀 스스로 왼손을 오른쪽 어깨에 대고 그대로 팔을 잡아뜯어 버렸던 것이다. 오른팔이 하는 일을 왼팔로 막은 것이나 다름없는 상황이었다. 살점이 사방에 튀어나가고, 미궁의 통로가 완전히 피로 물들어 있었다.

"아아……."

리안은 너무도 놀란 나머지 그대로 굳어버리고 말았다. 머리 속이 새하얘지는 것 같았다. 우두둑 소리를 내며 간단히 떨어져 나간 그녀의 오른팔이 바로 발 밑에 뒹굴고 있었다. 바로 발 밑에자기 팔을 스스로 뜯어내 버린 여자가 짐승처럼 가릉거리며 리안을 노려보고 있었다. 처음에 보았던 것과 완전히 다른 붉은 눈동자였다. 도저히 인간으로 보이지 않는, 아니, 인간으로 볼 수 없는…….

"캬아아아……!"

그녀는 무엇 때문인지 잠시 머뭇거리다가 다시 괴성을 질렀다. 그리고 남아 있는 왼팔을 리안에게 뻗어왔다.

휘익!

팔을 휘두르는 것뿐인데도 바람을 가르는 소리가 난다. 그제야 리안은 퍼뜩 정신을 차리고 굴러떨어지듯이 반대편으로 뛰어내렸다. 그리고 바로 그 다음 순간, 리안이 있던 자리에 그녀의 왼손이 부딪히며 놀라운 소리가 났다.

쾅!

커다란 돌덩이로 벽을 치지 않고서야 날 수 없는 소리였다. 리안은 자신이 덜덜 떨고 있다는 사실을 느낄 수 있었다. 너무도 놀란 나머지 심장이 밖으로 튀어나올 것만 같았다.

쾅!

리안은 벽면이 충격을 못 이겨 진동하는 것을 느낄 수 있었다. 이대로라면 저 두꺼운 벽면이 무너지는 것도 시간 문제일 것 같았다. 긴박감을 느낀 리안은 그대로 반대편 벽 위로 훌쩍 뛰어올랐다.

쩌저적—

뒤에서 날카로운 소리가 나기 시작하더니 점점 커져 가며 이내 미궁 전체를 뒤덮는 거대한 울림으로 변했다. 리안은 벽 위에서 반대편으로 뛰어내리며 손으로 귀를 막았다.

우르르릉……!

이윽고 엄청난 소리가 미궁 전체를 울렸다. 리안은 자신이 딛고 서 있는 바닥이 흔들리고 있음을 느낄 수 있었다. 바닥으로, 대기로, 소리로 전해오는 엄청난 진동. 고막이 터져 나갈 것만 같다. 리안은 자신도 모르게 귀를 막은 채 몸을 웅크렸다. 심장이 터져 나갈 것만 같다. 빨리 또 벽을 넘어가야 하는데 몸이 주체할 수 없이 떨려 꼼짝할 수가 없었다.

엄청난 소리는 한참 동안 미궁을 울리고 나서야 멎었다. 그러나 그 소리가 멎은 후에도 리안은 쉽사리 몸을 일으킬 수가 없었다.

이윽고 무서운 정적이 그 주변을 감싸안기 시작했다.

'역시…… 없어!'

스시리아녀는 정신없이 책장을 넘기다 말고 책을 덮어버렸다. 워낙 오랫동안 방치되었던 책이라 풀썩 먼지가 날렸다.

'대체 어떻게 된 거지……? 정말 그 120년이 비어 있잖아. 그 120년 동안의 기록은 아무것도 없어!'

방금 다리므의 말에 갑자기 떠오른 의문이었다. 철저할 정도로 역사를 배웠던 자신의 기억에도 전혀 남아 있지 않은 120년…….

어째서 역사 선생님들은 그 120년 동안의 일에 대해 전혀 말해 주지 않았던 걸까……. 무언가 이상했다. 인간인 다리므가 그 120년 동안의 일에 대해 안다면, 그건 그 기간이 인간들에게는 알려져 있는 기간이라는 의미일 텐데.

그렇다면 어째서 정령들의 문헌에는 그 120년간이 전혀 남아 있지 않을까? 역사에 대해서라면 인간들보다 정령들의 지식이 더 분명할 텐데. 고대부터 살아온 나이 많은 정령이 여럿 있으니······.

'그 동안 정령들에게 불리한 사건이라도 있었나?'

역사라는 게 정령들에게 불리한 부분은 얼렁뚱땅 넘겨버리는 경우가 허다하다는 걸 뻔히 알고 있는 스시리아너였다. 어쩌면 그 기간도 정령들에게 불리한 사건이 있어 묻혀버렸는지도 모른다.

하지만 120년은 너무 길다······.

'다리므에게 다시 가서 물어볼까······? 알고 있는 것 같았는 데······.'

스시리아너는 책장에 책을 꽂아놓고 돌아섰다. 그 순간 뒤에 서 있던 사람이 시야에 들어왔다.

"아, 라시아······."

처음에 스시리아너와 뮤트를 인도해 왔던 정령이었다.

"무언가 찾는 게 있으신 모양이죠?"

그녀는 부드러운 어조로 스시리아너에게 말을 건네왔다. 그래, 라시아는 학자였지. 스시리아너는 왠지 모르게 한 가닥 단서를 잡을 것 같은 예감을 느끼며 그녀의 말에 대답했다.

"그······ 최초의 120년 동안에 있었던 일 말이야. 에리네스력 120년 이전의 일들······."

라시아는 스시리아너가 난데없는 질문을 던지자 의아한 듯 눈을 깜박였으나 금방 친절히 대답해 주었다.

"그······ 역사상 최대의 미스터리에 대한 말씀을 하시는 거군요."

"미스터리?"

"역사 공부를 새로 하시나 보지요?"

"아, 아니, 갑자기 이상한 말을 들어서…… 그런데 미스터리라는 게 대체 뭐야?"

"사라진 시대라고 불려요. 에리네스력 120년 이전에는 아무런 문헌도, 유품도 남아 있지 않기 때문에……. 그런데 전에 배우지 않으셨나요?"

"으음…… 내가 역사 공부를 정말 싫어했다는 건 잘 알잖아?"

조금 곤란한 듯한 스시리아너의 말에 라시아는 가볍게 미소 지었다.

"최대의 미스터리죠. 역사를 연구하는 저희들로서는 최고의 흥밋거리이기도 하고요. 아무것도 밝혀져 있지 않기 때문에……."

"하지만 다리므는 뭔가 아는 모양이던데. 에리네스 라팅겔에 의해 120년이 텅 빈 채로 남겨졌다고……."

"예?"

라시아는 금시초문이라는 듯이 반문해 왔다. 라시아라면 어느 정도는 알고 있을 거라 생각했었는데 그건 아닌 모양이었다.

"우리에게는 알려지지 않은 역사가 인간에게 알려져 있는 걸까?"

"아니, 그럴 리는 없어요. 제가 보증하지요. 인간에게 알려진 지식은 우리의 극히 일부일 뿐이에요."

"그렇다면 대체 어떻게 된 거지……. 역시 직접 물어봐야 할까?"

스시리아너는 가벼운 한숨을 쉬며 문으로 다가갔다. 그때 라시아가 갑자기 생각났다는 듯이 말을 꺼냈다.

"아, 스시리아너님, 깜박 잊고 말하지 않은 것이 있는데요."

"뭘?"

"그 뮤트 엘하우드라는 아가씨 말이에요……."

스시리아너가 기대했던 것과는 달리 역사에 대한 말은 아니었다. 하지만 그녀의 관심을 끌기에는 충분한 화제였다. 스시리아너는 문을 나서려다 말고 다시 라시아의 앞으로 돌아왔다.

"골격 구조가 상당히 특이하더군요. 인간에게는 있을 수 없는 구조예요."

"에이…… 잘못 본 거겠지. 그애는 완전한 인간이야."

스시리아너는 무슨 말을 그리 심각하게 하냐고 가볍게 넘겼지만 라시아는 진지했다.

"아니요, 그 구조의 골격 구조로는 인간이 살아 있을 수가 없어요."

"하지만 마력은 전혀 없어. 그렇게 자세히 봤다면 너도 느꼈을 텐데? 정령이나 마족이라면 마력이 없을 리가 없잖아."

"그 아가씨가 하고 있는 귀고리…… '시테'예요. 마력을 완전히 봉인하는 물건이지요."

"굉장히 자세히 본 모양이네……."

이쯤 되자 스시리아너도 단순히 라시아의 말을 넘길 수가 없었다.

"'시테'가 흔한 물건은 아니거든요. 그 귀고리가 시테라는 걸 알아챈 순간부터 자세히 볼 수밖에 없었어요. 시테는 만들기도 어렵고, 재료도 값비싼 것뿐이라서…… 역사상 공식적으로 만들어진 것은 10개뿐이에요."

"뮤트는 백작가 사람이니까 시테를 얻을 수 있었을지도 몰라."

"엘하우드 백작가라면…… 가능하긴 하겠지요. 하지만 시테를 하고 있을 이유가 무엇일까요? 완전히 인간으로 보이고 싶어서 그런 거라고 생각할 수는 없어요. 인간 중에도 마력을 가지고 있는 자들이 많으니까."

"글쎄…… 나도 잘 모르겠는데. 뮤트가 마법에 대해 이상할 정도로 많이 아는 것 같긴 했지만……"

스시리아녀는 순식간에 수많은 가정이 머리 속에 떠오르는 것을 느꼈다. 그 동안 라시아의 침착한 목소리가 다시 스시리아녀의 귓가를 울려왔다.

"아무래도 좋은 의도는 아닐 것 같군요."

"그럴 리는 없어. 직접 물어봐야겠는걸. 그 120년에 대한 얘기도 들어야겠고……"

스시리아녀는 스스로에게 말하는 듯한 말을 내뱉으며 문을 나섰다.

탁!

문이 닫히는 소리와 함께 스시리아녀는 문에 기대어 섰다. 머리 속이 갑자기 복잡해져 버렸다. 뮤트가 인간이 아니라고? 출생이 불분명한 것도 아니고 엘하우드 가문 사람인데. 하지만 그렇다고 해서 라시아가 괜한 말을 했을 리도 없고……

'뮤트는 대체 누구지?'

설마……

'훗, 뭐냐, 스시리아녀. 너마저 이런 생각을 하는 거냐……'

스시리아녀는 머리를 세차게 흔들며 문에서 몸을 떼었다.

'뮤트가 누구든 그런 건 상관없잖아…… 상관없어야지. 그냥 뮤트는 뮤트일 뿐이잖아…… 뮤트의 입장에서 보면 나도 다르지 않

아. 정말 믿어야지. 그래야겠지……'

하지만 스시리아너의 입가에는 이유 모를 씁쓸한 미소만이 가득 떠올라 있었다.

시간이 얼마나 지났을까? 리안은 정신을 차렸다. 차가운 돌벽에 한참 쓰러져 있었더니 뼛속까지 한기가 스며들어 버린 것만 같은 느낌이었다.

으스스한 기분에 어깨를 움츠리며 몸을 일으켰다. 조용하다. 무서울 정도로 조용하다. 엄청난 소리가 사방을 뒤흔들었었다는 게 꿈같이 느껴질 정도였다.

'하지만…… 꿈으로 생각하기엔 너무 생생해……'

리안은 천천히 고개를 들어 눈앞에 서 있는 길다란 벽을 올려다보았다. 차갑고 굳건한 벽이 시야에 들어왔다. 아마도 저 벽 저편엔……

꿀꺽—

벽 위를 빤히 쳐다보며 마른침을 삼켰다. 생각 같아서는 저 벽을 훌쩍 뛰어넘어 상황이 어떻게 되었는지 살펴보고 싶었다. 하지만…… 두려웠다. 저편에 대체 무엇이 있을지…….

자신의 오른팔을 스스로 뜯어낸 그녀의 모습을 생생히 기억하는 리안이었다. 지금 이 부근은 정적에 싸여 있긴 하지만…….

'에라, 모르겠다.'

리안은 결국 눈을 질끈 감으며 앞에 있는 벽을 훌쩍 뛰어넘었다. 불안한 마음만큼이나 가벼운 동작이었다.

그러나 그는 벽 너머의 풍경을 둘러본 순간, 몸이 완전히 굳어져 버리는 것을 느꼈다. 무너져 내린 벽의 일부. 사방에 흩어져 있는 크고 작은 돌덩이. 그리고…….

　'세상에…….'

　무너진 돌덩이에 짓이겨진 젊은 여성의 시체가 그곳에 있었다. 하지만 그건 그냥 돌에 깔려 압사한 정도의 시체가 아니었다. 돌덩이가 우르르 무너지는 동안에도 그녀는 끝까지 꿋꿋이 서 있었던 모양이었다. 그녀의 어깨와 머리는 완전히 짓이겨져 형체를 알아보기 어려웠고, 간신히 형체나마 남아 있는 다리 부분마저도 피로 벌겋게 물들어 있었다.

　노란 뇌수가 줄줄 흐르는, 완전히 터져 나간 머리와 내장이 다 비집고 나온 몸통…….

　"우욱!"

　텅 빈 뱃속이 뒤집히는 감각과 함께 구역질이 목구멍으로 넘어왔다. 섬뜩하고 아찔한 느낌이 신경망을 타고 온몸으로 내달리고 있었다.

12

하얗다.

눈을 감았다 떠보았다. 온통 새하얀 건물이 눈앞에 펼쳐져 있었다. 벽면을 수놓듯 화려하게 아로새겨진 부조들. 군데군데 놓여 있는 화려한 조각품들. 고대에, 아득한 고대에 존재했었다는 난장이 종족 드워프Dwarf가 손을 댄 것만 같은 거대하고 아득한 하얀 건물이 시야에 가득하다.

누군가가 노래를 흥얼거리고 있는 것만 같다. 귀에 익은 선율, 귀에 익은 목소리로 작은 소리의 노래가 귓가에 흘러 들어온다. 왠지 그리운 것 같은 아름다운 선율이다. 눈을 감고 그 노래를 따라 불러보았다. 마음속 가득히 그리운 느낌이 퍼져 나갔다. 그립고, 따스한 느낌. 푸근한 기분을 느끼며 눈을 다시 뜨니 새하얀 건물은 어느새 사라져 있었다. 하얀 건물 대신 파란 하늘과 연녹색의 벌판이 시야에 가득했다.

푸드덕—

한 무리의 새들이 날아올라 파란 하늘을 수놓았다. 나풀거리며 떨어져 내리는 몇 개의 깃털이 손바닥 위에 내려앉았다. 부드러운 감촉이 손바닥에서 온몸으로 퍼져 나간다. 고개를 들어 새들이 날아간 방향을 둘러보았다. 시리도록 파란 하늘 아래 화려하게 타오르는 붉은 불꽃이 시야에 들어왔다.

탁, 타닥, 탁!

시뻘건 불꽃은 아름답게 넘실거리며 작은 마을을 잡아먹고 있었다. 바람이 부는 대로 급속도로 퍼져 나가며 모든 것을 부숴버리고 있었다.

달렸다. 있는 힘을 다해 불타는 마을을 향해 달렸다. 하지만 이상하게도, 아무리 달려도 마을은 가까워오지 않았다. 숨이 차고 다리에 힘이 빠졌다. 하지만 마을은 아직도 저 멀리에 있었다. 그리고 무언가 은빛으로 반짝이는 것이 날아 들어오더니, 이내 시야 전체가 붉게 물들어 버렸다.

"하하하핫……!"

누군가의 미친 듯한 웃음 소리만 귓가에 가득하다. 모든 것이 다 미쳐 버린 것만 같다. 뜨끈한 기운이 온몸에 퍼져 나간다. 후각이 완전히 마비되어 버린 것만 같다.

"으하, 으하, 으하하하하아아아……!"

귓가에 끝없이 맴도는 웃음 소리. 정말로 미쳐 버린 것만 같은 웃음 소리…… 다 미쳐 버렸어. 그래, 다 미쳐 버렸어…….

"죽여……."

무언가 차가운 것이 지나간 것 같다. 누군가 나를 들어올린 것 같다. 작게 속삭이는 목소리가 들려오는데…….

"네겐 힘이 있다. 천벌이 내리지 않는다면 네가 스스로 하는 것
도 좋겠지."

그래, 다 미쳐 버렸어. 죽여버릴 거야. 죽여버려야만 해. 이 눈앞
에 서 있는 모두를. 선량한 척 가면을 쓰고 학살을 자행했던 모두
를! 아무렇지도 않게 모든 것을 짓밟아 버린 이들을! 모든 것을,
이 세상을 전부 부숴버리면 절망도 좌절도 남지 않아⋯⋯.

"아, 아, 아하하하하핫⋯⋯!"

덥다. 온몸이 끈적끈적하다. 무언가가 온몸에 엉겨붙은 것만 같
아 불쾌하다. 웃음밖에 나오질 않는다. 나마저 미쳐 버린 걸까? 웃
음밖에 나오질 않는다.

"아핫, 아핫, 아하하핫⋯⋯."

끝없이 흘러나오는 웃음에 숨이 막혀버릴 것만 같다. 저편
에⋯⋯ 저편에 또 무언가 움직이는 게 보인다. 미약한 빛이 감도
는 곳⋯⋯.

'거울?'

은색의 반들반들한 표면 위에 한 소녀의 모습이 비치고 있다.
모두를 잡아먹어 버린 핏빛 괴물의 모습이, 완전히 피를 뒤집어
쓴 핏빛 몸체가 선명히 시야에 들어온다.

고개를 뒤로 돌렸다. 몸이 무섭게 떨리는 것을 느낄 수 있었다.
그곳에는 붉은 고깃덩어리들이 흩어져 있었다. 얼마 전까지만 해
도 사람이었던 존재가⋯⋯.

"아하하하하핫⋯⋯!"

난 그냥 그대로 움직였을 뿐이야. 너희들이 내게 행했던 그대로.
너희들이 내게 심어준 본성대로. 너희들이 내게 말해 준 대로 그
대로 실행했을 뿐이야. 너희들이 그랬었잖아? 나는 파괴를 위해

만들어졌다고. 나는 태어나서는 안 될, 살아 있는 것만으로도 죄악인 존재이라고. 그대로 해주었을 뿐이야. 너희들이 나를 대했던 그대로…… 너희들이……!

하아…….

누가, 누가 제발 날 좀 멈춰줘…… 차라리 날 죽여줘……!

"으아악!"

뮤트는 비명을 지으며 눈을 떴다. 새파란 하늘. 시리도록 파랗다 못해 너무 파란 하늘이 시야에 들어왔다. 그 파란 하늘 위를 유유히 헤엄쳐 나아가는 새들.

평화.

"하아……."

온몸이 땀으로 흠뻑 젖어 있었다. 악몽에 시달린 탓인지 온몸이 축 늘어져 있었다.

"원, 요란스럽게도 깨네. 정신없이 자길래 그냥 놔두었더니……."

조금 앞에 앉아 있던 스시리아녀가 킥킥거리며 다가온다. 그녀의 부드러운 손이 뺨을 살짝 꼬집는 느낌이 분명이 전해져 왔다.

'그래, 난 살아 있다.'

뮤트는 눈앞에 있는 스시리아녀의 팔을 잡아당겨 그녀를 꼭 끌어안았다.

"어? 왜 그래, 뮤?"

"악몽을 꿨어……."

온몸으로 전해져 오는 스시리아녀의 따뜻한 체온. 수십 초의 시간이 흐른 뒤에야 뮤트는 한숨을 쉬며 스시리아녀를 놓아주었다.

그래, 악몽이었다. 꿈이었다. 현실이 아니다.

완전히 온몸에서 힘이 빠져 나가버린 느낌이다. 뮤트는 그대로 등을 기대며 고개를 뒤로 젖혔다. 뒤로 밀려나는 나무들. 뒤로 뒤로 흘러가는 세상의 풍경. 문득 내가 앞으로 가는 것이나 세상이 뒤로 가는 것이나 무슨 차이가 있을까, 하는 생각이 들었다.

달각, 달각, 달각!

경쾌하게 들려오는 짐마차의 바퀴 소리. 지금 이 짐마차는 짐 대신 사람들을 싣고서 소리도 경쾌하게 산길을 달리고 있었다.

어제 라시아의 구역에서 만난 뒤, 당분간 함께 여행을 떠나기로 결정한 그들이었다. 어차피 다리므와 렌스는 한동안 페리어드를 떠나 있을 생각이었고, 스시리아너는 나온 김에 멀리까지 가보고 싶었기에 서로의 목적이 맞아떨어진 것이었다. 스시리아너가 같이 가자고 졸라댄 탓에 할 수 없이 따라온 뮤트의 경우도 있긴 했지만.

"아마 이 마차가 많이 흔들린 탓에 그것이 악몽으로 구현되었을 거야."

반대편에 기대앉아 있던 다리므가 장난스레 중얼거렸다. 그는 이 여행이 그럭저럭 즐거운 듯했다. 따지고 보면 여기저기에서 쫓겨 할 수 없이 흘러가고 있는 것인데도.

"그렇게 만만해 보이면 네가 마부 해."

아무도 짐마차는 몰아본 적이 없었기에 졸지에 마부가 되어버린 렌스가 뒤도 안 돌아보며 퉁명스레 중얼거렸다.

"내가 언제 만만하다고 했냐?"

"그 소리가 그 소리잖아. 어디 네가 얼마나 말과 친해질 수 있나 볼까?"

"지금의 너도 별로 말과 친해 보이진 않아. 오른손에 채찍을 들고 있으면서 웬 친밀도 타령이야?"

"그으래?"

렌스는 다리므의 말을 듣자마자 들고 있던 채찍을 짐마차 안으로 휙 던졌다. 스시리아녀가 얼떨결에 그것을 받아 든 순간, 렌스가 양손으로 채찍을 그러쥐더니 강한 진동을 고삐로 전하며 외쳤다.

"자, 달려라. 전속력으로!"

가가가가가—

거친 숲길의 표면과 바퀴가 마찰하는 소리가 요란스레 들려왔다. 저러다 바퀴가 빠져 버리지는 않을까, 하는 생각이 들 정도로 심히 걱정되는 소리였다.

하지만 마차 안에 있는 사람들은 그런 걱정을 하지 않았다. 아니, 도저히 그럴 틈이 없었다.

"야, 이 정신나간 자식아! 멈춰!"

짐마차는 원래 사람이 타라고 만들어진 게 아니기에 그냥 달려도 안락함과는 거리가 멀었다. 게다가 바퀴 사용을 위해 길을 닦은 역사적인 고증이 있을 정도로 짐마차의 바퀴는 거친 길을 지나기에는 좋지 않았다. 이런 숲길을 지나는 것만으로도 상당히 흔들렸을 정도였다. 그러니 거기다가 미친 듯이 달려간다면…….

"그래! 너 말하고 친해! 그러니까 이번엔 멈추게 해봐!"

마차는 뒤집어지지 않는 것이 신기할 정도로 심하게 흔들리며 요동쳤다. 덕분에 렌스를 포함해서 그 짐마차에 탄 모든 사람들은 몇 번씩 공중에 떠오르는 경험을 해야만 했다. 하도 이리저리 흔들리니 멀미가 날 지경이었다.

"시원한데? 이대로 쭉 가볼까?"

여유가 있는 건 렌즈뿐이었다. 그런 그도 맞바람 때문에 눈을 자주 깜박여야만 했지만 놀라운 중심 감각으로 그럭저럭 잘 견뎌 나가고 있었다. 어쩌면 그는 자신이 역사를 뒤집고 있다는 사실을 느끼고 있었을지도 모른다. 짐마차는 빠른 속도로 달리면서 거친 숲길을 훌륭하게 밀어나갔다. 바퀴 사용을 위해 길을 내는 게 아니라 바퀴를 사용해서 길을 내고 있는 셈이었다.

푸드덕—

요란스레 달려가는 짐마차 소리에 사방에서 새들이 날아올랐다.

파란 하늘. 너무 파란 하늘.

'그것이 나의 생각이었을까…… 지금까지 기억해 내지 못했던……'

뮤트는 짐마차의 진동에 몸을 맡긴 채 고개를 젖혀 하늘을 올려다보았다. 내가 앞으로 나아갈 때는 세상이 뒤로 갔는데, 내가 이렇게 심하게 흔들려도 하늘은 흔들리지 않았다. 그저 시리도록 새파랗기만 할 뿐이었다.

뮤트는 한 손을 하늘로 뻗어보고 싶은 충동을 느꼈다. 하지만 그럴 수는 없었다. 그랬다가는 바로 중심을 잃어버릴 테니까.

파란 하늘. 한 점 티도 없이 새파랗게 존재하는 하늘.

'날고 싶어……'

       *   *   *

"휴우……."

리안은 깊은 한숨을 내쉬며 미궁의 통로를 걸었다. 완전히 지쳐 버린 느낌이었다. 아직도 그 뭉개져 버린 시체가 눈앞에 떠도는 것만 같아 속이 울렁거렸다. 그냥 보아도 끔찍스러운 시체를 열심히 뒤져 보아야 했으니 지치지 않을 수가 없었다. 아무리 끔찍스러운 시체라 해도 조사를 안 해보고 지나갈 수는 없었으니까.

리안에게는 그냥 겉모습만 보고 골격 구조를 알아낼 만큼의 지식은 없었지만, 그 시체를 해부할 필요는 없었다. 돌덩이에 짓이겨질대로 짓이겨져 드러날 건 이미 다 드러나 있었으니까. 덕분에 계속 토악질을 해야 했다.

하지만 억울하게도 뱃속에 있는 음식물을 거의 게워내다시피 하며 그 시체를 조사한 결과는 그리 탐탁치 않았다. 한마디로 알아낸 점이 없었다. 뭐라고 판단하기도 힘들 만큼 온통 이상한 점뿐이었기 때문이다. 이게 대체 어떤 종족인지 알아내기도 힘들 만큼 그녀의 육체에는 갖가지 희한한 골격이 조합되어 있었다.

그리고 또…… 그 정도의 힘을 가지고 있으면서도 스스로 무너뜨린 벽에 깔려 죽은 이유도 이해가 되질 않았다. 리안은 이제 슬슬 머리가 아파오는 기분마저 느꼈다.

'어엇……?'

갑자기 한기가 드는 기분에 뒤를 휙 돌아보았다. 하지만 그곳에는 아무것도 없었다. 다만 어둑한 통로만이 입을 벌리고 있을 뿐이었다.

"휴우……."

리안은 한숨을 내쉬며 다시 걸음을 재촉했다. 아무래도 이러다간 신경 과민이 되어버릴 것만 같았다. 지금이라도 뒤에서 그 시체가 벌떡 일어나 미친 듯이 쫓아올 것 같은 착각이 들었다.

그는 지금 그녀가 중얼거렸던 대로 왼쪽 통로를 따라 걷고 있었다. 그녀의 말을 믿을 수는 없었지만, 어차피 이 미궁에 대해 모르는 상태이니 밑져야 본전이었다. 하지만 한참을 걸은 것 같은데도 출구는 나오지 않아 괜히 조바심이 났다. 게다가 이 미궁은 전체적으로 어둑하기 때문에 시간이 얼마나 흘렀는지도 알 수가 없었다.

하지만 어떻게 할까 고민하며 한참을 더 걷다 보니 저편에서 밝은 빛이 흘러나오는 게 보였다. 출구다! 출구가 네모난 입을 벌린 채 리안을 빤히 쳐다보고 있었다.

리안은 조심스럽게 주변을 살피고는 그대로 출구로 나가려 했다. 그러나 벽면에 그의 호기심을 자극하는 것이 있었다. 한쪽 벽면에 붙어 있는 두 개의 문……. 문고리에 먼지가 쌓이지 않은 것을 보면 최근까지 드나들었었다는 의미인데…….

"그게 말이 됩니까?"

문득 왼쪽에 있는 문 저편에서 누군가의 화난 목소리가 들려왔다. 젊은 남자의 신경질적인 목소리였다. 리안은 귀를 문에 바싹 대어보았다.

"내가 자네에게 이런 공간을 제공한 게 무엇 때문이라고 생각했던 건가?"

뒤이어 들려온 목소리는 조금 짜증이 묻어 있는 아바스 백작의 목소리였다. 리안은 이상한 긴장감을 느꼈다.

"그게 무슨 소립니까? 이들을 밖에 내보냈다가는……."

"제어는 확실히 할 수 있다고 장담하지 않았었나."

"하지만 그래도 이들을 그렇게 이용할 수는 없습니다! 또, 폭주라도 하게 되면……."

"그럴 경우를 대비해 자폭 장치 같은 게 있다고 들었는데……

정령들이 그림자의 기사들에게 설치해 왔던 것처럼……"

순간 리안은 흠칫했다. 그림자의 기사에게 자폭 장치가 있다고? 나름대로 그림자의 기사에 대한 조사를 했지만 그런 얘기는 처음 들었다. 그렇다면…….

"아무튼 어떤 결과가 생길지 모릅니다. 백작님께서도 그들이 어떤 존재인지 눈으로 보지 않으셨습니까."

"으음, 보았지. 아주 훌륭한 병기(兵器)였어. 완성품 중에 절반만 사용해도 근위 기사 정도는 금방 전멸시킬 수 있겠더군."

근위 기사를 전멸시킨다면 보통 일은 아닐 것 같은데…… 리안은 문득 조금 전까지 보고 있던 시체를 떠올렸다. 스스로의 손으로 자신의 팔을 뜯어내고 벽을 부수다가 돌에 깔려 죽은 시체…….

온몸에 소름이 쫙 끼친다. 설마 그런 존재들을 페리어드에 풀어놓겠다는 말인가? 정말 저 자식이 제정신인가?

"당신의 행동이 어떠한 결과를……!"

아바스 백작을 막으려는 이는 말을 채 잇지 못했다. 그리고 이윽고 조금 소란스러운 소리가 들려오기 시작했다. 철컹거리는 금속음이 들리는 게 아무래도 병사들에게 붙들려 버린 모양이었다. 소리만으로는 어떻게 된 것인지 정확히 알 수가 없지만…….

"얌전히 있는 게 좋아. 내가 아니면 누가 이런 연구에 지원을 해줄 것 같나? 자네는 연구나 하고 있는 게 좋을 게야. 그것이 당신도 원하는 게 아니었나? 새삼스레 성인(聖人)인 척하려는 건가? 우습군. 이런 미궁을 이용해 실험체들의 파괴력을 실험하는 주제에…… 이미 발을 빼기엔 너무 늦어버렸다는 생각이 들지 않나? 일단 손에 피를 묻혔다면 되도록 철저해져야지……"

그리고 다시 철컹거리는 소리가 들리며 발소리가 점점 가까이 다가오기 시작했다.

'이크, 나오려는 모양이다.'

리안은 급히 주변을 둘러보았으나 숨을 만한 곳이 없었다. 아바스 백작이 방 밖으로 나온 다음에는 분명 미궁의 출구로 향할 테니 출구로 나가버릴 수도 없고……

'에라, 모르겠다.'

생각다 못한 리안은 그대로 옆에 있는 문을 열고 그 안에 들어가 버렸다. 다행히 어슴프레한 빛만이 흔들리는 이 방엔 아무도 없는 것 같았다.

"……나도 투자한 만큼 이득을 보아야 하지 않겠나. 이번에 그들을 내보내는 것이 자네에게도 나쁜 결정은 아니라고 보는데. 이런 쪼잔한 성능 실험보다 대규모적인 실전 경험이 더 낫지 않겠나. 아무튼 앞으로도 기술적 발전을 기대하겠네."

문 저편에서 아바스 백작의 목소리가 서서히 멀어져 갔다. 역시 미친놈이란 생각이 들긴 했지만, 아무튼 우선은 들키지 않아서 다행이었다. 놀라운 일을 계속해서 당한 탓인지 한숨이 절로 나왔다. 아바스 백작이 왜 그렇게 무작정 날 가두어 버렸고, 또 탈옥이 왜 그렇게 쉬웠는지 알 것 같았다. 따지고 보면 리안은 거의 아바스 백작의 의도대로 훌륭히 놀아나준 셈이었다. 운이 좋아서 간신히 살아남기는 했지만, 미궁 안의 그 여성이 그렇게 깔려 죽지 않았다면 리안은 지금 살아 있을 리가 없었다.

'자칫 잘못 했으면 나도 실험체의 실험물이 돼버릴 뻔했군……'

오싹한 느낌이 등줄기를 훑고 지나가는 것을 느꼈다. 실험물, 실험체. 그냥 들었을 때는 아무 생각 없었는데, 내 자신이 그 대상이 될 뻔했다고 생각하니 섬뜩한 기분에 몸서리가 쳐졌다. 자칫 잘못했으면 나도 그 여자처럼 벽에 뭉개져 버렸을지도 모르는 게 아니었던가. 그 끔찍했던 모습을 떠올리려니 다시 구역질이 날 것 같았다.

이 방안엔 어슴푸레한 빛만이 아른거리고 있었다. 아니, 옅은 어둠이 흔들리고 있는 건가. 아무튼 리안은 긴장이 조금 풀리자 천천히 주변을 둘러보기 시작했다. 어둠에 묻힌 이상한 원통형 물건들이 사방에 늘어서 있는 게 보인다. 사방이 어두운 탓에 그 원통형 물체들이 무엇인지는 알 수가 없었지만, 왠지 모르게 기분이 안 좋았다. 찝찝하다고 해야 할지, 불쾌하다고 해야 할지…… 리안은 몸을 움츠렸다. 한기가 들었다. 차가운 공기가 방안에 가득 퍼져 있었다. 그리고 후각을 자극하는 독한 약품 냄새…….

벽을 더듬어보니 불을 켜는 스위치가 만져졌다. 리안은 이유 모를 긴장감에 손끝이 떨리는 것을 느끼며 스위치를 올렸다. 팍, 하는 소리와 함께 천장에 매달린 마석(魔石)에서 밝은 빛이 하얗게 뿜어져 나오기 시작했다.

빛은 순식간에 방안을 훤히 물들이며 어둠에 묻혀 있던 원통형 물체의 실체를 드러내주었다. 사방에 놓여 있는 원통형의 물체들…… 그 실체를 보게 된 순간 리안은 헉,-하는 탄성을 내뱉지 않을 수가 없었다.

"이…… 이게……."

무어라고 표현해야 할지도 떠오르지 않았다. 리안은 몸이 떨려오는 것을 느꼈다. 원통형 물체는 길고 짧은, 혹은 굵고 가는 유리관들이었다. 각각의 유리관에는 가지각색의 색을 띤 액체가 채워져 있었고, 그 안에는…….

"세상에……."

리안은 눈앞에 펼쳐진 끔찍한 광경에 자기도 모르게 손으로 입을 막았다. 불을 켜기 전부터 그 원통형의 물체가 유리관임을, 그리고 어느 정도 이상한 것이 담겨 있으리라고는 예상하고 있었지만, 이 정도라고는 생각하지 못했다. 그냥 방부제에 적셔진 내장 같은 정도로만 생각했었는데…….

허리 부분이 사과 깎듯 도려내어져 척추의 일부분이 생생히 보이는 인간 여성. 그녀의 상체와 하체를 연결하는 것은 하얀 척추뿐이었다. 그녀는 고통스러운 표정으로 헉헉대며 몸을 지탱하고 있었다. 유리관에 손을 바싹 댄 채로 척추가 압력을 이기지 못해 부러지지 않도록 온 힘을 다해 상체를 지탱하고 있었다.

유리관 바닥에 거의 가라앉아 버리다시피 한 인간 남성. 그는 오랜 기아에 시달린 것처럼 바싹 말라 있었는데, 꼬챙이 같은 팔다리와는 달리 배는 잔뜩 부풀어 있었다. 몸을 지탱하고 있기 힘든지 매우 고통스러운 표정이었다. 그의 부푼 뱃속에는 무엇이 들어 있는지 가끔씩 꿈틀거리며 움직임을 보였다. 마치 뱃속에 기생하는 생물을 키우는 숙주가 된 것처럼 그의 표정은 뱃가죽이 꿈틀거릴 때마다 심하게 일그러졌고, 거의 퇴화해 가는 것만 같은 가느다란 팔다리에선 강한 경련이 일었다.

완전히 전신이 토막나 버린 인간 여성. 토막토막 떨어져 나간 육체의 조각은 이상한 금속성 광택을 지닌 가는 관으로 연결되어 있었다. 아무런 감각도 남아 있지 않은지 그녀의 얼굴엔 무서운 무표정이 가득했으나 몸이 움직여지기는 하는 모양이었다. 조각난 육체의 끝 부분에 달려 있는 손가락은 자신이 살아 있다는 것을 증명이라도 하려는 듯이 쉴새없이 꿈틀거렸다.

그 외에도 수십 개체의 괴생명체가, 아니, 과연 생명이라고 부를 수 있는지 의심스러운 존재들이 온 방안에 가득했다. 차마 뭐라고 표현할 수 없을 만큼 기괴한 존재들이 수두룩하게 많았다. 몬스터와 인간의 융합체가 있는가 하면, 유령 얘기에나 나올 법한 눈 달린 손 같은 것도 있었다. 이건······.

리안은 구역질이 나는 것을 느꼈다. 실험체가 무엇인지는 많이 들었지만, 그것의 실체가 이런 것일 줄은 전혀 예상도 하지 못했다. 이건 인간 스스로가 탐욕을 이기지 못해 스스로 괴물이 되어가는 현장이었다. 인간은 스스로의 종족을 괴물로 만들어가고 있었다. 자신의 동족을 거리낌없이 실험물로 이용하면서 찢어내고, 잘라내고, 멋대로 붙이고, 개조해 나가면서 언젠가 모두를 잡아먹을지도 모르는 괴물로 만들어내고 있었다.

"누구······?"

문득 리안의 혼란스러운 머리 속에 누군가의 목소리가 울려퍼졌다. 리안은 전기에 감전된 것처럼 고개를 번쩍 들었다.

"누구······ 세요······."

어디선가, 비교적 정상적으로 들리는 목소리가 리안의 머리 속에 울려오고 있었다. 리안은 미친 듯이 주변을 둘러보았다. 비교적 정상적으로 들려오는 목소리······ 비교적 정상······.

"왼쪽이에요."

심장이 무서울 정도로 크게 울리고 있었다. 리안은 천천히, 아주 천천히 왼쪽을 돌아보았다. 그곳에는 유일하게 액체가 채워지지 않은 커다란 유리관이 있었다.

유리관 안에 있는 건 슬픈 표정을 얼굴에 가득 담고 있는 아름다운 여자아이였다. 적갈색 머리카락이 가지런히 뒤로 땋여 있고, 깨끗한 하얀 원피스를 입고 있었다. 아무래도 상급 정령인 듯, 뾰족하고 긴 귀에 등에는 투명한 날개가 돋아나 있었다. 잠자리 날개처럼 얇은 그 한 쌍의 날개에는 은은한 무지개 빛 광택이 흘렀다. 아름답다는 생각밖에 들지 않는 여자아이였다. 뽀얀 우윳빛 살결에 어리디어린 얼굴을 하고 있었다.

그리고 투명하리만치 맑은 연보라색 눈동자……. 그 눈동자는 수심을 가득 담은 채 리안을 쳐다보고 있었다.

순간 리안은 미궁에서 보았던 그 여성이 생각났다. 그녀도 정말 아름다운 모습을 하고 있었다. 모든 것을 빨아들이는 듯한 까만 눈을 하고 리안을 보고 있었다. 그리고는 그렇게 맨손으로 자신의 팔을 뜯어내고 벽을 부숴 끔찍하게 짓눌려 죽었었다…….

이것이…… 실험체? 이런 것이 실험체? 인간의 본성을 할퀴는 듯한 이러한 존재들이 실험체? 지금 눈앞에 있는 이 아이도 지금은 더없이 아름다워 보이지만…… 실험체?

"외부인이시라면…… 우릴 죽여줘요……."

아이의 맑은 연보랏빛 눈동자가 찬란하게 반짝이더니, 이내 가득 차오른 눈물이 하얀 뺨에 흘러내렸다. 리안은 멍하니 그 아이를 쳐다보기만 했다. 혼란스러웠다.

"제발…… 지금 당장 우릴 죽여줘요……."

"제발……."

"죽여줘요……."

아이의 목소리는 사방에 놓여 있는 실험체들과 공명해 나가듯 차차 사방에서 한꺼번에 터져 나오기 시작했다.

죽여줘.

죽여줘…….

제발 우릴 죽여줘……!

어느새 이 방안에 있는 실험체들이 모두 리안을 쳐다보고 있었다. 무언가를 간절히 갈망하는 눈빛으로 리안을 쳐다보고 있었다. 울부짖고 있었다.

죽여줘!

죽여줘…….

제발…… 죽여줘……!

사방에서 아우성치는 목소리. 미친 듯이 부르짖는 목소리. 리안은 자기도 모르게 머리를 감싸쥐었다. 미친 듯이…… 미친 듯이…… 모두 다 미쳐 버린 것 같이…… 이 세상 전체가 미쳐 버린 것 같이……!

죽여줘! 제발, 제발 우리를 죽여줘. 제발, 견딜 수 없어. 더 이상은 견딜 수 없어……. 제발, 제발 죽여줘. 누구라도 제발…….

제발…….

제발……!

끼릭―

나는 문고리를 돌려 방문을 열었다. 순간 눈이 부실 만치 환한 빛이 내게 쏟아져 들어왔다. 자연의 태양빛이 아니라 마석이 내뿜는 인위적인 하얀빛. 쏟아져 오는 빛의 느낌이 소름 끼치게 차다. 나는 눈살을 찌푸렸다. 이제 더 이상 소름 끼칠 만한 것도 없다는 생각도 들긴 했지만.

이 방안에도 여러 개의 유리관이 들어서 있었다. 하지만 옆방에 있는 것보단 더 크고 개수도 적었다. 아니, 무엇보다도 다른 점은 그 안의 생물체, 아니, 생물체 비슷하게 생긴 것들이 그나마 덜 혐오스럽게 생겼다는 것뿐이었다.

역시 나의 예상대로 이 방에 있는 실험체들은 '완성품'들인 듯싶었다. 그럭저럭 아름답게 꾸며진다고 꾸며진 것 같긴 한데, 그들의 눈빛은 살아 있지 않았다. 무어라고 표현해야 좋을까. 예쁜 구슬로 잘 만들어진 인형의 눈 같다고 해야 할까. 더없이 맑고 투명하지만, 단지 그것뿐이었다. 그들은 아름답긴 했지만 너무 잘 만들어져 무서운 기분이 들게 하는 인형일 뿐이었다.

'하긴, 인형이라 하기엔 무리군. 생명체라 보기엔 힘들지만 아무튼 살아 있긴 하니까.'

다시 으스스한 한기가 느껴졌다. 나는 실험체들이 들어 있는 유리관에서 시선을 떼고 바닥에 웅크린 채 떨고 있는 사내를 내려다보았다. 아바스 백작의 태도에 어지간히도 충격을 받았는지 그가 나간 지 한참이 지났는데도 아직도 벌벌 떨고 있었다. 꼴사납다.

나는 허리를 굽혀 그의 바로 앞에 쭈그려 앉았다. 서 있을 때는 잘 몰랐는데, 그는 계속 무언가를 중얼거리고 있었다. 히스테리 증상인가?

"안 돼…… 안 돼……. 부서질 거야……."

계속 중얼거리고는 있긴 한데 무슨 뜻인지 모르겠다. 내가 바로 앞에 서 있다는 사실도 눈치채지 못하고 있는 듯하다.

"일어나!"

나는 그에게 분명한 어투로 말했다. 아니, 명령했다. 하지만 그 사내는 여전히 벌벌 떨고 있을 뿐이었다.

더러운 자식.

나는 그대로 거칠게 그의 멱살을 움켜쥐고 그를 끌어올렸다. 역시 비쩍 마른 체형답게 잘 끌려 올라왔다. 외외로 앳된 얼굴이었다. 신경질적인 인상에 얼굴을 잔뜩 찌푸리고 있어 여기저기 주름이 졌지만, 많이 봐줘야 20세를 갓 넘긴 것처럼 보였다. 나보다도 어릴 줄이야…… 저편에서 이 자식의 목소리를 들었을 땐 적어도 30대 중반 정도는 되었겠다고 생각했었는데, 어이가 없었다.

"아아……"

그는 겁에 질린 표정으로 날 쳐다보았다. 무언가 말을 해야겠는데 무슨 말을 해야 할지 떠오르지 않을 정도로 머리 속이 하얘진 모양이었다.

"대체 무슨 짓을 하고 있는 거지, 이곳에서?"

나는 사내를 노려보며 미친 듯이 소리쳐 물었다. 아니, 그건 질문이 아니었다. 그 질문의 대답은 너무도 분명하게 잘 보았으므로. 그것 때문에 머리 속이 이토록 혼란스러우므로. 나는 이 방에 들어서기 전에 한순간 이 사내가 인간이 아니길 바랬었다. 차라리 정령이나 마족이었다면, 차라리 그랬다면……! 하지만 지금 이 사내는 나보다도 더 어린 인간의 얼굴로 벌벌 떨면서 나를 보고 있다. '살려줍쇼……' 라고 외치는 비굴한 눈빛으로 나를 쳐다보고 있다. 이 눈으로, 이 눈으로 태연하게 많은 인간들의 신체를 베어내고, 잘라내고, 새로 조합해 멋대로 짜맞추었겠지. 일말의 거리낌도 없이 때때로는 엉뚱한 인간을 실험용으로 써가면서.

아니, 때때로가 아니라 자주였겠지. 아예 이런 시설물까지 만들어놓은 것을 보면.

무의식중에 멱살을 잡은 손에 힘을 주었는지 사내는 내 손을 붙들며 캑캑거렸다. 그렇지, 괴롭겠지? 너는 이러한 괴로움을 알면서도 사람들의 허리를 도려내고 토막내었겠지. 숭고한 연구. 그래,

인류 지식의 숭고한 발전을 위해서라는 신성한 문구 아래서? 나는 순간 사내의 멱살을 잡은 손에 힘이 더 들어가려는 것을 느꼈다. 차라리 이 자식을 여기서 죽여버리고 싶다는 충동이 솟아올랐다.

하지만 나는 그러한 충동이 강하게 올라오면 올라올수록 마음 한구석이 차갑게 식어가는 것을 느낄 수가 있었다.

결국 그대로 사내를 집어던지듯이 놓아버리고 말았다. 사내는 괴성을 지르며 돌바닥에 굴렀다. 퍼덕거리는 게 마치 물 밖에 던져진 새우같이 꼴사납다. 저런 것도 과연 인간이라고 할 수 있을까? 아니, 아예 인간임을 인정하고 싶지 않았다. 어떻게 인간으로서 이런 짓을 태연히……

하지만 그렇게 따지면 나도 인간임을 포기해야겠지.

나는 유리관 안에서 불안한 눈으로 이쪽을 쳐다보고 있는 실험체들을 보며 쿡, 하고 웃었다. 우스웠다. 너무도 우스웠다. 이런 생각을 하면서도 나의 두뇌는 너무도 이성적으로 이 상황을 내게 유리하게 돌아가게 할 수 있는 방법에 대한 계산을 하고 있었다. 너무도, 너무도 철저하게. 누가 이성을 인간의 가장 중요한 특성이라고 했던가. 이성에 모든 것을 맡기고 분명한 손익 계산만을 하게 된다면 인간은 곧 악마다. 그렇게 될 수밖에 없다. 목적을 위해서라면 어떠한 잔인한 짓도 서슴지 않고 하게 되니까. 아니, 기꺼이 하니까. 어쩌면 이런 것들은 약과일지도 모르지…… 그렇지?

"하…… 하하하하하핫……!"

나는 미친듯이 웃어제꼈다. 우스웠다. 너무도 우스웠다. 불안해하면서도 왠지 모를 기대감에 차 있는 실험체들의 눈빛도, 비굴해질 대로 비굴해진 사내의 눈빛도, 그리고 기껏 인성을 생각하다가 이 상황을 이용해 먹을 생각에 빠져드는 내 자신도…… 너무 우스웠다. 너무…….

그래, 그래. 악마가 될 수 있다면야 철저하게 되어야지. 어차피 이렇게 새삼스레 인간성을 논할 내가 아니잖는가. 최대한 내게 유리하게, 어떠한 과정을 거쳐서라도 나아가는 게 전략가로서의 요건 중 하나가 아니겠어? 가끔씩은 정의에 굶주린 시민들 앞에서 정의를 부르짖으며 환호성 속에 연설을 하더라도 진심으로 정의를 논하지는 말아야지. 정의란 건 아예 처음부터 없었으니까.

내가 지금껏 걸어온 길도 그러했었지. 그러니 끔찍한 장면을 보았다고 해서 괜히 인간성을 논할 필요 따윈 없잖아? 정의는 예의상 껍데기만 남겨두어야지. 그럴듯한 명분을 원하는 우민(愚民)들을 위하여, 환호성을 받기 위해 뒤집어쓸 껍데기는 남겨두어야지. 야유를 받아봐야 큰일날 것도 없지만, 아무래도 환호성을 받으면서 일을 수행하는 게 더 폼나니까.

"내놔! 자폭 장치가 있다고 했었지? 스위치 같은 게 있을 텐데."

나는 어느 순간 웃음을 뚝 멈추고는 사내에게 손을 내밀었다. 내 입가에 남아 있는 미소가 사내를 더 겁먹게 한다는 것을 나는 알고 있었다. 그렇다면 거기다 한마디 덧붙여주어야겠지.

"엉뚱한 수작 부리는 게 보이면 옆방에 있는 실험체처럼 만들어볼까 생각 중이니 알아서 처신해."

그 순간 사내는 갑자기 안색을 바꾸더니 놀라울 정도로 잽싼 행동으로 나에게 매달려왔다.

"그것만은…… 그것만은 제발……."

문법은 완전히 무시한 문장이었지만 대충 뜻은 전달되었다. 그래도 최소한의 양심은 있는 놈인 모양이다…… 라고 생각할 뻔했다. 그 다음에 이어진 그의 말을 듣고 나는 어이가 없어졌다.

"오랫동안 연구해서 만든 것들입니다! 이렇게 부숴버릴 수는 없어요! 제발, 제발……"

이건 열심히 만들어낸 장난감을 부숴버리겠다고 하자 울며 매달리는 아이나 다름없었다. 그 대상이 살아 있는 것으로 치환되었을 뿐이었다. 나는 자꾸 매달려오는 사내를 발로 차버렸다. 하지만 사내는 발에 차여 바닥에 구르면서도 급히 다시 몸을 일으켜 매달려왔다.

"제발, 제발 그것만은 그만둬 주십시오. 분명 써먹을 데가 있을 겁니다. 제발……"

하! 이것도 애정이라고 해야 하나? 나는 너무도 기가 막혀 말도 잘 나오지 않았다. 한참 만에야 사내를 다시 차내며 말을 꺼낼 수가 있었다.

"지금 당장 내놓지 않으면 네가 죽는다."

"그래도 못 합니다! 제발……"

뭐 이런 자식이 다 있어? 이런 걸 연구하는 자들이 이런 것에 대한 집착은 엄청나다고 듣긴 했지만, 이건 정말 메스껍다. 나는 이대로는 안 되겠다는 생각에 근처에 굴러다니는 나무 막대기를 하나 집어 들었다.

"좋아, 그럼 이대로 다 부숴버리겠어!"

그리고 나는 그게 엄포만이 아니라는 것을 알려주기 위해 바로 옆에 놓인 선반을 미친 듯이 후려치기 시작했다. 시험관들이 부서지고 비커들이 마구 깨져 나갔다. 조심스럽게 담겨 있던 액체들이 여기저기서 흘러나오면서 마구 뒤섞여 연기가 났다. 이러다간 약품이 잘못 섞여 이 방이 폭발해 버리는 게 아닐까 하는 생각도 들었지만 다행스럽게 그런 일이 일어나기 전에 사내가 나를 말려

주었다.

"그, 그만 하십시오! 저기, 저기 있습니다!"

사내는 벌벌 떠는 손으로 한쪽 구석을 가리켰다. 그곳에는 작은 구형의 물체 여러 개가 꼭 맞는 상자 안에 조심스레 모셔져 있었다. 나는 그것을 상자째 들어올렸다. 12개. 눈대중으로 둘러보니 이 방에 있는 실험체의 수보다 하나 더 많았다. 저 옆방에 있는 그 상급 정령까지 센다면 12개가 맞긴 한데…… 쉽게 신뢰할 수는 없어 다시 한 번 유심히 쳐다보았다. 구체는 각각 다른 색을 띤 채 보석처럼 반짝이고 있었다.

"어떻게 작동시키는 거지?"

"깨, 깨뜨리면……."

"한 사람당 하나 같은데……."

내가 의심스럽다는 눈빛으로 그를 쳐다보자 그는 몸을 움츠렸다.

"눈동자 색과 같은 구체가……."

그는 상당히 불안해하고 머뭇거리는 태도였다. 저런 태도를 보면 거짓말은 아닌 것 같지만 확인해 봐서 나쁠 건 없다. 나는 불안한 표정으로 이쪽을 쳐다보고 있는 실험체들을 한번 둘러보았다. 그리고 주저없이 구체 하나를 꺼내 바닥에 던졌다.

파샥—

구체는 바닥에 닿자마자 간단히 깨어져 나갔다. 그리고…….

파앙……!

놀라운 소리가 나며 한 유리관 안에 있던 실험체 소녀가 그대로 터져 나가버렸다. 한순간에 일어난 일이었다. 순식간에 터져 버린 소녀의 살점이 유리관 안쪽에 덕지덕지 달라붙어 있는 게 보였다. 순식간에 뻘겋게 물들어 버린 유리관…… 생각했던 것보다 훨씬 끔찍한 광경이었다. 나는 나도 모르게 시선을 돌리며 손으로 입을 막았다. 메스꺼웠다. 구역질이 났다. 이미 더 넘어올 것도 없었지만 지독한 피비린내에 미칠 것만 같았다. 사람이, 아무리 생명이라 보기 힘든 괴물 같은 실험체라도 사람이 저렇게 터져 나가다니…… 저렇게 물컹한 살 조각이 되어버린다니…… 속이 완전히 뒤집어지는 것 같았다. 이미 넘어올 것도 없는데 헛구역질이 자꾸 나왔다.

"아아……."

사내가 털썩 주저앉으며 망연히 중얼거리는 소리가 귓가에 아득히 들려왔다.

"내 작품이……."

그 순간 나는 아찔하던 정신이 확 돌아오는 것을 느꼈다. 피비린내는 여전해서 기분은 불쾌했지만 그럭저럭 겉 표면만의 태연함은 되찾을 수가 있었다.

"……이 구체와 똑같은 장치를 또 만들 수 있나?"

사내는 망연히 터져 나간 실험체를 쳐다볼 뿐이었다. 어떻게 저걸 저렇게 계속 볼 수 있나 메스꺼워하면서 나는 나 자신에게도 메스꺼움을 느끼고 있었다. 저 소녀가 저렇게 터져 나간 건 내가 그 구체를 하나 던졌기 때문이다. 내가 저 소녀를 저렇게 터져 나가게 한 거다. 하지만 나는 그런 걸 이용해서 상황을 내게 유리하게 끌어들이려 하고 있다…….

"빨리 대답하지 않으면 하나 더 던지겠어."

나의 위협적인 말에 사내는 정신이 번쩍 드는지 벌떡 일어났다. 그리고 나에게서 구체들을 빼앗으려 했다. 하지만 그 정도 움직임에 잡힐 내가 아니었다. 사내는 필사적인 듯했지만 움직임 자체는 너무 엉성했다. 덕분에 나는 간단히 그의 시도를 제지하고 그를 다시 발로 차 저편에 나뒹굴게 할 수 있었다.

이쯤 되자 사내는 모든 것을 포기해 버린 것 같았다. 바닥에 나뒹굴다 간신히 중심을 잡아 바닥에 앉긴 했지만 아까 같은 독기는 완전히 사라진 모습이었다.

이윽고 풀죽은 대답이 돌아왔다.

"있…… 습니다."

"그렇다면 이건 내가 가져 가겠어. 아바스 백작이 자폭 장치의 스위치를 원한다면 네가 새로 만든 것을 넘겨. 그리고 내가 이것을 가져 갔다는 사실은 비밀로 해."

"……"

사내는 아무 말도 하지 않은 채 고개를 떨구었다. 도무지 믿을 수 없는 태도였다. 하지만 나는 사내가 즉각 성실한 대답을 해왔다 하더라도 그를 믿을 생각은 없었다. 아무래도 금방 아바스 백작에게 고해 바칠 게 뻔한 자식이니까.

하지만 나는 그를 완전히 복종시킬 방법을 알고 있었다.

"이 방…… 너무 좁고 칙칙하군. 내가 말한 대로만 해준다면 얼마든지 나은 연구 환경을 만들어주겠어."

그 순간 사내가 고개를 번쩍 들었다. 아직 반가워하는 표정은 짓지 않았지만, 이 정도라면 다 넘어온 거나 다름없었다. 물론 나는 이따위 자식에게 연구 지원을 해줄 생각은 없었고, 또 사라 왕녀님도 보나마나 나와 똑같은 생각일 테지만, 우선은 구슬려놓는 게 좋았다. 이런 외곬수들은 한 가지만 슬쩍 던져 놓으면 미친 듯이 따라붙어 오기 마련이니까. 우선 이용해 먹을대로 이용해 먹는 게 좋았다.

"실험체 열둘, 아니, 이제 열하나군. 이 정도로 알테이아의 전폭적인 지원을 받을 수 있다면 유리한 조건이라고 생각하는데. 열하나의 실험체가 전부 죽을 리도 없어. 많이 죽어봐야 반이나 죽겠지. 좋은 환경에선 그 정도는 금방 채워넣을 수 있을 텐데 말이야."

"예…… 예!"

사내는 어느새 적극적인, 아니, 필사적인 태도가 되어 있었다. 어떻게 내 말을 이렇게 쉽게 믿을 수 있나 궁금해질 정도였다. 지금 내게는 내 신분을 증명할 수 있는 게 아무것도 없고, 실제 내 신분도 이런 말을 함부로 할 정도로 대단한 것은 아닌데.

'……아무튼 실컷 이용해 주지.'

"아바스 백작 앞에서는 아무 일도 없었던 것처럼 행동해. 저 터져 버린 실험체에 대해서는 결함이 발견되어 없애버렸다고 해명하고, 아바스 백작이 실험체들을 이끌고 나가겠다고 하면 적당히 반대하다가 마지막에 어쩔 수 없는 듯한 태도로 허락해. 나에 대해서는 그냥 미궁에서 사라져 버렸다고 해. 이대로 따르지 않으면 너도, 이 실험체들도 전부 죽여버리겠어. 하지만 내 말대로 잘해주기만 하면 아까 말했던 그대로의 약속을 지켜주겠어. 우리에게도 이런 기술은 필요하니까. 추가 조건을 달고 싶다면 그때 가서 생각하도록 하고."

그리고 나는 묘한 희망에 눈을 반짝이는 사내를 놔둔 채 그 방을 나섰다.

미궁의 출구 부근에는 아무도 없었다. 꽤 오랜만에 환한 태양을 올려다보니 눈이 부셨다. 사방에 햇살이 가득한 것을 보고 있으려니 기분이 조금 나아지는 것을 느낄 수 있었다. 하지만 혼란스러운 머리 속은 여전했다.

실험체가 저런 것이었다니. 지식으로 알고는 있었던 것이지만 실제로 보고 나니 느낌이 달라졌다. 완성품들은 외모는 아름답지만 분명 괴물이라 부를 수밖에 없는 실체를 가지고 있겠지. 그 팔을 뜯어낸 여성처럼.

그림자의 기사에 대해 처음 들었을 때, 정령들이 왜 그렇게 쓸데없는 짓을 하는지 궁금했었다. 하지만 이젠 그들의 의도를 이해할 수 있었다. 무척 끔찍하긴 했지만 그 이상의 병기는 없었다. 놀라운 힘과 마력, 그리고 방심하기 딱 좋게 만드는 외모까지……

그 이상의 병기는 없었다. 쓸데없는 기사도에 파묻힌 이들은 실험체들을 공격하고, 또 죽이는 데 망설이기도 하겠지. 이런 생각을 기사 출신인 내가 하는 건 우습지만, 아무리 생각해도 실험체들을 상대하는 기사들은 꽤나 애를 먹어야 할 게 분명했다.

그리고…….

그림자의 기사. 자폭 장치. 디아나 라이드…….

그녀도 언젠간 그렇게 터져 나가 버릴까. 지금도 상황이 별로 좋아 보이진 않던데, 결국은 그녀도 그렇게 터져 나가게 될까. 제어를 벗어난 실험체는 안전을 위해 즉시 죽이는 게 원칙이라는 말을 문헌에서 읽은 적이 있었다. 따지고 보면 디아나도 제어를 벗어나 버린 상태가 확실한데 왜 정령들은 그녀를 죽이지 않고 이대로 놔두고 있을까. 그 구체를 바닥에 던진 것만으로 실험체 하나가 산산 조각 났었던 것처럼 그렇게 간단히 죽일 수 있다면 왜 놔두는 걸까. 언제, 무엇을 부술지 모르는 존재인데.

왕녀님은 그런 걸 용납하지 않겠지만…… 그렇게 정령들이 그녀를 없애준다면 나의 쓸데없는 행동들도 그만둘 수 있을 것 같은데…….

현기증이 난다. 하루 종일 굶은 데다 너무 격렬한 감정에 시달렸던 탓인가 보다. 게다가 그 이전에 뱃속에 있었던 건 전부 토해 내 버렸었지. 조금 우습다. 요즘 얼마나 풍요로워졌다고 이 정도로 어지러움을 느끼나. 옛날부터 굶는 것 하난 진력이 나질 않았었나.

굶는다는 게 새삼스럽게 느껴지지 않았던 시절. 그때를 생각하니 괜히 웃음이 나왔다. 나는 아직도 그때의 얼룩져 버린 기억을 생생히 가지고 있다. 어렸을 때라고 하기에도 우스운 그때의 기억을…….

사실 지금 새삼스레 인간성을 생각한다는 게 우스울 정도로 그때의 나는 단지 살기 위해서 살아 있었었다. 소위 고관이라고 하는 것들이 조국을 위해서, 라고 중얼거리며 한잔에 3,000로엔짜리 차를 마시는 동안, 나는 고픈 배를 채우기 위한 10로엔을 훔치고 맞아죽을 뻔했다. 그런 상황 속에서 인간성을 논하고, 정의를 논한다는 것은 우습기 그지없는 일이었다. 내게 주어진 선택권이라고는 모든 것을 팽개치고 어쨌든 살아남느냐, 아니면 굶어죽느냐. 이 두 가지뿐이었으니까.

사람들은 남의 물건을 훔치는 것이 죄악이라 말한다. 하지만 나는 아직도 그것이 죄악인지 무엇인지 모르겠다. 훔치지 않으면 굶어죽는데, 또 내가 그걸 감수하고도 훔치지 않았다고 해서 무슨 정의가 이루어지는 건 아니었으니까. 노력해라, 그러면 언젠가는 잘 살 수 있을 거다, 라고 말하면서 우리에게 돌을 던지는 이들이 차라리 더 죄인이 아니었을까.

그들에게도 나름대로의 정의가 있다면 나는 그걸 증오할 생각

144

이었다.

　나는 이 도시가 싫었다. 복잡한 미로 같은 골목을 가진 이 도시
가 싫었다. 페리어드에서, 이 도시 아헨에서 고아로 살아가야 한다
는 현실이 지독히도 싫었다. 그 당시 우리에겐 앞날도 미래도 없
었다. 돈이 없는 탓에 교육을 받을 수가 없으니 미래 같은 걸 꿈
꿀 수 있을 리도 없었다. 단 하루를 살아남는 것도 우리에겐 힘이
들었다. 인간으로서의 자존심이고 뭐고 다 팽개치고 나서야 간신
히 살아갈 수가 있을 정도였으니까.

　솔직히 말하면 내가 지금 이렇게 서 있는 건 엄청난 행운의 소
산이었다. 지금도 아헨에 바글바글하는 고아들 중에 제대로 된 직
업을 가질 수 있는 이는 거의 없을 터였다. 어느 날 어떤 아저씨
를 따라 알테이아로 넘어온 행운이 없었다면, 나는 기껏해야 사병
이나 되어 있었을 터였다.

　그 아저씨를 만난 건 정말 내 일생 일대의 행운이었다. 우연히
내가 그의 죽은 아들과 닮아 있었던 것도. 그는 정말 나를 아들처
럼 대해주었다. 처음에 나는 그저 아들 역할이나 연기하면서 음식
이나 꼬박꼬박 얻어먹자는 생각에서 아저씨를 따라갔었다. 하지만
내 예상과는 달리 그는 내게서 죽은 아들의 환영을 찾는 짓 따윈
하지 않았다. 뭐랄까. 나는 그의 둘째 아들이 되어 있는 것 같은
기분이었다. 그는 내게 죽은 아들에 대한 얘기를 많이 했지만, 내
게 그런 점들을 바라진 않았다.

　시간이 지나 그에게 익숙해지자 나는 그에게 참 많이 반항했었
다. 나는 그의 사랑을 쉽게 받아들일 수가 없어 억지로 가식이라
생각했다. 그래서 별거 아닌 일에도 화를 내고, 그를 경멸하는 척
했었다. 하지만 지금 생각해 보면, 어쩌면 나는 그를 정말 아버지

같이 사랑했던 건지도 모른다. 기사였던 그를 따라 체질에도 안 맞는 기사에 억지로 도전했을 만큼 나는 그를 동경했었던 건지도 모른다.

그러니 그의 갑작스러운 죽음은 내게 큰 충격일 수밖에 없었다. 5개월 전, 마족들이 노이테라 성을 침입했을 때 나는 검은 로브를 입은 사람에게 그가 죽는 것을 보아버렸다. 그리고 며칠 지나지 않아 사라 왕녀님에게서 도와달라는 말과 함께 그 사람, 디아나에 대한 자세한 말을 들을 수 있었다.

물론, 디아나에겐 그를 죽일 이유가 있었을 거다. 내가 보기에도 그는 약간 비열한 부류에 속한 인간이었으니까. 아마도 그는 마족들과 작당하여 기사들 몇 명을 팔아넘기려 했을 테고, 디아나는 그 장면을 보고 거침없이 그를 베어버렸겠지.

하지만, 하지만 말이다. 그 누가 멀쩡한 타인을 죽일 권리를 지닌단 말인가? 그때의 디아나는 나름대로 합리적인 판단이라 여겼을 테지만, 그리고 그것이 그녀에게는 정의였겠지만, 아무튼 그는 나의 사랑하는 아버지였고, 나는 그가 그렇게 죽은 것에 대한 분노를 느꼈다. 조금 비열하면 어떤가. 어차피 그렇게 하지 않으면 마족의 손에 죽었을 텐데, 죽지 않으려고 발악하는 모습이 그렇게 단번에 베어버릴 만큼 나쁜 일이었던가? 그렇다면 당신이 몬스터를 보호하는 이유가 대체 뭐지? 몬스터들도 살기 위해서 약탈을 하는 거라 말하던 당신이 아니었던가? 그럼, 인간도 살기 위해 자존심 따위 버릴 수 있지 않은가?

하지만…… 하지만 디아나. 나는 이상하게도 당신에 대해 알면 알수록 당신에 대한 내 증오심이 한심스러워지는 것을 느껴. 그때 당시에는 당신이 눈앞에 있다면 찢어죽여도 성이 안 찰 만큼 격렬한 감정을 가지고 있었고 미친 듯이 당신을 찾아 헤맸는데, 시간이 가면 갈수록 당신 처지가 나보다 나을 게 없다는 걸 자꾸 느껴. 이건 동정심이겠지. 그렇지? 하지만 지금이라도 당신이 내 앞에 나타나면 나는 거리낌없이 당신을 죽일 거야. 하지만 요즘 나는 당신이 다른 이에게 죽어주길 바래. 당신은 지금도 어딘가를 헤매고 있겠지? 실험체로서의 당신은 어디에도 갈 곳이 없겠지? 과거의 무서운 기억을 안고서 나아질 것이 없는 미래를 예상하겠지? 나는 당신에 대해 다 알지는 못하지만, 당신의 과거가 어떠했을지는 짐작이 가. 고아로서 흙바닥을 뒹굴면서 못 볼 건 다 봤다고 생각했던 나인데도 실험체들을 볼 때 구역질을 참을 수 없었을 정도였으니, 당신의 기억도 만만치 않겠지. 인간성 따윈 잊었던 나도 새삼스레 인간성을 떠올렸을 만큼 참혹한 현실에서 당신은 살아왔겠지. 당신이 왜 드래곤을 모으는지 나는 알 것 같아. 나도 그가 죽고 나서 고양이를 모으는 취미가 생기더군. 하지만 그런 결론 도무지 기댈 자리가 생기지 않겠지. 그리고 스스로도 자신이 살아 있어서는 안 될 존재라는 사실에 몸부림치겠지.

그리고…… 얼마 지나지 않아 그 실험체처럼 터져 나가겠지. 내가 상황을 보건대 그 순간까지 그리 멀지 않았어. 그러니 차라리 일찍 죽어버려. 내 머리 속을 이렇게 흐트러놓지 말고. 당신이 죽으면 나도 편해질 것 같아. 내가 보기에도 죽는 게 더 나을 것만 같은데 무엇 때문에 그리도 열심히 도망 다니는 거지? 응?

차라리 빨리 죽어버려, 디아나. 그게 여러 가지로 낫잖아?

13

"우우…… 속이 다 뒤집히는 것 같아……."

다리므의 걸음걸이는 거의 비틀거리는 수준이었다. 이리저리 안 부딪히는 게 다행스러울 정도였다. 한참을 덜컹거리는 짐마차를 타고 왔으니 심하게 멀미를 한 것이다. 뒤따라가는 스시리아녀의 걸음걸이도 그리 정상적인 것은 아니었다.

"그렇게 심한 건 아니었는데 엄살은……."

렌스는 대수롭지 않게 중얼거렸으나 일행 중 그만이 유일하게 멀쩡했던 탓에 그의 말은 별로 설득력을 지니지 못하였다.

"에휴, 드래곤이나, 친구라는 자식이나 하는 짓은 비슷하니, 원……."

다리므가 투덜대듯 중얼거렸다. 얼마 전에 에스핀에게 당했던 기억이 되살아났기 때문이다. 그때는 앞으로 달린 게 아니라 무시무시한 속도로의 하강이었지만.

"그건 또 무슨 소리야?"

"네가 했던 짓이 그만큼 몰인정한 것이었다고 생각하면 돼. 네가 말과의 끈끈한 우정을 보여주려는데 우리가 희생양이 된 거지, 뭐."

어느새 다리므는 말도 안 되는 소리를 지껄이고 있었다.

이곳은 활기찬 상업 도시인 헤센의 국경 지대였다. 조금 전에 짐마차를 탄 채 페리어드와 헤센의 국경을 넘어온 것이다. 전속력으로 달렸던 탓에 국경을 지키는 병사 한 명을 치어버릴 뻔했지만, 아무튼 그럭저럭 무리없이 잘 통과한 셈이었다. 그렇게 무대포로 돌진해 버리지 않았었다면 아직도 그곳의 병사들과 실랑이를 벌이고 있었을지도 몰랐다. 얼렁뚱땅 묻혀져 가고 있긴 했지만, 아무튼 렌스는 황태자 암살의 용의자였으니 쉽게 국경을 넘어갈 수 있었을 리가 없었으니까.

사실 처음부터 그렇게 강행 돌파할 생각은 없었다. 아헨을 빠져나갈 때 썼던 방법을 조금 응용해 몰래 빠져 나간다는 계획까지 미리 세워놓았던 터였다. 하지만 렌스가 말과의 끈끈한(?) 우정을 보여준답시고 전속력으로 짐마차를 몰아버린 통에 국경에서도 제대로 멈출 수가 없었고, 결국 얼떨결에 강행 돌파를 해버리고 만 것이다.

아무튼 얼떨결에 힘든 여행을 해버리고 만 네 사람은 근처 여관을 찾아 짐을 풀었다. 어떻게 보면 짐마차를 타고 달린 편한 여정이었지만, 실상은 그렇지 않아서 그들 중 두 사람은 거의 파김치가 되어 있었다. 그중 다리므는 정도가 더 심해서 저녁도 못 먹겠다면서 침대에 드러누워 버렸다.

"다리므 녀석, 끝까지 안 내려오려나."

렌스는 이쯤 되자 조금 미안함을 느끼는지 2층으로 올라가는 계단을 쳐다보았다. 이 여관은 보통 여관과 마찬가지로 1층은 식당이고, 2층은 숙소인 구조로 되어 있었다. 렌스는 드러누워 버린 다리므에게 뭐든 마시기라도 하라고 끌고 내려오려 했지만, 다리므는 자고 싶다고 완강히 버텼다. 결국 1층의 한 구석진 식탁에는 세 사람만이 둘러앉을 수밖에 없었다.

"아아, 나도 저녁은 못 먹겠어……."

스시리아너는 아직도 어지러운 듯이 고개를 식탁 위에 처박고 있었다. 그런 스시리아너의 모습을 보며 뮤트는 옅은 미소를 머금었다.

"말은 그렇게 해도 먹을 게 나오면 먹을 수 있을 것 같은 모습인데?"

"몰라. 그런데 너는 왜 이렇게 비교적 멀쩡한 거야? 렌스야 말과의 끈끈한 우정이……."

"알았어, 그만 해. 내가 잘못했어."

스시리아너의 말이 꼬이기 시작하자 렌스는 주문하다 말고 그녀를 말렸다. 이럴 때 이대로 그냥 두었다가는 한번에 얼마나 긴 말이 쏟아져 나오는지 이미 경험한 바 있는 렌스였다.

그런 렌스의 행동이 재미있는지 뮤트는 킥킥 웃었다.

"다리므나 너나 검술을 못 하는 마법사잖아. 평행 감각에 차이가 있어서 그래."

"그런 거야? 왠지 억울하네. 나도 검술이나 배울까……."

시간이 남아도는 정령다운 중얼거림이었다. 인간이 듣기에는 조금 억울하게 들릴 만한 말이었지만, 렌스는 별로 신경 쓰지 않았다. 다만 재미있다는 듯이 중얼거릴 뿐이었다.

"할 일 없으면 해봐. 끈기만 있다면 적어도 백 년 후엔 소드 마스터Sword Master 정도는 되겠지."

"치잇…… 백 년이나?"

"여태까지 살아온 만큼…… 그 정도 되지 않나?"

"내 나이가 몇 살인 줄 알고 그러는 거야. 난 이제 열여덟이라고. 아, 잠깐, 방금 뭐라고 했어?"

스시리아녀는 무심코 대꾸하다가 뒤늦게 이상함을 깨닫고는 렌스에게 반문했다. 렌스는 의외라는 듯이 고개를 갸웃하며 그녀의 말에 답했다.

"아, 정령들이라면 다 백 살 가까이 되었을 거라고 생각해서…… 의외인데. 나랑 같은 나이일 줄은."

하지만 스시리아녀는 렌스와는 다른 의미로 몸에서 힘이 쭉 빠지는 것을 느꼈다.

"내가 정령이란 사실…… 알고 있었던 거야?"

"전에 들은 적이 있어. 대지의 최상급 정령 스시리아녀에 대해서."

렌스의 대답은 너무 태연하고 당연해서 더 힘이 빠졌다.

"뮤트…… 너는?"

"나? 나도 네 이름을 듣고 어렴풋이 알고 있었는데."

뮤트도 대수롭지 않게 대답해 왔다.

"뭐야, 그런 줄도 모르고 난 괜히 머리만 굴렸잖아!"

갑자기 억울함이 밀려오는 순간이었다. 자신이 최상급 정령임을 이들에게 들키지 않으려고 얼마나 머리를 굴리고 고민을 했는데 처음부터 알고 있었다니, 힘이 빠지다 못해 허탈했고, 또 어이가 없었다.

그리고 그에 이어진 뮤트의 말은 그런 스시리아너의 감정을 더 증폭시켜 주었다.

"수, 숨기려고 했던 거였어, 시스?"

"그래! 그것 때문에 얼마나 머리를 굴렸는데. 라시아에게 미리 연락해서 결계를 풀어놓게 하고, 또…… 그 외에도 여러 가지로 고민을 많이 했었단 말야. 지금 와서 그렇게 나오면 여지껏 고생한 게 너무 억울하잖아!"

"숨기려면 스시리아너라는 눈에 띄는 이름은 그대로 쓰지 말았어야지."

렌스가 어이없다는 듯이 중얼거리며 방금 나온 음료수를 그녀에게 건네주었다. 스시리아너는 어지간히도 억울했는지 음료수를 단번에 들이켜 버렸다.

"시스라고 부르면 잘 모르지만, 스시리아너라고 부르면 웬만한 사람은 금세 알아차릴걸?"

"몰라. 난 그것 때문에 정말 많이 신경 썼었는데 이름에서 걸렸을 줄이야……."

"대체 왜 숨기려고 했던 건데?"

"별로 안 좋잖아…… 다른 종족이란 건 하나의 벽과도 같은 장애물이니까…… 하기야, 너희들같이 어쩐지 비상식적인 사람들에겐 아무래도 상관없는 듯하지만……."

스시리아너는 별수없다는 듯이 고개를 절레절레 저었다. 그토록 신경을 썼던 것이, 실제로는 이렇게 간단하게 풀려버리다니 스스로가 우스워질 정도였다.

그러는 동안 간단한 저녁 식사가 나왔다. 이런 곳의 음식은 다 그게 그거였기에 렌스가 아무거나 3인분 시킨 음식이었다.

아무것도 못 먹겠다던 스시리아너도 막상 음식이 나오자 그럭저럭 상당히 빠른 속도로 접시를 비워나갔다. 이런 곳에 있는 여관치고는 음식 솜씨가 꽤 괜찮았다. 역시 상업 도시인 헤센이라 페리어드와 다르긴 다른 모양이었다.

"아무튼…… 나로서는 이런 경우 처음이야. 대부분은 내가 정령임이 밝혀진 순간 왠지 모를 벽이 생겨버리곤 했었거든. 그래서 일부러 숨기려 했던 거였는데……."

솔직한 스시리아너의 말에 뮤트는 가벼운 미소를 지었다.

"나도 그런 생각을 했었어. 그런데 내가 아는 사람이 그러더라고. 아무리 다른 종족이라 해도 일단 분명히 존재하니까 언젠가 만나는 건 당연한 게 아니냐고……."

"모든 인간이 다 그렇게 생각하면 좋을 텐데."

"그거야 그렇겠지."

가벼운 대화. 일상적인 말들. 스시리아너가 언제나 생각해 왔던 것이었다. 그토록 애를 써도 이룰 수 없었던 상황이 지금 눈앞에 있었다. 그것도 아무런 노력도 들이지 않고 얻은 상황이.

스시리아너는 문득 자신이 우스워짐을 느꼈다. 그토록 고민하고 힘겹게 노력해도 이룰 수 없었던 것이 막상 이루어지게 되자 아무렇지도 않게 진행되어 가고 있었다. 너무도 당연한 듯이…….

"하아……."

다리므는 침대에 드러누운 채 천장을 정면으로 쳐다보았다. 익숙하지 않은 연갈색의 천장. 노이테라 성의 하얀 천장과는 아주 상반된 느낌의 천장이 시야에 들어왔다. 낡아가는 연갈색의 색채가 따스함과 고리타분함을 동시에 머금어 묘한 친근감을 주었다.

마치 아주 오래 전의 기억을 되새겨보고 있는 그리움 같은 감각
이 온몸을 스치고 지나갔다.

머리가 지끈지끈 아팠다. 누군가가 머리 속의 내용물을 쥐고 흔
들어대는 것 같은 느낌이었다. 짐마차가 멈춘 직후, 첫 걸음을 내
디뎠을 때 세상이 핑글 도는 듯한 현기증을 느꼈던 것을 아직 기
억하는 다리므였다. 그건 물론 지나치게 흔들렸던 탓도 있었지만
근본적인 원인은 아니었다. 단지 그것 때문이라면 머리가 이렇게
아프지는 않겠지. 그리고 이렇게 무거운 무기력증이 온몸을 짓누
르고 있지는 않겠지.

썬더 스트라이크를 쓴 지 이틀이나 지났는데도 아직 완전히 회
복되질 않은 것이다. 어제 저녁 때쯤 완전히 회복되었다고 생각했
었는데, 그건 만용이었던 모양이다. 귀찮은 두통과 무겁게 다가오
는 무기력증이 다리므를 지치게 하고 있었다.

지겨웠다. 이런 식으로 시간을 낭비한다는 것이. 육체가 무기력
한 날에는 한없이 연결되어 가는 생각에도 힘이 없었다. 온몸을
짓눌러오는 무기력증은 머리 속에 담긴 생각까지도 짓눌러 버리
는 것이었다. 이런 날엔 한없이 불안하고 어리석은 생각밖에 할
수가 없었다.

그리고 눈을 감으면 매번 반복되는 악몽. 이젠 지겨워질 정도로
반복되어 어디서 무엇이 나올지 다 예측할 수 있을 것만 같았다.
수없이 되풀이한 게임은 완전히 패턴을 외워버리듯이. 하지만 그
와 함께 공포와 무력감도 외워버린 것만 같았다. 악몽은 지리할
정도로 반복되는데, 그에 따른 공포와 무력감도 그대로 반복되어
버리곤 했다. 하나도 무뎌지지 않고 항상 새롭고 날카롭게.

사실 다리므라고 해서 무리하게 사용한 마법의 후유증이 유난

히 큰 것은 아니었다. 다리므의 체력이 그리 대단치 않은 것은 사실이지만, 마법사의 체력이라는 건 다 거기서 거기였다. 오히려 다리므의 체력은 마법사들 중에서는 괜찮은 편에 속했다. 그런 그가 매번 이렇게 지겨운 감각에 시달리는 이유는 다른 데 있었다.

마법이란 마력이라는 힘을 자기 의지대로 흐르게 하는 것을 의미한다. 마력은 마치 공기와 같은 것으로, 일부러 그것이 없는 공간을 만들기란 지극히 어렵다. 아무리 꽁꽁 막아도 새어 들어가기 때문이다. 그리고 그것은 장소에 따라 차이는 있지만, 어디에든 충분할 만큼은 있는 힘이었다.

이 마력이라는 힘이 멈추어 있던 적은 좀처럼 없었다. 어디에도 바람이 불어 공기가 흐르는 것처럼 마력도 그렇게 흘러갔다. 흘러가는 공기가 바람이라면, 흘러가는 마력은 일기와 기후였다. 마법학적으로 보면 날씨란 마력이 불규칙한 방향으로 매일 흘러가는 것이었다.

날씨와 기후에는 인간이 손댈 수 없을 만큼 거대한 마력이 관여한다. 인간이, 혹은 정령이나 마족, 드래곤이 마법으로 제어할 수 있는 마력은 매우 적다. 따라서 마법을 남발한다고 해서 날씨가 바뀌거나 기후가 변해버리는 일은 없다고 보는 게 좋았다. 마력을 자신의 의지대로 흐르게 하는 힘은 흔히 마력 친화도라 불리는 것인데, 친한 친구에게 부탁하듯 마력에게 부탁하는 것과 비슷한 원리였다. 한마디로 마력과 친하면 친할수록 강한 마법사가 될 소질이 있다고 보면 되었다.

물론 마력 친화도만으로 대단한 마법사가 될 수 있는 것은 아니다. 마력 친화도는 기본적으로 필요한 것으로, 마력 친화도가 높은 사람일수록 같은 마법을 써도 위력이 강하다. 말하자면 똑같은

파이어 볼을 써도 마력 친화도가 약한 사람은 바위를 그슬리는 정도이지만, 마력 친화도가 강한 사람은 아예 바위를 날려버릴 수 있는 식이었다. 하지만 마법 자체를 익히지 않으면 마력 친화도가 아무리 높아도 마법을 쓸 수가 없었다. 스시리아너가 마력 친화도에서 최고라 할 수 있는 최상급 정령이면서도 쓸 수 있는 마법이 별로 없는 것도 그런 이유에서였다.

마력 친화도와 마법은 별개의 것이었다. 마법이란 마력을 일정한 방향으로 흘리는 것으로 여기서의 핵심은 마력을 흘리는 방향과 속도였다. 말하자면 마력을 어떻게 흘리느냐가 마법이라고 해도 좋았다. 마력을 어떻게 흘려야 하는지는 느낌이 제일 중요했다. 이는 말로 설명할 수 없는 것이었다. 누군가 아주 뛰어난 사람이 제자들에게 가르치는 식으로는 절대 마법을 전수할 수가 없었다. 그저 직접 해보면서 익숙해질 수밖에 없었다.

사람들도 처음부터 친해질 수는 없듯이 마법사도 마찬가지였다. 아무리 대마법사라도 처음 사용하는 마법을 처음부터 완전히 성공시킬 수는 없었다. 마력을 정확히 어떻게 흘려야 하는지에 대한 느낌을 제대로 갖지 못하면, 누구도 마법을 성공시킬 수가 없었다. 어떻게 보면 실패하면서 익숙해진다는 말이 잘 적용되는 게 마법사의 수련 과정이라 해도 좋았다. 실패하면서 마력을 어떻게 흘려야 하는지 느낌을 가지게 되고, 그리하여 그 마법에 능숙해지게 되는 것이었다.

사실 어떤 마법사라도 블리저드 크래쉬나 순간 이동 마법을 주문없이 사용하면 후유증에 시달리지 않을 수는 없었다. 마법에 딸린 주문이란 마력이 흐를 방향을 대충 정해주는 것으로, 아주 익숙한 마법이 아니라면 주문을 생략하고 마법을 쓰는 건 무모한 짓이었다. 완전히 익숙해진 마법이라면 주문을 안 외워도 괜찮지만, 조금이라도 익숙하지 않은 마법은 주문을 생략하면 그대로 실패해 버리기 일쑤였다.

하지만 다리므는 이상하게도 그 선에서 예외가 되었다. 그는 처음 본 마법을 쓰던, 안 익숙한 마법을 주문 없이 쓰든, 어떻게 쓰든 간에 거의 모든 마법이 성공하는 희한한 체질이었다. 대마법사들은 익숙하지 않은 마법도 주문을 생략하는 경우가 있지만, 그건 어디까지나 위급 상황일 때의 얘기였다. 그들도 그렇게 마법을 쓰고 나면 그대로 뻗어버리곤 했다. 마력을 제 길로 흘려넣지 못하고 비틀린 방향으로 억지로 밀어넣으니 몸에 무리가 가지 않을 수 없는 것이었다.

그리고 지금 다리므가 축 늘어져 있는 것도 같은 이유였다. 대마법사도 아닌 주제에 이러고 있다는 게 우습긴 했지만.

'그런데 나와 렌스는 그 상황에서 어떻게 살아남은 거지……'

갑자기 머리 속에 지나간 장면이 떠올랐다. 다리므는 톱니가 맞지 않는 퍼즐을 푸는 기분이 되어 옆으로 돌아누웠다. 맞지 않았다. 잘못 섞인 조각이 있는 것처럼 전혀 맞지 않는 무언가가 있었다. 렌스와 함께 사병들에게 쫓겼던 그날, 그때의 이상했던 상황이 새삼스레 다시 떠올랐던 것이다. 그 당시에는 워낙 정신이 없어서 잘 깨닫지 못했지만, 무언가 앞뒤가 맞지 않는 것이 있었다. 아무리 생각해도 그 비틀림은 끼워 맞춰지지가 않았다.

그날은 비가 심하게 왔었고, 바닥에는 빗물이 흥건했다. 사방에 물이 있었던 날인 셈이었다. 사실 그런 날에 번개 종류의 마법을 썼다는 것 자체가 미친 짓이었다. 중급 마법으로 좁은 범위를 강타하는 썬더 스트라이크라도 그런 상황에서는 좁은 범위에 머물러 있을 수가 없었을 거다. 아마 굉장히 넓은 범위를 지져 대며 파란 스파크를 일으켰을 터였다. 잘 알려져 있는 것처럼 물에는 전기가 잘 통하니까 말이다.

다리므는 그 당시 사방에 가득했던 고기 타는 냄새의 정체를 그 다음날에야 간신히 깨달았었다. 그때 그렇게 타버린 것은 사람. 어느 가정의 빈약한 생선 따위가 아닌, 살아 있는 사람. 그것은 끔찍스럽고 악랄하다고 볼 수밖에 없는 사건이었다. 아무리 그때 제 정신이 아니었다고 해도 쉽게 생각할 수 없는 엽기적인 살인.

그런데 그 속에서 다리므와 렌스는 멀쩡히 살아났다. 사병들 중 몇 명은 그대로 전기 구이가 되어버렸는데도…….

"그런데도 살아 있단 말이지…….."

다리므는 혼잣말을 중얼거리며 손을 쥐었다 폈다 해보았다. 하얀 장갑을 낀 마법사의 손. 우스웠다. 어째서 살아 있는 거지. 사병들 몇 명이 죽었는데, 그들을 죽이고도 우리는 왜 살아 있는 거지? 그들은 내 손에 죽었는데 왜 나는 이렇게 멀쩡히, 때로는 유쾌한 장난도 치면서 살아 있는 거지……? 그들은 죽었는데…….

물론 그들을 위해 죽어줄 생각은 없었다. 먼저 생명을 위협해 온 건 그들이니까. 그런 자들을 위해 내 목숨을 내던질 생각 따윈 없으니까.

하지만…….

"훗, 그래. 살아야지. 살아야겠지…… 응? 그렇지?"

그때 머리 속에 가득 떠올랐던 말. 아무것도 생각나지 않았던 머리 속에 유일하게 새겨져 오던 단어. 그것은 스스로의 생각이 아니었다. 이 육체의 주인인, 이 정신의 주인인 내 생각이 아니었다. 나 외에 내 생각을 지배하는 그 누군가의 명령 같은 울림이었다.

결코 거역할 수 없는.

"내 머리 속을 가지고 장난치지 마……"

다리므는 마치 눈앞에 누군가가 있는 것처럼 말을 중얼거렸다. 하지만 그 말은 결국 혼자말이 되어버릴 수밖에 없었다. 그는 이미 이 세상에 없는 사람이므로. 그는 이미 오래 전에 죽어버린 사람이므로.

연갈색 천장은 영영 변하지 않을 것만 같은 모습으로 눈앞을 차지하고 있었다.

스시리아너는 눈을 떴다. 어둠에 싸인 연갈색의 천장이 시야에 들어왔다. 막 잠이 들었을 때는 환했었는데, 이미 어두워진지도 한참 된 것 같은 풍경이었다.

'아직…… 해가 안 떴나?'

잘 떠지지 않는 눈을 깜박이며 몸을 일으켰다. 허리까지 내려오는 붉은 머리카락이 물결치듯 출렁이며 흘러 내려왔다. 흐릿한 별빛이 창문으로 스며 들어와 그녀의 붉은 머리칼을 한 올 한 올 반짝이게 하고 있었다. 스시리아너는 앞으로 넘어온 머리카락을 아무렇게나 넘기며 침대에서 빠져 나왔다.

해가 뜨기도 전에 깨어버린 것인데도 별로 졸리지는 않았다. 충분한 수면을 취한 뒤 저절로 깨어난 아침과 같은 느낌이었다. 역시 저녁을 먹자마자 잠자리에 들었던 게 이르긴 일렀던 모양이었다.

사실 정령인 그녀는 밤 시간에 깨어보는 게 처음이었다. 정령들은 잠이 유난히 깊기 때문에 밤에 깨어 있는 게 인간보다 훨씬 어려웠다. 대부분의 정령들은 몇백 년을 살아가면서도 한밤중의 분위기가 어떠한 것인지 모르곤 했다. 지금까지는 스시리아너도 마찬가지였다.

투명한 창을 통해 쏟아져 들어오는 별빛 덕에 방안은 희미한 어둠 아래 까만 형체를 드러내고 있었다. 방안의 가구들은 어둠에 묻혀 있었지만 윤곽만은 뚜렷이 보였다. 마치 방 전체에 새까만 물감을 칠한 것 같은 장면이었다. 밤이란 건 이런 느낌인 걸까. 스시리아너는 문득 신기하다는 생각을 하며 주변을 둘러보았다.

바로 옆에 놓인 뮤트의 침대는 비어 있었다. 어딜 간 걸까 하는 생각에 스시리아너는 침대 시트를 만져 보았다. 체온은 이미 다 날아가 버리고 차가운 천의 감촉만이 손끝에 전해져 왔다. 아무래도 나간 지 꽤 된 모양이었다.

"아, 시스, 일어났어?"

순간 바로 옆에서 뮤트의 목소리가 들려왔다. 발소리도 없이 너무 갑자기 가까운 곳에서 들려온 목소리에 스시리아너는 깜짝 놀랐다.

"와앗!"

"쉿, 사람들 깨겠다."

뮤트는 스시리아너가 소리를 지르자 자기가 더 놀라며 그녀의 입을 얼른 막았다. 금방 안정을 되찾은 스시리아너는 뮤트의 손을 밀어내며 투덜거리는 투의 말을 던졌다.

"놀랐잖아. 발소리도 없이 갑자기 말을 걸면 어떡해. 갑자기 말소리가 옆에서 들려오면 안 놀랄 사람이 어디있어?"

"하지만 이런 밤엔 발소리가 더 무섭잖아."

뮤트는 옅은 미소를 지으며 자신의 침대 위에 털썩 앉았다. 침대 시트 아래 모여 있던 공기가 한번에 빠져 나가며 풀썩 하는 소리가 났다.

"어디 갔다온 거야?"

"아, 잠깐 잠이 안 와서 산책."

예상한 대로의 대답이었다. 어쩐지 단순한 뮤트였다. 스시리아
녀는 왠지 재미있다는 생각에 픽 하는 웃음을 머금으며 뮤트의
옆에 걸터앉았다.

"산책이라면 어디로?"

"음…… 그게……."

뮤트는 스시리아녀의 질문에 조금 당혹스런 표정을 지으며 곰
곰이 생각에 잠기기 시작했다. 그런 뮤트의 반응에 스시리아녀는
황당함을 느꼈다.

"이런 질문에 그렇게 진지하게 생각하는 사람이 어디 있어?"

"하지만 이 지방이 어디인지 정확한 명칭이 생각이 안 나
서……."

"그냥 이 근처 아냐?"

"아, 이 근처이긴 한데……."

이상한 데서 진지해지는 뮤트였다. 스시리아녀는 그만 픽 웃고
말았다.

"그럼 그냥 근처라고 해. 그리고…… 이건 또 뭐야. 이 새까만
옷은."

스시리아녀가 옷에 대한 말을 꺼내자 뮤트는 흠칫했다. 꼭 혼날
일 앞의 어린애 같은 반응이었다. 정말 이럴 땐 애 같다니까…….
스시리아녀는 실없는 생각을 하며 말을 이었다.

"한밤중에 까만 옷을 입으면 잘 안 보이잖아. 마차 같은 데 치
이기 쉽다고. 그런데 넌 어떻게 위아래 다 까만색으로 맞춰 입고

나갈 생각을 했니? 무슨 자객도 아닌데 까만색 긴 소매라니."

스시리아너는 장난스레 중얼거리며 뮤트의 소매를 잡아당겼다. 어린애같이 놀라는 뮤트를 놀리기 위해 한 말이었다. 하지만 순간 뮤트의 소매를 잡은 손바닥에 이상한 감각이 전해져 와 입을 다물 수밖에 없었다.

축축했다. 그냥 지나가다 물을 묻혔다던가 이슬에 젖었다던가 하는 감각이 아닌 축축하고 끈적한 감각. 검은색의 옷이라 눈에 잘 띄지 않아서 몰랐었는데…….

스시리아너는 뮤트의 소매를 놓고 손을 펴보았다. 어둠에 묻혀 겁게 보이는 액체가 손바닥에 흥건히 묻어 있었다. 어둠 때문에 색이 잘 구별되진 않지만…… 이건…… 피? 반쯤 굳어져 끈적거리는 피가 뮤트의 소매에 흥건히 적셔져 있었다.

"왜 그래, 시스?"

뮤트의 의아해하는 목소리를 들으며 스시리아너는 뮤트의 소매를 억지로 걷어올렸다. 하지만 뮤트의 팔에 상처는 없었다. 아무래도 어딘가에서 적셔져 온 것 같은데…… 산책하고 돌아온 사람이 이런 피를 묻혀 올 이유가 어디에 있겠는가.

그러고 보니 뮤트에게서 옅은 마력의 느낌이 조금씩 흘러나오고 있었다. 처음엔 아무 생각 없이 무심코 있어서 느끼지 못했지만 이건 분명한 마력의 느낌이었다. 그리 강하지는 않지만 분명한 물의 마력…… 시선을 약간 돌려 그녀의 귀를 살펴보니 역시 그 귀고리가 없었다.

"대체 어딜 갔다 온 거야."

스시리아너는 이상히리만치 무서운 불안감을 느끼며 뮤트의 눈을 똑바로 쳐다보았다. 얼버무릴 생각 말고 분명히 말해 달라는 단호한 태도였다. 하지만 뮤트를 정면으로 쳐다본 스시리아너는 자신이 먼저 시선을 피해버리고 싶은 생각과 싸워야만 했다. 어둠 속에 반쯤 묻힌 뮤트의 까만 눈동자는 시선을 빨아들이는 느낌을 가득 담고 있었다. 아주 무서운, 손대어서는 안 될 어떠한 것을 담고 있어 한없이 스시리아너를 빨아들여 버리는 듯한 느낌…….

"그렇군…… 이것 때문이었어."

뮤트는 픽, 웃으며 고개를 떨구었다. 씁쓸한 투의 중얼거림이었다.

"네이아 언니와 똑같은 녹색 눈동자라니, 혼란스럽잖아."

자조적인 웃음. 뮤트는 자리에서 일어났다. 그리고 경직된 스시리아너의 시선을 받으며 짧은 주문을 중얼거렸다. 잠의 주문이었다.

주문이 거의 완성될 쯤에 스시리아너가 옆으로 픽 쓰러졌다. 뮤트는 재빨리 팔을 뻗어 그녀의 몸을 붙들었다. 잠이 들어 축 늘어졌다고 해도 스시리아너는 별로 무겁지 않았다. 그녀를 붙든 팔로 부드러운 촉감과 따뜻한 체온이 전해져 왔다. 가끔씩 그리워하던 감각이 되살아나는 것만 같은 느낌에 뮤트는 얼른 그녀를 침대에 뉘였다. 스시리아너의 붉은 금발이 하얀 시트 위에 아름다운 곡선을 그리며 흩어졌다.

'아직은 어리다 해도 역시 최상급인가…… 잠재우는 데 이 정도의 마력이 필요할 줄이야…….'

뮤트는 옅은 미소를 지은 채 곤히 잠든 스시리아너의 머리카락을 손으로 쓸어보았다. 부드러운 감촉이 손끝에 느껴져 왔다. 작은 숨소리를 내며 세상 모르게 잠들어 있는 모습이 평화로워 보인다. 감겨진 눈과 이완된 얼굴 표정에선 어떠한 긴장 상태도 느낄 수가 없었다. 그 뽀얀 얼굴에서 느껴지는 것은, 아니, 퍼져 나오는 것은 포근한 안식감과 고요함뿐이었다. 평화로움의 상징물 같은 느낌들. 나는 영영 가질 수 없는 평화를 스시리아너의 잠든 모습에서 느낄 수 있다니, 조금은 우습다는 생각이 들기도 했다.

하지만 절대로, 절대로 더 이상은 망상에 잠기지 말아야지. 더 이상은 무언가를 부수지 말아야지. 그래서 부서지는 것이 내가 된다 해도…….

뮤트는 몸을 일으키며 방 밖으로 걸어나갔다. 복도에 머무르고 있는 새벽 공기는 아직 차가웠다. 태양이 뜨기 직전이 가장 춥다지. 하지만 나는 이런 공기가 좋아. 그녀는 어느새 작은 목소리로 쓸쓸한 가락의 노래를 흥얼거리고 있었다. 잊혀진 가락. 잊혀진 시간. 언제나 그리움과 안타까움으로 생각되는 과거. 하지만 사람들은 알까. 잊혀지기 이전에 처음부터 아예 생각되어지지 않은 것도 있다는 것을. 처음부터 아예 관심밖으로 밀려나 버린 당연한 사실들에 대한 이야기가 존재한다는 것을.

한참 만에야 그녀는 갑자기 생각난 듯이 소매를 내려다보며 작은 혼자말을 중얼거렸다.

"이건 씻어내야겠는데……."

어둠이 비끼어 검게 반짝이는 물 위로 검붉은 피가 번져 나갔다. 이상한 느낌이었다. 이대로 이 맑은 물 전체가 검붉은 색으로 물들어 버릴 것만 같은 느낌. 지금의 나는 영영 지워지지 않을 허물을 이 호수 위에 뿌려대고 있다는 자괴감.

"아니, 괜찮아……."

딘은 불안스레 흔들리는 작고 파란 빛덩어리들을 보며 나지막하게 중얼거렸다. 한밤중의 시간을 즐기다 딘을 보고 모여든 물의 소정령들이었다. 솔직한 아이들이었다. 직접적인 말은 못 해도 진심으로 걱정해 주는 아이들.

물론 이 아이들은 내가 정령이기 때문에 걱정해 주는 것이다. 개인적으로 나에 대한 감정 같은 건 절대 있을 수가 없었다. 이 아이들에겐 자라는 것 자체가 존재하지 않으니까.

하지만 어차피 이런 건 다 마찬가지다. 굳이 소정령뿐만이 아니라 사람과 사람 사이의 관계도 실제로는 이런 것과 별로 다를 게 없다. 사람들은 쉽게 사랑을 이야기하지만, 그 사람 자체를 사랑하는 경우는 없으니까. 내가 정령이라서 소정령들이 걱정해 주는 것처럼, 다들 상대방이 가지고 있는 어떠한 조건을 사랑하는 것일 뿐이다.

음…… 그 사람은 따뜻해. 그 사람은 돌아가신 어머니와 닮았어. 그 사람은 항상 날 위로해 줘…….

이렇게 말하는 사람들은 지금 사랑하고 있는 이의 이러한 조건들이 없어져도 그 사람을 계속 사랑할 수 있을까. 친절하던 사람이 갑자기 이유없이 불친절해진다면, 그 사람 변했어…… 라고 중얼거리며 결국은 거리를 두게 되어버리지 않을까. 그 사람 자체는 그대로 있고, 다만 그 사람이 가지고 있던 조건 하나가 사라진 것일 뿐인데도 그 사람 전체를 버리게 되진 않을까.

나도 똑같다. 내가 그렇게 스시리아너에게 친밀감을 느꼈던 이유는 그녀의 녹색 눈동자와 대지의 정령이라는 점 때문이었다. 성격은 판이하게 달라도 가끔씩 네이아와 겹쳐지는 그녀에게서 네이아의 환상을 찾고 있었던 것이다.

녹색 눈동자. 옅은 빛 아래서도 화사하게 반짝이는 맑은 빛깔.

'하지만…….'

딘은 조금 전에 들었던 케리의 말들을 떠올리며 쓴웃음을 지었다. 스시리아너에게 느끼는, 어쩌면 이 사람이라면 날 조금은 이해해 줄 수 있지 않을까, 하는 생각이 비록 이따위 싸구려 감정일지라도 케리의 말대로 따를 수는 없었다. 누가 뭐라 해도 스시리아너는 지금 살아 있으니까.

아무리 싸구려 감정이라도 지금 당장은 스시리아너가 소중하다. 지금 이 순간만은…….

14

"휴우……."

딘은 이마의 땀을 닦으며 한숨을 쉬었다. 옷 위에 겹쳐 입은 로
브가 어깨를 짓누르는 느낌이었다. 어둠이 떠도는 밤, 검은 로브,
얼굴을 드러내지 않기 위해 푹 눌러쓴 후드…… 이 모든 것들이
자신을 짓이기려 하고 있는 것만 같아 기분이 좋질 않았다. 그보
다 더 근본적인 이유는 사방에 만연한 피비린내 때문이겠지만.

자꾸만 눈을 감고 싶어지는 충동을 느꼈다. 너무나 아름다운 호
숫가에 널브러진 끔찍한 시체들…… 잔인하게 살해당한 정령들의
육체는 구역질이 날 정도로 지저분하고 참혹했다. 지독한 피비린
내에 머리가 아플 지경이었다. 모든 것을 때려치우고 여관으로 돌
아가 버리고 싶다는 유혹이 자꾸만 머리 속을 헤집고 들어왔다.

"싫다……."

딘은 자기도 모르게 혼자말을 내뱉으며 시체 조각을 들어올려

옮기기 시작했다. 거의 굳어져 가는 진득한 피가 로브 위로 흘러
내려가는 것을 느낄 수가 있었다. 등줄기를 따라 소름이 돋는 것
을 애써 외면하며, 들고 있던 시체 조각을 조금 전에 판 깊은 구
덩이 안에 던져 넣었다. 툭, 하는 소리와 함께 조각난 시체는 입을
벌리고 있는 어두운 구덩이 안으로 떨어져 내려갔다.

다시 한 번 깊은 한숨을 내쉬었다. 에이린의 솜씨는 정말 끔찍
하리만치 완벽했던 모양이다. 이렇게 많은 수의 정령을 상대하기
란 쉽지 않은 일이었을 텐데도 이렇게 전멸시켜 버렸다. 그것도
이토록 잔인하고 거리낌없이.

대지 계열 정령 여럿이 파르나의 아이리스 호수로 떠났다는 것
과 에이린이 그들을 전멸시키기 위해 파르나로 출발했다는 것은
이미 하르드퀴논에게 들어서 알고 있었다. 그리고 그때부터 이미
깨닫고 있었다. 이들이 전멸당할 거라는 사실을.

알고 있었다. 아이리스 호수 주변이 이렇게 피로 물들어 버릴
거라는 사실을 이미 알고 있었다. 하지만 이토록 분명하고 예견된
학살을 딘은 막을 수가 없었다. 또 누군가가 죽겠구나…… 하는
생각은 했지만 막을 도리가 없었다. 이것은 하르드퀴논과 에이린
의 일이고, 이것이 그들의 정의라면 정의이니까.

그러니 딘에게는 에이린을 말릴 이유도, 권리도 있을 수가 없었
다. 다만 딘은 이렇게 밤에 몰래 찾아와 널브러진 시체들을 묻어
주는 비생산적인 일을 할 수 있을 따름이었다. 이들을 이대로 그
냥 놔두면 연구에 미친 연금술사들이 토막내어 가져가 버릴 것이
뻔했다. 정령의 시체는 좋은 실험 대상이 되니까.

이미 죽어버린 이들에겐 그런 것 따윈 아무래도 상관없을지도
모르지만, 적어도 그렇게 갈기갈기 찢겨져 약품에 담기는 것만은

피하게 하고 싶었다. 비록 이러한 행동이 아무런 의미를 갖지 못하는 것일지라도⋯⋯.

"흐윽⋯⋯."

하지만 딘은 간신히 마지막 시체를 구덩이에 던져 넣고 나서 그대로 그 자리에 주저앉아 버리고 말았다.

아마 지금 시체가 되어 있는 이 정령들도 밝게 웃던 때가 있었을 거다. 그리고 그날 내가 죽였던 정령들도 소중한 그 무엇을 가지고 있었을 거다.

물론 그들이 죽어야 할 이유는 있었다. 그들이 이때까지 저질러 왔던 부조리와 잔인성을 생각한다면 그들이 죽음으로써 이 세상은 조금 더 나아진 건지도 몰랐다.

아헨에서도 그랬다. 많은 주민들이 죽고 타피카가 무너진 덕에 살아남은 이들의 삶은 좀더 나아졌다. 희망이라곤 없던 그 좁은 거리에 미약한 희망이 날갯짓을 하는 것을 딘은 분명히 느낄 수가 있었다. 분명 그들이 죽음으로 해서 세상은 조금 더 나아졌다.

얼마만큼의 죽음으로 인해 그보다 많은 이들이 이익을 볼 수 있다면 그 죽음은 산술적으로는 합당했다.

하지만 생명이란 건 단순히 숫자로 셀 수 있는 게 아니지 않은가.

각자의 삶을 가지고 있는 생명에 대해 단순한 산술적 이익을 강요하는 건 잔인한 짓이다. 누구에게도 타인을 위해 죽어야 할 의무는 없다. 그에게도 하나의 삶이 있고, 생각이 있고, 생활이 있으니까.

살인에 합당한 이유 따위는 애초부터 없는 것이다. 물론 어떻게든 이유를 댈 수는 있었다. 하지만 그런 건 그저 합당하지 못한 이유, 즉 핑계가 될 뿐이었다.

그런데도 나는 대체 무얼 하고 있는 걸까. 어째서 이런 죄를 반복해 가면서 용서받지 못할 수렁으로 빨려 들어갈 수밖에 없는 걸까.

눈물이 주르륵 흘렀다. 사실은 죽이고 싶지 않았다. 한때 소중했던 사람들도, 그때 처음 보았던 사람들도, 아무도 죽이고 싶지 않았다. 하지만 언제나 어느 한계점에 도달하면 이 육체는 나의 의지를 벗어나 멋대로 살육을 저지르곤 했다. 아무런 거리낌도 없이, 마치 아주 당연한 것처럼……

딘은 양손을 눈앞에까지 들어올렸다. 피에 물든 손이었다. 그리고 언제나 피가 마를 날이 없는 손이었다. 이 손에서는 피비린내와 비누냄새가 섞여서 났다.

손목을 몇 번이나 그었는지는 이제 기억도 안 난다. 하지만 딘은 살아 있을 수밖에 없었다. 아무리 죽으려 해도 육체가 거부하니까. 마지막 순간에 결국 살아남기 위해 행동해 버리고 마니까……

"허어, 쓸데없는 감정에 마음을 쏟으면 의식이 흐트러지지……."

갑자기 누군가의 목소리가 딘의 의식을 뚫고 지나갔다. 딘은 흠칫했다.

"언제나 의식은 분명히 놔두어야지. 그래야 누구든 효율적으로 죽일 수 있지 않겠나?"

"당신, 누구야!"

딘은 반사적으로 자리에서 벌떡 일어나 주변을 둘러보았다. 텔레파시는 원래 시야에 들어올 정도의 근거리에서 사용하는 통신 마법이었다. 하지만 이 부근에는 아무것도 없었다. 다만 무서운 정적과 피비린내만이 진동할 뿐이었다. 마력의 흐름으로 볼 때 이 근처에는 누군가가 있을 수도 없었다.

아무래도 이 목소리는 텔레파시가 아닌 다른 방식으로 전달되어오는 것인 모양이었다. 어떻게 한 건지 정확한 건 알 수가 없지만……

"케리…… 케리 마리느. 설마 벌써 날 잊은 건 아니겠지?"

히죽거리는 말투에 딘은 무언가가 뚝 끊어져 버리는 것만 같은 감각을 느꼈다.

"할말이 있다. 지금 바로 베도 여관으로 오지 않겠나? 꽤 유명한 곳이야. 사람들에게 물어보면 찾을 수 있을 테니……"

"헛소리 마. 난 갈 이유가 없어."

딘은 나지막하고 차가운 어조로 중얼거렸다. 그 능글맞은 사내. 연구를 위해서라면 무엇이라도 하는 그런 자를 무엇 때문에 만난단 말인가. 게다가 왜 그가 갑자기 이런 연락을 취해오는지도 모르는 판에……

"오지 않으면 할 수 없지. 하지만 후회하게 될 거야."

케리의 능글맞은 목소리는 계속되었으나 딘은 못들은 척 구덩이를 메우기 시작했다. 저따위 수작에 넘어가봐야 좋을 게 하나도 없음은 뻔했다. 육체적으로는 약하지만 머리는 꽤 돌아가는 케리니까. 얕잡아보고 무모하게 그에게 갔다가는 무슨 함정에 걸려버릴지 몰랐다.

"너에 대해서는 다 알지. 네가 무슨 일을 벌이고 다녔는지도."

딘은 마음을 떠보는 듯한 케리의 말을 무시하려 애썼다. 저런 유치한 협박에 누가…… 라고 중얼거리며 무시해 버리려 애썼다.

"너에 대한 거라면 난 뭐든 알 수 있거든……"

저건 다 헛소리다. 말도 안 되는 유치한 협박. 하지만…… 하지
만…….

                    *   *   *

베도 여관이라는 곳은 놀랍게도 아이리스 호수 바로 근처에 있
었다. 그 사실을 깨닫고 나서야 딘은 비로소 케리가 자신의 위치
를 파악하고 있었다는 것을 눈치챌 수 있었다. 정령들도 추적하지
못했던 딘의 위치를 케리가 추적해 낸 것이다.

오래된 여관이라 나무 냄새가 물씬 났다. 고운 빛깔로 번들거리
는 나무 문을 밀고 방안으로 들어가니 안에서 케리가 기다리고
있었다.

"역시 왔군."

그는 쿡쿡 웃으며 딘에게 의자를 권했다. 아무래도 그는 그 동
안 하나도 안 늙은 모양이었다. 얼굴도 말투도 모두 그대로였다.
이미 오래 전에 박제가 되어버린 생명체처럼 변한 게 없었다.

"용건이 뭐야……."

딘은 한숨을 내쉬며 의자에 걸터앉았다. 자신이 이곳에 순순히
찾아와 버린 게 스스로도 잘 이해가 되질 않았다. 헛소리라고 치
부해 버리려고 했었는데, 그렇게 무시해 버리려고 했었는데 마음
속에 자리잡고 있던 한 줄기 불안이 그녀를 이곳으로 이끈 것이
었다. 설마…… 하는 하나의 의구심이 딘을 친친 감아 이곳까지
끌고 온 것이었다.

"쿡…… 역시 그랬군. 어쩐지 추적이 잘 안 된다 했어. 그런 마
법이 걸려 있었으니……."

딘은 아무 말도 하지 않았다. 다만 불쾌한 기분에 입술을 깨물었을 뿐이었다.

"후드를 좀 들춰보지 그래? 어떻게 변했나 봐야지."

"그런 건 당신이 신경 쓸 게 아냐."

"뭐, 싫다면 별수없겠지. 아무튼 하르드퀴논도 실력 하나는 끝내주는군. 이렇게 강력한 환각 마법을 걸어놓았을 줄이야. 이 정도라면 안티 매직 존Anti-Magic Zone의 범위 안에 들어가도 안 풀리겠는걸. 그래봤자 원래의 모습에서 조금 인상이 달라진 정도인 것 같지만."

딘의 모든 것을 꿰뚫어보는 듯한 케리의 말투에 딘은 미간을 좁혔으나, 후드의 그늘에 가려져 그 표정이 케리에게까지 전해지지는 않았다.

"디아나와 닮았다는 말을 듣지 않나? 이번 이름은 뭐였지? 뮤트, 에…… 뭐였는데."

"그만 하랬지! 난 당신의 용건을 듣기 위해 온 거지, 당신의 잡담을 듣기 위해 온 게 아냐!"

뮤트의 이름이 케리의 입에서 흘러나오려 하자 딘은 자기도 모르게 자리에서 벌떡 일어나 거칠게 소리쳤다. 무서운 불안감이 온몸을 타고 흘러가고 있었다. 케리는 모든 것을 알고 왔다. 정령들마저 눈치채지 못했던, 심지어는 한동안 바로 옆에 있었던 스시리아녀마저도 눈치채지 못했던 뮤트에 대해서도…… 그는 모든 것을 알고 왔던 것이다.

이대로라면 다시 모든 것이 부서지는 것은 시간 문제일지도 몰랐다.

케리는 이상할 만큼 흥분하는 딘을 보며 히죽 웃고 있었다. 히

죽……. 이러한 딘의 반응이 재미있다는 듯이. 결국 딘은 다시 얌전히 자리에 앉는 수밖에 없었다.

"당신은 악마야."

씁쓸하게 내뱉어진 딘의 말에 케리는 태연하게 대꾸했다.

"그건 네 쪽이겠지."

"그래……."

부정할 수가 없었다. 딘은 어느새 한순간 불안하고 흥분되었던 마음이 차갑게 가라앉아 가는 것을 느꼈다.

이것이 나. 그리고 내가 가진 현실. 매번 어리석은 부정을 반복할 만큼 싫지만, 아무리 부정해도 나아지는 게 없었다.

"그럼 이제 본론을 꺼내보도록 할까. 이 정도면 인사는 충분할 테니."

케리는 딘을 조롱하는 듯이 중얼거렸다. 아마 그는 인형을 가지고 노는 기분으로, 혹은 강아지를 괴롭히며 낄낄대는 기분으로 이런 대화를 이끌어가고 있을 테지. 그의 관점에서 볼 때 나의 생명은 절대 존엄하거나 숭고하지 않은, 만들어진 조잡한 것일 테니까.

생명이란 절대 공평한 것이 아니니까…….

어떤 방법을 써서라도 연금술적인 지식을 늘리는 것. 그것이 케리에게는 정의일 테니까…….

"부탁이 있어서 말이야. 요즘 너와 함께 다니는 그 최상급 정령, 스시리아녀를 없애주었으면 해서."

쿵!

순간 딘은 무언가 아주 무거운 것이 머리를 후려치는 듯한 느낌을 받았다.

"말이 되는 소리를 해. 내가 당신의 말을 들어줄 것 같나 보지?"

딘은 간신히 태연을 가장한 채 차갑게 대꾸했다. 심장 뛰는 소
리가 목으로 올라오는 것 같은 기분이 들 만큼 커졌지만, 이상하
게도 마음속은 심하게 흔들리지 않았다. 손끝이 떨리는 것을 느꼈
지만 목소리는 떨리지 않았다. 완전히 착 가라앉아 버린 기분이었
다. 차분히 가라앉았다기보다는 바닥까지 가라앉아 버렸다고 하는
게 좋을 그런 기분.

"아아, 말로 안 되는 게 어디 있나. 아무튼 나는 진담이야. 요즘
이 세계의 균형에 대해 관심을 가지고 있거든. 너도 알 텐데? 꽤
많은 대지 계열 정령이 죽었는데도 비는 겨우 며칠 오는 걸로 끝
났어. 전에는 엄청난 홍수로 페리어드가 국가 존망의 위기까지 맞
았을 정도였는데. 역시 상급 이상 정령이 넷…… 아니, 셋이라는
게 균형을 유지하는 데 상당한 도움이 되나 봐. 하지만 그건 아직
추측일 뿐이라 제대로 알아보고 싶은 거야. 스시리아너가 죽는다
면, 그러니까 최상급 정령이 하나 주……"

신나게 말을 늘어놓던 케리는 결국 끝까지 말을 잇지 못했다.
놀라운 속도로 의자에서 일어난 딘이 그의 목을 한 손으로 꽉 붙
잡았기 때문이다.

"그 전에 당신이 먼저 죽을걸."

딘의 목소리는 차가웠다. 한치의 감정도 끼여들지 못할 것만 같
은 어조였다. 하지만 케리는 호흡기가 제압당해 캑캑거리면서도
한치의 흔들림도 없이 그녀의 말에 답했다.

"크…… 그래, 그것도 나쁜 건 아…… 니지……"

"그따위 연구가 뭐가 그리도 중요한 거지? 당신네들 연금술사,
아니, 과학자들은 이해할 수가 없어. 뭐가 그리도 중요하길래 용서
받지 못할 생명을 만들고, 실험을 하고 사람을 죽여? 당신들에게

생명은 대체 뭐지? 과연 휴지 조각보다 소중하기는 한 거야? 하!
이러면서도 당신 자신의 목숨은 소중하겠지? 어디 오늘 그 소중
한 것을 박살내줄까?"

"별…… 로…… 크으…… 소중하지 않아……. 연구보다 목숨이
소중했다면…… 일찌감치 네게서…… 손뗐을 거다……."

"그렇다면 빨리 꺼져 버려! 헛소리 늘어놓지 말고!"

딘은 케리를 거의 던져 버리다시피 하며 손을 떼었다. 왜소한
체격의 케리는 큭, 하는 소리를 내며 의자와 함께 요란스레 넘어
졌다. 따지고 보면 딘도 작은 편에 속하는 체구였지만 그녀의 힘
은 엄청났다. 그 몸집에선 절대 나올 수 없을 것만 같은 힘을 가
지고 케리를 날려버린 것이었다.

'하지만 이 정도 힘은 저 아이에게는 새 발의 피 정도밖엔 아니
겠지. 인간으로서는 꿈도 못 꿀 힘. 그리고 마력…… 누구의 작품
인진 몰라도 역시 최고의 작품이야! 저 작품에 손을 대어본 것만
으로도 난 인생을 헛살지 않은 거야. 아찔할 만큼 두근거리는군!'

케리는 괴로운 듯 바닥을 뒹굴었지만 그의 마음속은 감탄으로
가득 차 있었다. 딘이, 아니, 거의 모든 사람이 자신의 이런 감정을
이해하지 못하리라는 것은 알고 있다. 어차피 이해해 줄 것은 바
라지도 않았다. 그에게는 지금 느끼는 감탄이 진심이었고, 그걸 굳
이 숨기거나 부정할 생각은 없다. 비록 아무도 이해해 주지 않는
것이라 해도…….

힘들고 괴로운 연구에 평생을 바쳐 온 케리였다. 모두가 음습하
다고 꺼려하는 그였다. 도무지 사람들과는 잘 어울리기가 힘들었
기에 점점 연구에 몰입하게 된 그였다. 아주 오랜 기간 동안 그는
사람들의 기분 나쁜 시선과 온몸을 조여오는 경제적 궁핍함 속에

서 연구를 해왔었다.

만약 케리가 예술가였다면 사람들은 그러려니 하고 암묵적으로 이해해 주었을지도 모른다. 예술에 대한 열정이란 쉽게 주체할 수 없는 것이어서 예술가들이 괴팍한 것이라고 멋대로 이해해 주었을지도 모른다. 그리고 돈 많고 할 일 없는 누군가는 한번쯤 지원을 해주고 관심을 가져 주었을지도 모른다.

지금까지 살아오면서 케리는 사람들의 그러한 점을 이해할 수가 없었다. 어째서 예술에 대한 열정만 주체할 수 없는 것이라고 생각하는 것일까. 조금만 빠져들어 보면 지식에 대한 갈망도 무서운 압박감으로 삶을 짓눌러오는데, 어째서 그런 건 인정하려 들지 않는 것일까. 지식은 지극히 이성적인 것이기에 '이성적으로' 제어할 수 있으리라 생각하는 사람들의 어리석음이 우스웠다.

열정이 없다면 지식은 어떻게 발달할 수 있을까. 마법사들이 새로운 마법을 배우길 갈망하는 것처럼, 예술가들이 하나의 작품을 완성시키기 위해 목숨을 바치는 것처럼 과학자도 하나의 연구를 위해 모든 것을 바칠 수 있다. 그러한 행동 때문에 지식이 발달하고 인류가 진보해 나가는 것이다. 모든 업적이 우연으로 이루어진다고 생각하지 않는 한 쉽게 알 수 있는 사실이건만 사람들은 이런 사실을 외면해 버렸다.

한때 케리는 그런 사람들의 몰이해에 견디지 못해 이 일을 관둬버릴까 하는 생각도 했었다. 하지만 그는 지금 이 순간 때려치우지 않아 다행이라고, 연구를 계속해서 다행이라고 속으로 중얼거리고 있었다. 그는 지금 일생을 바쳐 해온 연구의 결실을 하나씩 보고 있는 기분을 느끼고 있었다. 이제 조금만 더 하면 새로운 작품을 만들어낼 수 있을 터였다. 저 아이에 대해 조금만 더 알게 된다면 저 아이보다도 더 발전된 생명체를……!

"헛소리가 아니야. 후회하게 될걸."

케리는 간신히 몸을 일으켜 세우며 작은 목소리로 중얼거렸다. 입술이 찢어져 피가 흐르고 있었다. 생각 같아서는 당당한 목소리로 말하고 싶었지만, 어느새 거칠어진 호흡이 그 바람을 허락하지 않았다.

"꺼져. 그리고 다시는 나타나지 마."

딘은 차분한 어조로 말을 내뱉으며 케리를 노려보았다. 그리고 아무런 미련 없이 휙 돌아섰다. 그녀의 검은 로브 자락이 빠른 움직임을 따라가지 못해 길게 휘날렸다.

"……널 인간으로 되돌릴 수 있는 방법을 알아……"

딘은 감탄사를 내뱉지는 않았다. 하지만 그 순간 그녀의 걸음은 그 자리에 얼어붙은 듯이 딱 멈추어 버렸다. 케리는 웃음이 자꾸 흘러나오려는 것을 조금 억제하며 말을 이었다.

"……보통은 안 되지만, 너라면 가능해. 처음부터 DNA가 조작되어 태어난 아이는 되돌릴 수 없지만, 넌 그림자의 기사…… 본래는 인간이었으니까. 그렇게 되면 무섭게 널 괴롭히던 모든 것은 사라질 거다. 정말로 평범해지는 거야. 하긴, 원래 알테이아의 둘째 왕녀였던 데다가 이런 과거를 안고도 정말로 평범하게 살기는 힘들겠지. 하지만 네 육체는 정말 평범해질 거야……."

딘은 잠시 동안 깊은 생각에 잠긴 듯 말이 없었다. 그러나 침묵의 시간은 그리 길지 않았다. 이윽고 그녀의 입에서 쥐어짜는 듯한 무거운 목소리가 흘러나왔다.

"그런 걸 당신이 해줄 리가 없잖아. 나도 당신의 연구 대상 아니었나?"

"뭘 모르는군. 관찰보다 더 흥미로운 게 해체와 재조립이야. 그 과정을 통해 난 네가 어떻게 만들어졌는지 완전히 알아낼 수가 있어…… 널 처음 만났을 때 네 왼쪽 눈, 자폭 장치를 제거하면서 많은 정보와 지식을 얻은 것과 같은 경우지. 아무튼 그 정도까지 알아내고 나면 나에겐 널 더 이상 연구할 이유가 없어지는 셈이지. 쿡쿡…… 어때? 이젠 믿겠나?"

딘은 어느새 가슴이 심하게 두근거리고 있음을 느꼈다. 인간으로 돌아갈 수 있다고? 언제 누구를 죽일지 모르는 이 불안정하고 두려운 상황에서 벗어날 수가 있다고? 상당히 솔깃하게 들리는 제안이었다. 내가 이대로 계속 살아간다면, 결국 더 많은 사람이 죽을 게 뻔했다. 하지만 내가 케리의 제안을 따른다면 스시리아너 한 사람만의 희생으로……!

'희생…… 이라고? 한 명만이니 합당한 선택이라고?'

순간 딘은 아찔한 기분을 느꼈다. 어느새 그녀는 스스로 자기 자신을 합리화시키고 있던 것이었다. 소름 끼치는 제안을 받아들일까말까 하는 흔들림까지 끌려나와 있었다.

희생? 그런 데 합당한 이유가 붙을 수 있을 리가 없다. 이유야 어떻든 간에 이런 결정엔 합당한 그 무엇도 없었다. 그저 이기심으로, 인간으로 돌아가 평범하게 살고 싶다는 이기심으로 마음이 기울어져 버린 것일 뿐이다.

스시리아너는 정말 오랜만에 만난 '친구'에 근접한 존재였다. 그녀는 날 어떻게 생각할지 몰라도 지금의 나에겐 그녀가 소중했다. 스스럼없이 대해주고, 날 걱정해 주고, 함께 웃을 수 있는 그런 존재……. 이러한 관계가 얼마나 오래갈 수 있을지는 아무도 장담할 수 없지만 지금 이 순간만은 그랬다. 하지만 나는 그런 소중한 사람을 죽일까말까로 고민하고 있었다. 보통은 이런 결정 따위엔 고민조차 하지 않는다.

그냥 말도 안 된다고 치부하거나 오히려 화를 내는 게 정상이다. 하지만 나는 한순간 그 제안을 받아들일까…… 쪽으로 기울어지기까지 했다.

이따위 의식을 가지고는 인간이 되어봤자 나아질 게 없다. 이런 기억, 이런 의식을 가지고는 나아질 길이 없었다. 이미 나의 의식은 다 미쳐 버린 거나 다름없으니까. 나의 의식은 이미 살인마에 가까워져 제어할 수 없이 변해버리고 말았으니까…….

절망……! 꼭 그렇게 부를 수만은 없는 어떠한 것이 딘의 어깨를 짓누르기 시작했다. 무서웠다. 너무도 무서웠다. 미쳐 버린 것만 같은 자신이 너무도 두려웠다. 죽지도 못한 채 이렇게 존재할 수밖에 없는 자신이 무서워서 견딜 수가 없었다.

"거절하겠어……."

딘은 간신히 말을 뱉어냈다. 떨리는 목소리였다. 망설여지고 혼란스런 마음속을 잘 드러내고 있는 목소리였다. 딘의 그런 기색을 눈치챈 케리는 다시 히죽 웃었다.

"아아, 성급히 결정하진 마. 기한은 무제한이야. 스시리아너가 죽는 그 순간 계약이 성립된 걸로 해주겠어."

"거절한다고 했잖아!"

"그렇게 큰 소리를 칠 만큼 상황이 좋은 건 아니라고 보는데. 네겐 별로 선택권이 없어. 네가 계속 질질 끈다면 난 뮤트가 누구인지 정령들에게 밝힐 거야. 그렇게 되면 곤란해지는 건 너뿐이 아냐. 잘못하면 하르드퀴논까지 끌고 들어갈 수도 있어. 네가 그곳을 떠나고 뮤트의 이름을 버린다 해도 넌 도망치지 못해. 난 네가 어디 있건 추적할 수 있으니까. 이 제안을 받아들이지 않으면 넌 영영 네 운명에서 벗어나지 못할 거야. 그까짓 정령 하나 죽이는 게 뭐 어때서 그러는 거지? 정령들이 네게 했던 그 모든 일들을 기억하지 못하나 보지? 네가 걸어왔던 기억들을 그냥 묻어놓을 수 있을 만큼 너그러운가 보지? 내가 보기엔 넌 그러지 못해. 네 마음속은 정령들에 대한 복수심으로 가득 차 있어. 네 자신도 정령이라는 사실이 조금 우습긴 하지만, 넌 죽어도 그런 의식에서 벗어나지 못해. 자, 불쌍한 왕녀님. 이제 올바른 결정이 무언지 분명해지지 않았나?"

"올바르다고? 내게 과연 올바른 결정이 가능하기라도 했었나……."

딘은 씁쓸히 중얼거리며 앞으로 걸어나갔다. 케리의 말은 옳았다. 나는 언제나 모든 걸 잊어버린 것처럼 중얼거리지만 한번도 모든 것을 잊어본 적은 없었다. 내가 이토록 살의에 시달리는 것도 어쩌면 무의식 속에 깊숙이 박혀버린 복수심 때문인지도 모른다. 원래 그렇게 만들어진 탓이 아니라…….

어떻게 해도 내가 괴물이라는 사실은 달라지지 않는 걸까. 도망칠 수도, 그렇다고 부딪힐 수도 없는 이 현실을 내가 대체 어떻게 해야 하는 거지……. 그냥 멍청히 시간의 흐름에 흘러가 버릴까…… 그럴까……? 그러는 동안 또 누군가는 내 손에 죽겠지……? 어떻게 해도 방법이 없잖아! 누군가가 이 파괴적인 삶을 멈추어주지 않는 한은…….

"가겠어……."

딘은 힘없이 중얼거리며 문을 나섰다. 아무런 방법도 길도 없었다. 그저 한없이 추적을 피하며 도망다니는 것 외에는 아무것도 할 수 없는 것이 현실이었다. 어떠한 노력을 기울여도 할 수 있는 일이 없었다. 이 현실을 빠져 나갈 수 있는 방법이 없었다. 다만 끝없는 암흑만이 눈앞에 펼쳐져 있을 뿐이었다. 아주 어렸을 때부터 언제나 그러했지만 지금 이 순간 딘은 그 사실을 너무도 뼈져리게 느끼고 있었다.

'결국 이게 마지막인 걸까······.'

딘은 조심스레 고개를 들어 하늘을 올려다보았다. 별이 찬란히 반짝이는 까만 하늘이 한없이 펼쳐져 있었다. 하늘에는 한 점 티도 없었다. 잘 문질러놓은 표면처럼 매끈하고 이음새가 없었다.

발 아래 고요히 흐르는 물은 그 하늘을 일그러뜨리며 비추고 있었다. 물 위에 구겨지고 일그러지는 하늘이 묘한 느낌을 주었다.

언제나 이런 머무름은 잠시일 뿐이었다. 가끔 이름을 바꾸어가며 머물러왔던 그 모든 순간의 결과가 어떻게 되었는지 딘은 너무도 잘 알고 있었다. 알고 있었으면서도 자신도 모르게 한번만이라도 더 머물러 있으려고 했던 것일 뿐······.

'그래······ 가야지. 어디로든 나아가야지. 한 자리에 있어서는 안 되지.'

케리의 성격대로라면 이대로 어느 정도는 가만히 기다려줄 게 분명했다. 어차피 지금 이 여행은 그리 오래가지 못할 테니 당장 움직일 필요는 없다. 이 여행이 끝나고 페리어드로 돌아가면 하르드퀴논에게 작별 인사를······.

'그런데 어디로 가지?'

딘은 우울한 표정으로 수면 위를 쳐다보았다. 까만 하늘이 물결에 밀려 계속 일그러지고 있었다.

182

어쩌면 내 삶도 원래는 저 하늘처럼 광활하고 맑은 것이었는지
도 모른다. 하지만 이제는 수면 위에 비친 하늘처럼 한없이 일그
러져 형태를 알아보기 힘들게 되어버리고 말았다. 대체 어디서부
터 잘못되었던 걸까. 내가 둘째로, 그림자의 기사로 태어난 순간부
터? 그건 내 의지가 아니었는데…… 왜 나의 하늘은 돌이킬 수 없
는 형태로 일그러져 버리고 말았을까. 어째서 나는 연금술사들이
만들어낸 인형이 되어버려야만 했을까.

갈 곳이 없었다. 딘이 잠시 머물렀던 자리는 모두 부서져 있었
다.

까만 하늘…….

어디선가 불어온 바람이 물 위의 하늘을 마구 일그러뜨리고 있
었다.

15

"아…… 정말 이상한 꿈이었어."

이른 아침, 스시리아너는 기지개를 켜며 바깥의 맑은 공기를 한 껏 들이마셨다. 어젯밤의 아련한 기억들이 그녀의 의식 한쪽에 가 라앉아 머리 속을 복잡하게 하고 있었던 것이다. 대부분의 꿈이 그렇듯 선명하게 기억나는 것은 일부분뿐이었지만.

"대체 무슨 내용이었길래 그래?"

다리므가 주변을 둘러보며 질문을 던졌다. 하지만 그건 형태만 질문이지, 사실은 스시리아너의 말에 대충 장단을 맞춰준 말에 불 과했다.

지금 다리므의 시선의 대부분은 길 양편에 늘어선 상가에 쏠려 있었다. 질문을 던지긴 했지만 전혀 궁금해하지 않는다는 사실을 몸으로 보여주고 있는 셈이었다. 그리고 그런 태도는 뮤트와 렌스 도 마찬가지였다. 상업 국가인 헤센의 북적북적한 거리에는 시선

을 끄는 재미있는 물건과 사람들이 사방에 널려 있었고, 따라서
아무도 대화 자체에 관심을 가지고 있지 않았다. 스시리아너는 그
런 동료들에게 조금 뾰로통한 표정을 지어 보였으나, 이내 그녀도
여러 가지 구경거리에 신경을 돌리게 되었다.

"꺄아~ 저 뱀 좀 봐. 너무 귀엽다."

이윽고 스시리아너는 재미있는 것을 발견했다는 듯이 뮤트의
소매를 잡아끌기 시작했다. 정말 귀엽게 생겼거나, 아니면 순해 보
이는 뱀인가 보네…… 하고 얼떨결에 끌려간 뮤트는 이내 혀를
쉭쉭거리는 뱀을 눈앞에 마주 대하고 아연해질 수밖에 없었다. 뱀
의 긴 몸체를 덮고 있는 초록색 비늘은 태양빛을 받아 차갑게 반
짝거렸고, 동그란 안구 위에 가늘게 찢어지듯 자리잡은 눈동자는
보는 이에게 섬뜩함을 선사하기에 충분한 빛으로 번뜩이고 있었
다. 덕분에 뮤트는 한순간 스시리아너의 취향을 의심해 봐야 했다.

"귀, 귀여워? 저 뱀이?"

"아니, 네가 의아해하는 표정이. 까르르…… 역시 뮤트는 즉각
반응이 나타난다니까. 자, 그럼 저기 서 있는 도마뱀도 자세히 보
도록 할까?"

어쩐지 뮤트를 가지고 노는 듯한 스시리아너였다. 하지만 뮤트
는 어이없다는 표정을 지으면서도 다시 스시리아너에게 끌려갈
수밖에 없었다.

"역시 헤센은 다르구나."

렌스가 북적거리는 상가를 보며 감회가 새롭다는 듯이 중얼거
렸다. 헤센에 처음 와본 것은 아니었지만, 이곳을 보며 페리어드의
먼지 날리는 상가를 떠올리려니 다소 묘한 기분이 들었다.

"괜히 상업 국가라고 불리는 게 아니잖아."

다리므의 반응은 여전히 반사적인 것이었다. 무심코 고개를 돌려 다리므를 돌아보니 그는 사방에 놓여 있는 마법 도구를 유심히 둘러보고 있었다. 누가 마법사 아니랄까 봐…… 하는 생각이 들게 하는 모습이었다. 전에는 마법서나 마법 도구에 전혀 관심을 가지지 않고, 대충 아무거나 구석에 처박혀 있던 것을 끄집어내 가지고 다니던 다리므였는데, 이젠 어느 정도 관심이 가는 모양이었다.

"마법 도구 같은 게 필요하면 온김에 사지 그래. 알테이아보단 이곳이 더 쌀 텐데."

렌스의 말에 다리므는 고개를 저었다.

"필요없어, 저런 것. 어차피 난 제대로 된 마법사도 아니니까. 아무거나 대충 가지고 다녀도 충분해. 그냥 신기한 게 많길래 쳐다봤을 뿐이야. 상당히 희귀한 것이 많은 것 같아서."

"마도사 시험을 거부했다면서? 그 정도면 꽤 하는 게 아니었나."

"들었냐? 페리어드에서까지 알고 있을 줄은 몰랐는데."

다리므는 의외라는 듯한 표정을 지으며 고개를 들어 렌스를 쳐다보았다. 마도사 시험을 거부한 것에 대해 지금까지 한마디 말도 없었던 다리므였기에 약간 진지한 반응을 예상했던 렌스였지만, 예상과 정반대로 다리므는 평소와 다름없는 장난스런 얼굴을 하고 있었다.

"떨이요, 떨이! 오늘을 놓치면 후회할 거요!"

우렁찬 상인들의 목소리가 배경음처럼 소란스럽게 흘러가고 있었다.

"소문으로 들었어. 아무튼 그 정도면 상당한 것 아냐?"

"아니, 난 마법을 익히기 시작한 지도 얼마 되지 않았는걸. 너도 알잖아? 작년부터 시작했었다는 거."

"그래서인지 천재란 소리까지 나돌던데? 난 별로 믿고 싶지 않은 말이지만……."

심드렁한 렌스의 말에 다리므는 키킥 웃으며 대답해 왔다.

"아아, 천재는 천재지, 이론상으로만. 실제로는 별로 쓸모가 없다는 게 문제지."

"그건 또 무슨 소리야?"

"뭐, 말 그대로야. 쓸 수 있는 마법은 많지. 그러니 가끔 천재 소리를 듣기도 하지. 하지만 단지 그것뿐이야. 쓸 수 있다는 것뿐. 그걸로는 아무것도 안 돼. 마법 한두 개 쓰고 바로 뻗어버리니까. 마법의 반발력에 몸이 못 버티거든."

렌스가 잘 모르겠다는 표정을 짓자, 다리므는 웃음을 약간 거두고는 좀더 차근차근 설명해 주었다.

"원래 처음 쓰는 마법은 반발력을 강하게 받을 수밖에 없어. 익숙하지 않은 탓에 마력을 억지로 흘려넣는 셈이니까. 반발력이 지나치게 커지면 마법 자체가 아예 실패해 버려. 그래서 처음 쓰는 마법은 몇 번 실패하고 나서야 성공하는 게 보통이야. 실패하면서 익숙해져 반발력을 어느 정도까지 줄이고 나서 성공하는 거지. 그리고 똑같은 마법이라도 주문을 생략하고 마법의 이름만 대면 반발력이 더 커져. 주문이란 마력을 일정한 방향으로 흘리는 일종의 길잡이가 되어주는 것이거든. 그래서 마법사들이 아주 익숙한 마법이 아니면 주문을 생략하지 않는 거야. 하지만 나는 처음 쓰는 마법을 걸든, 아예 마법의 이름까지 생략하고 걸든, 어쨌든 걸기만 하면 마법이 100퍼센트 걸린단 말야. 그러니 특정 마법에 익숙해지는 게 쉽지 않아. 남들은 실패하면서 익숙해지는데, 나는 성공하면서 반발력을 고스란히 받으며 익숙해진단 말야. 그러니 마법 연습이 힘들 수밖에. 그래서 나는 아직도 익숙해진 마법이 별로 없어."

"거참, 희한하네. 그것도 체질일까?"

"아마도 그런 것 같아. 그것 때문에 그들이 나를 천재로 보았을 거야. 상당한 수준의 마법도 몇 번 성공시켰으니까. 하지만 그러면 뭐 해. 실제로는 오히려 더 불편하다고. 마법의 실패율이 제로에 가까우면 뭘 해. 연습할 때도 반발력을 고스란히 받으니 쓰고 나서 뻗어버리는걸. 아마도 난 마도사 시험봤으면 떨어졌을걸?"

"설마, 떨어질 게 뻔하니까 시험 안 본 거야?"

"당연하지. 내가 왜 떨어질 게 뻔한 시험을 보나?"

다리므는 너무도 당연하다는 듯이 반문해 왔다. 듣는 사람을 바보로 만드는 대답이었다. 덕분에 렌스는 웃음이 나오는 걸 어찌할 수가 없었다. 뭔가 거창한 정치적인 이유를 예상했던 것과는 달리, 다리므는 더없이 그다운 이유를 가지고 있었던 것이다. 단순하면서도 명쾌한.

"그런데 렌스, 너 이대로 계속 봉 쓸 거야?"

"왜? 갑자기."

"그냥. 그 검을 계속 가지고 다니길래. 아직 검을 쓰고 싶어하는 것 같아서."

렌스가 가지고 다니는 검은 전에 경비병에게서 얻은 검이었다. 그냥 얻은 김에 가지고 다닌 건데 지금까지 잃어버리지도 않고 계속 잘 챙겨 다니게 된 것이었다.

렌스는 검을 내려다보며 조금 씁쓸한 미소를 머금었다.

"글쎄, 조금 우습긴 해. 검술과 봉술이 묘하게 뒤엉켜 버려서 봉을 검처럼 휘두르게 되고. 또 새삼스레 검을 쓰려니 또 검을 봉처럼 휘두르게 되고…… 어정쩡해져 버렸어. 하지만 검은 여전히 싫다. 단번에 모든 걸 베어버리니까."

그것은 아주 오래 전의 기억이었다. 이제는 가물가물하게 기억 저편으로 사라져 가고 있는 흐릿한 파편. 하지만 아무래도 렌스는 다시 정식으로 검을 쓰라면 아무것도 하지 못하게 될 것만 같았다. 그때의 기억, 단 한 번에 사람이 두 동강 나 흩어지던 그때의 그 장면을 잊을 수는 없으니까…….

"하지만 그렇게 생각하면 흉기가 아닌 것도 별로 없어. 마법은 더하지. 한순간에 수십 명을 학살하기도 하는걸."

다리므도 약간 씁쓸한 투로 대답했다. 하지만 사실 그는 다른 생각을 하고 있었다. 바로 3일 전 죽은 사병들의 생각을 하고 있었던 것이었다.

아무리 생사를 걸고 쫓겼다지만 결국 그들은 죽었고, 그들을 죽인 건 나다. 정당 방위를 따지기 전에 내가 사람을 죽였다는 사실에는 변함이 없는 것이다. 아무리 정당해 보이는 핑계를 대도 누군가를 죽였다는 사실 앞에 정당한 이유가 있을 수는 없으니까.

어떤 핑계든 간에 그들은 죽어버렸으니까.

하지만 그는 금세 픽 웃으며 대수롭지 않다는 식의 말을 덧붙였다.

"가끔씩 나는 이런 힘이 우리에게 있어서는 안 될 힘일지도 모르겠다는 생각이 들어. 이런 힘으로 서로를 공격하고 죽이기만 하니까. 하지만 그렇다고 수련을 하지 않은 채 약한 그대로 있을 수도 없지. 강한 자에게 일방적으로 억눌리지 않기 위해서는 스스로 강해야 하니까. 우선 강해야지 뭐든지 할 수 있으니까. 하지만 그 힘이 때때로 엉뚱한 타인을 공격하고 죽이는 데 쓰이기도 한다는 게 조금은 우스워."

강한 자에게 일방적으로 억눌리지 않기 위해…… 다리므는 자신도 모르게 그 말에 유난히 힘을 주고 있었다.

그때 내게 힘이 있었다면 지브레일은 죽지 않았을 거다. 나는 눈앞에서 지브레일의 몸이 꿰뚫리는 걸 보고만 있었다. 그 이전에 내가 마법을 익혔었다면, 적어도 지금의 실력만 있었더라면 지브레일은 안 죽었을 거다. 그 마족들을 이길 수는 없었겠지만, 그래도 도망치는 것 정도는 할 수 있었을 테니까.

그때의 내가 조금만 더 강했었더라도 지브레일은…….

그리고 딘은…….

어느새 다리므는 돌이킬 수 없는 사실을 수없이 중얼거리고 있었다. 내가 힘만 있었다면…….

그때였다. 갑자기 저편에서 스시리아너의 목소리가 들려왔다.

"렌스! 다리므! 빨리 이리 좀 와봐!"

스시리아너는 뮤트와 함께 특이한 상인 앞에 서 있었다. 아니, 상인이 특이한 게 아니라 상품이 특이한 것이었다. 무슨 일이라도 생겼나 헐레벌떡 달려온 렌스와 다리므도 그 상품을 보고 눈이 휘둥그레졌다.

"이게, 팔려고 내놓은 거란 말이야?"

다리므는 그 상품을 올려다보며 망연히 중얼거렸다. 그런 다리므의 말을 알아들었는지, 그 상품은 큐우, 하는 한숨을 내쉬며 우울한 표정을 지었다.

상품이라는 건 다름아닌 드래곤이었다. 객관적으로는 큰 덩치였지만 드래곤으로 따지면 그리 크지 않은 편이었는데, 온몸이 자줏빛 비늘로 감싸인 아름다운 몸체를 하고 있었다.

드래곤이라는 존재가 이렇게 본체로 나타나는 건 흔한 일이 아니라 몇 번 보지 못했지만, 정말 아름답다고 다리므는 생각했다. 햇살에 반짝여 신비로운 색을 띠는 비늘과 몸체의 우아한 곡선, 그리고 크고 맑은 눈, 드래곤이란 정말이지 아름다운 종족이다. 이런 곳에서 개 목걸이 같은 쇠고랑을 찬 채 앉아 있는 게 전혀 어울리지 않는 종족이인 것이다.

정말이지 저 자줏빛 드래곤의 목에 걸려 있는 건 크기만 확대한 금속제 개 목걸이였다. 어떻게 드래곤을 붙잡아 저렇게 목걸이를 채웠는지는 상상이 가지 않았지만, 팔려고 내놓은 상품인 건 확실했다. 드래곤의 앞에 놓인 조그마한 가격표가 그것을 증명했다.

"450만 로엔? 어마어마하군."

뒤늦게 가격표를 발견한 렌스가 동그라미를 세어보며 질렸다는 표정을 지었다. 450만 로엔이면 웬만한 상점도 두어 개 열 수 있는 가격이었다. 보통 사람들은 물론, 상당한 재산을 가진 귀족들도 선뜻 내놓을 수 있는 돈이 아니었다.

개 목걸이에 걸려 있는 게 답답했는지, 누가 날 사 가줄까 하고 기대하는 눈빛으로 이쪽을 내려다보고 있던 드래곤은 어마어마하다는 렌스의 한마디에 금방 풀이 죽어 고개를 숙여버렸다.

"불쌍하다. 드래곤이 이렇게 묶여 있으니까 갑갑해 보여. 무슨 수가 없을까? 머리 좀 짜내봐."

스시리아너는 어떻게 좀 해보라는 듯이 다리므와 렌스를 돌아보았지만, 그들로서도 별다른 수가 없었다. 이 커다란 드래곤을 몰래 빼돌릴 수 있는 방법이 있는 것도 아니고, 그렇다고 해서 450만 로엔이라는 엄청난 돈이 있는 것도 아니었으니까. 그들로서는 그저 측은한 표정으로 드래곤을 올려다보는 수밖에 없었다.

"자, 살 생각 없는 사람은 가요, 가!"

드래곤을 내놓은 상인에게는 앞에서 얼쩡대는 네 사람이 장사에 방해가 된다고 생각했는지 손을 휘휘 내저으며 그들을 바깥쪽으로 몰아냈다. 모두들 그런 상인의 행동에 반사적으로 몇 걸음 물러났으나, 뮤트는 바로 물러나지 않고 조금 머뭇거렸다.

"살 생각이 없으면 가라니까!"

상인은 짜증 섞인 목소리로 뮤트를 밀어내려 했다. 그러자 그녀는 조금 자신없는 목소리로 그에게 말을 건넸다.

"저, 저 드래곤과 잠깐만 얘기해도 될까요?"

"거참, 말이 되는 소리를 하슈. 드래곤과 무슨 얘기를……!"

그때 갑자기 스시리아너가 끼여들었다.

"100로엔. 어때요? 10분간 마음껏 구경하는 대가로."

뮤트를 밀어내려던 그 상인은 스시리아너의 한마디에 표정을 약간 바꾸었다. 그리고는 잠시 헛기침을 하더니 짧은 한마디를 내뱉었다.

"500로엔."

이것이 상인 정신이란 말인가. 순식간에 타산을 따져 더 이익을 남기려고 태도를 바꾸는 그의 태도에 스시리아너는 어이가 없어졌다.

"150로엔. 정말 많이 썼다. 이 정도면 넷이서 한 끼 식사하고도 충분히 남을 돈인데, 단 10분을 위해 투자하다니……."

"우린 뭐 흙 파먹고 장사하는 줄 아쇼? 300로엔."

"10분 동안 마음껏 본다고 손해날 게 뭐 있다고 그래요? 200로엔. 이 이상은 못 줘요."

스시리아녀는 단호한 태도로 말을 끊고는 주머니에서 2개의 동화(銅貨)를 꺼내어 상인에게 던져 주었다. 그는 조금 아쉽다는 표정으로 입맛을 다셨지만, 비척거리는 걸음으로 뒤쪽으로 약간 물러나는 걸로 보아 더 받아낼 수는 없겠다고 판단한 것 같았다.

"그런데 뮤, 어쩌려고……."

스시리아녀가 의아한 표정으로 뮤트를 쳐다보자 뮤트는 옅은 미소를 머금으며 팔을 뻗었다.

"고개 좀 숙여줄래? 잠깐 할말이 있어서……."

스시리아녀가 아니라 드래곤에게 하는 말이었다. 물건을 사고 팔던 주변 사람들도 잠시 움직임을 멈추고 드래곤에게 말을 거는 이상한 소녀를 구경하기 시작했다. 하지만 구경한다고는 해도 거의가 회의적인 표정들이었다. 어린애가 바닥에 내려앉은 새를 보고 신나서 달려가도 새들은 포르륵 날아가 버리듯이, 드래곤도 인간과의 교류에 쉽게 응답해 주는 존재는 아니기 때문이다.

하지만 지극히 논리적인 판단하에 회의적인 자세를 취했던 사람들은 이내 놀라운 장편을 목격하게 되었다. 사람들의 예상과는 달리 자줏빛 드래곤은 뮤트의 말을 듣자마자 얌전히 고개를 숙여 뮤트에게 눈높이를 맞춰주었던 것이다.

"응, 그래……."

뮤트는 드래곤의 맑은 눈을 마주하며 부드러운 미소를 지었다. 언제나 어색한 옅은 미소만을 짓던 그녀에겐 흔치 않은 표정이다. 바로 옆에 있던 스시리아녀는 그런 그녀의 표정을 보며 묘한 기

분을 느꼈다. 무슨 의미를 담고 있는지 모를 어젯밤의 꿈. 언제나
어색한 표정만 짓고 있던 뮤트의 모습. 무엇 때문에 이토록 뮤트
에게 신경을 쓰게 되는지는 모르겠지만, 뮤트의 옆에 있을 때면
매번 이유 모를 안타까움을 느끼는 스시리아너였다.

뮤트는 언제나 어느 한순간 날아가 버릴 것만 같은 모습을 하
고 있었다. 어떤 곳에도 오래 머물러주지 않을 것만 같은 모습. 그
건 어디까지나 착각이겠지만……

뮤트는 언제나 밝게 웃고 장난스럽게 모든 일을 넘겨버리지만
언제나 그뿐이었다. 언제나 즐겁거나 당혹스러움 그 이상은 아니
었다. 겉으로 보기에는 짧은 기간 동안 뮤트와 많이 친해진 것 같
긴 하지만, 스시리아너는 어느새 뮤트에게 이질감을 느끼고 있었
다. 알 수 없는 모습, 알 수 없는 말들, 이해할 수 없는 행동……
이 모든 것을 영영 이해할 수 없을 것만 같은 씁쓸한 기분이었다.

스시리아너는 뮤트를 놓쳐 버리고 싶지 않았다. 어색한 표정이
긴 해도 언제나 가볍게 웃어주는 사람을 놓치고 싶지 않았다. 무
슨 생각을 하는지 알 수 없는 데다 영영 완전히 친해질 수는 없는
사람이라 해도 조금이라도 다가가보고 싶었다. 아주 오랜 시간이
걸려도 뮤트가 진심으로 밝게 웃는 모습을 보고 싶었다.

스시리아너의 그런 바람이 이루어진 것인지, 지금의 뮤트는 부
드러운 미소로 드래곤의 눈을 대하고 있었다. 하지만 이상하게도
기분은 그리 좋아지질 않았다. 뮤트가 밝게 웃는 모습을 보길 바
랬었는데, 그리고 그 바람은 조금이나마 이루어졌는데 어째서 이
렇게 씁쓸한 기분이 드는 건지 알 수가 없었다. 바보스럽게도.

뮤트는 바로 눈앞에까지 고개를 숙인 드래곤의 목을 껴안으며
드래곤의 귓가에 무슨 말인가를 속삭였다. 대체 무슨 말을 하는지

궁금해진 스시리아너가 귀를 기울여보았지만 너무 작은 목소리였던 탓에 웅얼거리는 소리로밖에 들리지 않았다.

그리고 몇 분 지나지 않아 뮤트는 드래곤의 목을 껴안았던 팔을 풀었다. 그러자 그 드래곤은 천천히 고개를 들어올렸다.

"자, 그럼 갈까?"

뮤트는 의심스러워하는 상인의 눈초리와 신기해하는 주변 사람들의 시선을 받으며 미련없이 그 자리를 물러나 척척 걸어갔다. 덕분에 남겨진 세 사람은 힐레벌떡 그녀를 따라가야만 했다.

"대체 무슨 말을 한 거야?"

궁금함을 참지 못한 스시리아너가 뮤트에게 질문을 던지자, 뮤트는 작은 목소리로 대꾸해 왔다.

"자, 저 모퉁이를 돌고 나서 일제히 뛰어가자. 도망쳐야 하거든."

"아아아……."

사람들의 놀라워하는 목소리가 사방에서 터져 나왔다. 상가 가장자리에 얌전히 앉아 있던 자줏빛 드래곤이 갑자기 몸을 일으켰던 것이다. 드래곤의 뒤에 있던 상인은 당황해서 어쩔 줄 몰라 하고, 사람들의 시선은 일제히 그 드래곤에게 쏠렸다.

드래곤은 사람들이 전부 자신을 쳐다보자 재빨리 날개를 펼쳐 퍼덕거리기 시작했다. 이내 날갯짓의 반동으로 주변에 강한 바람이 일면서 삽시간에 그 일대가 아수라장이 되어버렸다. 바닥에 늘어놓았던 물건들이 날아가고, 드래곤을 보느라 고개를 내밀었던 사람들이 우르르 뒤로 밀려나가 벽에 부딪혔다. 유리 제품들은 와장창 깨어져 나가고, 바닥에 수북이 깔려 있던 흙먼지가 찬란히 날리고, 사람들은 벽에 몸을 밀착시킨 채 벌벌 떨었다.

쿠오오오…….

한참의 난동을 만들어내고 나서야 드래곤의 육체는 점점 떠오르기 시작했다. 드래곤이 목을 길게 뽑으며 긴 노호성을 터뜨리자 그의 목을 조이고 있던 족쇄가 툭 끊어져 바닥에 굴렀다.

이쯤 되자 사람들은 잔뜩 겁먹은 채 옆에 있는 사람을 꼭 껴안으며 덜덜 떨었다. 저 드래곤이 홧김에 브레스라도 한번 터뜨린다면 이 일대의 사람들은 즉시 전멸당할 게 뻔했다. 그러나 드래곤은 하찮은 인간들에게는 관심없다는 듯이 이내 저 높은 창공으로 날아 올라가 버렸다.

거의 대부분의 사람들은 드래곤이 날아간 후에도 계속 공포에 사로잡혀 떨고 있었다. 그러나 단 한 사람만은 예외였다. 투철한 상인 정신으로 무장한, 드래곤을 팔던 상인은 미친 듯이 드래곤을 따라 달리며 실현 가능성이 없는 말을 내뱉었다.

"저 드래곤 잡아라!"

"으앗…… 벌써 시작했나 봐. 쫓아오면 어쩌지?"

뮤트는 뒤쪽에서 들려오는 요란스러운 소리에 속도를 높이려 했다. 그러나 그녀는 주위를 돌아보고는 자신이 아무리 빨리 달려 봐야 소용없다는 사실을 깨달았다. 동료들이 따라오지 못하고 있었기 때문이다. 그녀를 제외한 남은 세 명은 이미 헉헉대며 숨을 몰아쉬고 있었다.

"뭐…… 가…… 그 드래곤이?"

스시리아너가 거친 숨을 섞어가며 간신히 질문을 던졌다.

"아니, 그 상인이…… 드래곤은 이미 도망쳤을 거야."

"그럼 이만 쉬자. 난 더 이상 못 뛰겠어. 이 정도로 거리가 벌어졌으니 드래곤이 아닌 한 금방 따라올 순 없을 거야."

스시리아너는 끝까지 뛰려는 뮤트를 억지로 잡아끌어 바닥에 주저앉혀 버렸다. 하지만 뮤트는 억지로 주저앉으면서도 계속 불안한 표정이었다.

"그런데 우리가 대체 무엇 때문에 도망쳐야 하는 거야? 그거나 좀 알자."

"아까 내가 드래곤에게 말을 걸 때 슬쩍 그 족쇄를 손대놓았거든. 아마 저 뒤의 소란은 그 드래곤이 족쇄를 끊어버렸기 때문에 생긴 일일 거야."

"엥? 여태껏 못 도망치고 잡혀 있던 게 그 족쇄 때문일 텐데 그게 그렇게 간단히 부서져?"

"그 족쇄, 마법이 걸려 있는 거였어. 그래서 드래곤이 끊질 못했던 거야. 거기 새겨져 있던 마법어 중 하나를 긁어 손상시켰어. 그렇게 해서 마법이 깨졌으니 드래곤의 힘으로 금방 끊을 수 있었겠지."

그 순간 갑자기 주변에 소란스러워지기 시작했다. 시장의 소란스러움 속에서도 확실히 소란스러워졌다는 사실을 깨달을 수 있을 만큼의 소란스러움이었다.

대체 무슨 일인지 궁금해진 렌스는 무심코 하늘을 올려다보았다. 그로서는 아무 생각 없이 한 행동이었지만, 이렇게 소란스러워진 이유를 금방 알아차릴 수가 있었다.

헤센의 연하늘 빛 하늘 위로 한 줄기 바람이 날고 그 바람 위에……

"아까 그 드래곤이……"

"뭐?"

렌스의 중얼거림에 모두들 급히 하늘을 올려다보았다. 하늘에는 아까의 그 드래곤이 자줏빛 비늘을 찬란하게 반짝이며 어디론가 빠르게 날아가고 있었……

"아, 점점 커지네……"

스시리아너가 하늘을 올려다보며 망연히 중얼거렸다. 그 순간 그 주변에 있는 모든 사람이 상황이 어떻게 돌아가고 있는지 깨달아버렸다.

"우아앗—! 드래곤이 내려온다!"

순식간에 사방은 아수라장이 되었다. 행인들은 모두들 미친 듯이 길가로 달려나가고, 상인들은 급히 물건들을 쓸어담고, 건물 안의 사람들은 급히 창문을 걸어잠갔다.

탁! 우르르! 타다닥! 와르르!

수많은 소리들이 한꺼번에 울리고, 수많은 사람들이 한꺼번에 달려가는 상황이라 정신이 하나도 없었다.

하지만 드래곤의 움직임은 사람들의 예상보다도 더 빨랐다. 자줏빛 드래곤은 사람들이 제대로 피하기도 전에 엄청난 바람을 사방에 일으키며 길 한가운데 사뿐히 내려앉았다.

와장창! 으아악! 휘이잉! 꺄악!

채 못 챙긴 물건들이 날아가고, 제대로 달려가지 못한 사람들이 뒤집어지고, 커튼들이 찢어질 듯 날렸다.

"왜 온 거야? 다시 잡히지 않으려면 멀리 가버리라고 했잖아."

그 아수라장에서도 용케 정신을 차린 뮤트가 드래곤을 올려다보며 말을 건넸다. 그 순간 드래곤의 입가에 장난스런 미소가 번졌다. 드래곤의 거대한 육체가 미소 짓는 건 실제로는 상당히 괴기스러운 모습이었지만, 모두들 감정은 밀쳐 두고 이성으로 '저건 웃는 거다'라고 판단해 간신히 미소로 알아볼 수가 있었다.

"저도 데려가요."

거대한 몸집과는 전혀 어울리지 않는 어린애 같은 음성이 의식 속에 울려왔다. 어딘가 조금 황당한 드래곤이라는 사실을 분명히 느끼게 해주는 어투였다.

뮤트는 조금 곤란한 표정을 지으며 뒤에 있는 동료들을 돌아보았다.

"하지만……."

뮤트가 말 끝을 흐리자 드래곤은 금방 실망스럽다는 반응을 보였다.

"안 되는 거예요?"

"어차피 목적도 없는 여행이니까 같이 가지."

뒤에서 가만히 보고 있던 다리므가 대수롭지 않게 말을 던졌다. 그 순간 네 사람의 몸이 갑자기 공중으로 둥실 떠올랐다.

"그럼, 같이 가는 거죠?"

아무래도 이 자줏빛 드래곤이 마력을 사용해 네 사람을 들어올린 모양이었다. 정말 애 같은 드래곤이네…… 하는 생각이 들 때쯤 그들은 드래곤의 넓은 등 위에 올라가 있었다. 자줏빛 비늘이 반짝이는, 매끈하고 판판한 등이었다. 조금 미끄러운 느낌이 없진 않았지만 쉽게 떨어질 정도는 아니었다.

"드래곤을 타고 다니는 사람은 어떻게 이 높은 등 위에 올라타나 했더니, 이런 방법이 있었군……."

렌스의 중얼거림과 함께 드래곤은 날개를 퍼덕거리기 시작했다. 사방에 바람이 이는 게 보였지만, 드래곤의 등 위에는 미풍밖에 일지 않았다. 폭풍우가 몰아치는 날, 고요한 집 안에 앉아 창 밖을 쳐다보고 있는 것만 같은 기분이었다. 사방에서 물건이 날아가고 사람들의 옷자락이 날아갈 듯 펄럭이는 것이 눈에 보이는데도 이쪽에 부는 바람은 고작 머리카락이 조금 날리는 수준의 것이었다.

어느 정도 날개를 퍼덕이고 나서 드래곤은 거대한 발로 대지를 박차 공중에 떠올랐다. 일단 이륙을 하고 나자 순식간에 하늘 높이 붕 떠오를 수가 있었다. 드래곤의 고도가 점점 높아지면서 헤센의 상가가 장난감처럼 작게 시야에 들어왔다. 상당히, 아니, 굉장히 빠른 속도였지만 별로 흔들림도 없는 안락한 비행이었다. 드래곤은 소리없이 파란 창공을 가로질렀고, 세상에 가득한 공기가 바람이 되어 흩날려왔다. 시원하고 상쾌한 느낌이었다. 저 아래 옹기종기 모여 있는 인간 마을과 이리저리 드러누운 산맥들이 장대한 조화를 이루며 끝없이 펼쳐져 있었다.

"이야…… 정말 좋은데."

뮤트가 온몸으로 달려들어 오는 바람을 느끼며 미소 지었다. 하지만 그런 그녀와는 대조적으로 다리므는 자줏빛 비늘 하나를 꼭 잡은 채 상당히 불안한 표정을 짓고 있었다. 다른 사람들이 보기엔 조금 이해가 가지 않는 행동이었다. 보통 사람이라면 고소 공포증이려니…… 하고 그냥 넘기겠지만, 다리므는 바람 계열 마법사였다. 바람의 힘을 이용해 몸을 공중에 띄우는 것이 얼마든지 가능한 바람 마법사가 높은 곳을 무서워한다는 건 말도 안 되는 소리였다. 높은 곳에서 떨어진다 해도 다칠 가능성도 없는데 왜 높은 곳이 무섭겠는가. 날아오르면 날아올랐지, 떨어질 일은 없을 텐데.

"다리므, 왜 그렇게 겁먹고 있는 거야? 너라면 이 높이에서 떨어져도 안 다치잖아. 바람이 보호해 줄 테니까."

스시리아너가 이해할 수 없다는 표정으로 다리므를 쳐다보았다. 다리므는 조금 머쓱한 듯 그제야 잡고 있던 비늘을 놓으며 어깨를 으쓱해 보였다.

"옛날에 정말 다이나믹한 경험이 있었거든……."

"무슨?"

"이렇게 드래곤을 타고 가다가 그대로 일직선으로 초고속 하강."

다리므는 전에 에스핀의 등 위에 탔던 때를 이야기하고 있는 것이었다. 공중에 떠 있는 다른 드래곤들에게 공격을 받지 않고 대지에 내려서기 위해 그렇게 엄청난 속도로 하강해 착륙한 것이긴 하지만 정말 끔찍했었다. 숨도 제대로 쉴 수 없었을 만큼 엄청난 속도였으니까. 아마 그것보다 조금만 더 빨랐으면 엄청난 가속도에 몸이 버티질 못해 기절해 버렸을 터였다.

기억하고 싶지도 않다는 듯한 다리므의 대답에 스시리아너는 까르르 웃었다.

"정말 재미있었겠다! 이대로 한번 해보자고 할까? 이대로 떨어지듯 하강하다가 마지막 순간에 날아오르는 거야. 아찔한 가속도가 진짜 재미있겠는데?"

"제발 그만둬 줘……."

다리므가 질렸다는 표정을 지으며 그녀를 말렸다. 다른 사람이 이런 말을 했다면 농담이려니 하고 넘겼겠지만, 스시리아너라면 이대로 실천하고도 남을 사람이었으니까.

그 순간 드래곤의 곤란해하는 듯한 목소리가 그들의 의식 속에 스며 들어왔다.

"저······ 전 그런 거 못 하는데요."

진짜로 시킬까 봐 겁먹은 목소리였다. 아무려면 정말로 시키겠냐만은, 이 드래곤은 정말로 시킬 거라고 생각하는 모양이었다. 아무리 보아도 정말 애 같은 드래곤이라는 생각이 들게 하는 말투였다.

앞쪽에 앉아 있던 뮤트가 몸을 굽혀 드래곤의 머리를 내려다보며 질문을 던졌다.

"이름이 뭐야?"

"일레이에요. 마룡(魔龍)이고요."

"나이는?"

"스무 살······."

"정말?"

"······."

"진짜야?"

"우웅····· 알았어요. 열 살이에요."

순간 스시리아너가 웃음을 터뜨렸다.

"까르르····· 애 같다고 생각했더니 정말 애였잖아!"

"너무 그러지 말아요! 젊은 건 좋은 거라고요."

자줏빛의 마룡, 일레이가 고개를 조금 뒤로 돌리며 스시리아너에게 눈을 흘겼다. 드래곤의 커다란 붉은 눈동자가 우호적이지 않는 빛을 띤 채 이쪽을 쳐다보는 것은 생각보다 괴기스러운 장면이었지만, 그래도 스시리아너의 웃음 소리는 멈추지 않았다. 그 정도로 웃음을 멈출 사람이 아니었으니까. 나머지 세 사람이 '아무리 상대가 드래곤이라도 흘겨본다고 웃음을 멈추면 그건 스시리아너가 아니지······' 라는 눈빛으로 일레이를 측은하게 쳐다보았다.

그러나 그 다음에 내뱉어진 일레이의 질문은 스시리아너의 웃음 소리마저 멈추게 할 만큼 결정적인 것이었다.

"그런데 어디로 가죠?"

엄청난 질문이었다. 그 순간 드래곤의 등 위에 타고 있던 네 사람은 할말을 잃고 말았다.

"정말, 어디로 가지?"

한참 만에 흘러나온 다리므의 말에 일레이마저 할말을 잃고 말았다.

16

"정말 아무도 행선지를 정하지 않았던 거야?"

모두의 말을 들어본 렌스는 한숨을 푹 내쉬고 말았다. 다리므와 렌스는 페리어드에서 렌스의 입장이 좀 곤란해졌기에 도망치듯 떠나온 여행이었고, 스시리아너와 뮤트는 얼떨결에 그에 동참하게 된 상황이었지만 설마 아무도 행선지를 생각지 않았으리라고는 예상하지 못했던 것이었다.

페리어드와 헤센의 국경 가까이에 있기에 우선 국경을 넘어 헤센으로 오긴 했지만, 그 이후의 일은 아무도 생각지 않고 있었다. 한마디로 정말 '정처없는 여행'이 되어버린 셈이었다.

"아무리 그대로 이건 좀 심한데요……."

일레이마저 렌스의 말에 동의하고 있었다. 하지만 아무도 그 말을 부정할 순 없었다. 너무나 분명하게 존재하는 사실이기 때문이었다. 다만 얼렁뚱땅 좋은 방향으로 넘길 수 있을 뿐이었다.

"왜들 그래, 아무래도 상관없잖아? 우선 나왔으니 여행을 즐겨 야지."

하지만 극도로 한심스러운 상황에서도 대책없이 맘 편한 다리 므였다. 렌스가 그런 다리므를 정말 존경스럽다는 듯이 쳐다보았 으나 다리므는 그저 태연할 뿐이었다.

"아무래도 상관없긴…… 일단 갈 곳도 없잖아."

렌스는 한숨을 쉬듯이 중얼거렸다. 이 일행 중에는 비교적 성실 한 인물인 탓에 지금까지 챙겨야 할 것은 알아서 다 챙겨온 그였 다. 아무래도 이번 행선지도 자신이 정해야 할 것 같다는 예감이 꽉꽉 들기 시작했다.

"갈 곳은 생각났어. 아브렌이나 찾으러 가게."

하지만 이번에는 다리므가 가벼운 어투로 제안을 해왔다. 그 순 간 모두들 놀란 눈으로, 혹은 의심스런 눈으로 그를 쳐다보았다.

그리고 말의 속도가 제일 빠른 스시리아녀가 가장 먼저 질문을 던졌다.

"아브렌? 그게 어디 있는지나 알아?"

"응."

너무도 단순 명쾌한 대답이었다. 질문을 던진 쪽이 스스로를 의 심하게 될 정도로 한치의 거리낌도 없는 말이었다.

덕분에 스시리아녀가 잠시 멍해진 틈을 타 렌스가 다음 질문을 던졌다.

"어디 있는데? 아니, 어디 있다고 생각하는데?"

"뭐냐, 렌스…… 날 못 믿겠다는 거냐?"

의심스러움이 가득 담겨 있는 렌스의 질문에 다리므가 불만스 럽다는 듯이 대응했다. 하지만 렌스의 대답은 너무도 확실한 것이었다.

"당연하지."

"대체 왜 당연한데?"

"네가 말도 안 되는 소리 한 게 한두 번이었냐?"

순간 스시리아너가 둘 사이에 끼여들어 화제를 제대로 된 방향으로 되돌렸다.

"말장난은 그만 하고…… 정확히 말해 봐. 아브렌이 어디 있다고?"

"파르나의 아이리스 호수 밑바닥. 미르에게 들은 얘긴데……."

"미르에게…… 들었단 말이야?"

스시리아너는 이해할 수 없다는 듯이 반문하며 미간을 좁혔다. 자신이 모르고 있는 사실이 있다는 것을 뒤늦게 깨달았기 때문이다.

물 계열 정령과 대지 계열 정령이 아브렌 때문에 사이가 조금 벌어졌다는 사실을 알고 있던 그녀였다. 하딘이 사용했다는 전설적인 무형검, 아브렌을 갖기 위한 싸움이 벌어진 것이다. 다리므가 아브렌의 위치를 알고 있다는 건 좀 의외이지만…….

하지만 잘 생각해 보면 있을 법한 일이었다. 하딘의 드래곤이었던 미르가 아브렌의 위치를 알고 있었다고 해도 이상할 건 없었고, 요즘 정령들이 아브렌을 갖기 위한 싸움을 하는 동안 아브렌을 빼앗기지 않기 위해 다리므에게 아브렌을 찾아달라는 부탁을 한다는 것도 그리 이치에 어긋나는 흐름은 아니었다.

그런데…… 미르는 어째서 다른 사람도 아닌 다리므에게 그런 부탁을 한 것일까? 그런 사실을 말해 줄 만한 의미가 다리므에게 있기라도 한 것일까? 다리므는 그냥 단순히 디아나와 아는 사이가 아니었던가? 다른 무언가가 있다는 말일까?

　그리고…….

　아브렌은 대체 무엇이지? 어째서 그냥 좋은 검 하나 가지고 정령들이 이렇게 필사적으로 매달리는 것일까? 두 계열간의 우호관계가 흔들릴 만큼 엄청난 무엇이 아브렌에는 있다는 말인가?

　"대화가 이상한 방향으로 흘러가는군……. 이건, 그 '아브렌의 위치'라는 게 진짜라는 의미냐, 다르?"

　스시리아너가 진지한 반응을 보이자 렌스가 의외라는 투의 질문을 던져 왔다.

　"하딘의 드래곤이었다는 미르가 말해 준 거니까 확실하겠지. 그런데 너! 왜 이렇게 내 말을 못 믿는 거냐?"

　"믿을 수 있는 말을 해야지 믿지. 갑자기 아브렌을 찾으러 가자면, 믿을 사람이 어디 있냐?"

　렌스는 당연한 걸 가지고 그러느냐는 듯이 반문했다. 사실 그건 객관적으로도 정말 당연한 반응이었다. 오랜 전설로만 전해져 오던 검을 갑자기 찾으러 가자고 한다면, 렌스가 아닌 그 누구라도 믿을 수 있을 리가 없으니까. 하지만 유감스럽게도 다리므는 그 사실을 이제야 깨달은 모양이었다.

　"으으…… 내가 이렇게까지 신뢰성이 없었던가……."

　다리므는 머리를 쥐어뜯으며 한탄조의 말을 내뱉었다. 다리므의 과장된 행동에 렌스는 쿡쿡 웃었다.

　"신뢰성이라는 것도 상식적인 범위에서만 적용되는 거다. 너라면 내가 한 손으로 레드 드래곤Red Dragon을 때려잡았다고 말하면 믿을 수 있어? 못 믿을 게 뻔하잖아."

　"아아, 넌 애초에 그런 이상한 농담은 안 할 놈이니까 그렇지."

"지금 당장 해볼까? 레드 드래곤보다는 블루 드래곤Blue Dragon
이 나을까?"

"차라리 화이트 드래곤White Dragon으로 해줘."

"화이트 드래곤? 그런 게 있기나 하냐?"

"렌스에겐 안된 말이지만…… 있어."

문득 스시리아너가 대화에 끼여들었다. 그냥 농담으로 화이트
드래곤에 대한 말을 끄집어내었던 다리므는 의외라는 표정으로
스시리아너를 쳐다보았다.

"어라? 다리므도 몰랐어? 미르가 화이트 드래곤이잖아."

"에엑?"

전혀 예상치도 못했던 대답에 다리므는 자기도 모르게 괴상한
감탄사를 내뱉었다. 미르가 화이트 드래곤이라고? 수룡, 블루 드래
곤이 아닌가? 아무리 고룡이라지만 그렇게 색이 달라질 수도 있
나? 분명 그럴 리는 없는데…….

"나도 왜 미르가 블루 드래곤이 아니라 화이트 드래곤인지는
몰라. 하지만 미르가 화이트 드래곤이라는 건 확실해. 직접 목격한
사람들이 있거든. 하얀 드래곤이라는 게 눈에 너무 띄니까 여간해
서는 본체로 나타나는 일이 없긴 하지만."

"전혀 예상하지 못했어……."

"그런데 미르라는 드래곤은 어떻게 알게 된 거야, 다르?"

렌스가 문득 떠오른 질문을 던졌다. 전혀 예상치 못했던 사실에
고개를 절레절레 젓고 있던 다리므는 꿈에서 막 깨어난 사람 같
은 어투로 대답해 왔다.

"응? 내가 말 안 했던가? 미르는 지금 딘의 드래곤인데."

"잠깐! 미르가 딘의 드래곤이라고?"

스시리아녀가 갑자기 큰 소리의 질문으로 끼여들었다. 덕분에 말을 이어가던 다리므는 깜짝 놀랐다.

"왜 그래, 시스? 갑자기……."

"다시 한 번 말해 봐. 미르가 지금 딘의 드래곤이라고?"

그리 특별하지도 않은 말에 스시리아녀가 이런 반응을 보이자, 다리므는 자신이 무슨 말을 잘못했나, 하고 생각해 보았다. 하지만 아무래도 잘못된 점은 없었다. 너무도 일상적인 말이었으니까 애초에 특별히 잘못될 거리조차 없었다.

"맞아. 그런데 왜 그래?"

"그럼, 네가 말하는 딘이라는 사람이…… 혹시 디아나 라이드?"

스시리아녀가 갑자기 그 이름을 끄집어내자 다리므는 의외라는 표정을 지었다.

"글쎄, 성은 라이드가 맞는데, 잘은 모르겠어. 딘과 디아나가 같은 사람이라는 추리는 많이 들었지만, 아직은 확신할 수가 없어서……."

"그렇다면……."

다리므의 대답은 자신없는 것이었지만 성이 라이드가 맞다면 아마도 맞을 터였다. 라이드란 성은 그림자의 기사가 사용하는 성이고, 지금 생존해 있는 그림자의 기사는 딘뿐이니까.

좀 뒤늦은 깨달음이지만 스시리아녀는 지금 이 상황이 굉장히 뒤엉켜 있다는 사실을 느꼈다. 다리므가 이야기하는 '딘'이란 이름이 디아나를 의미할 거라고는 미처 생각지 못했던 그녀였다. 정령들 사이에서는 어둡고 음울한 이미지로 그려져 왔던 디아나와는 대조적으로, 다리므가 이야기했던 딘은 너무나도 밝은 사람이었기 때문이다. 다리므가 이야기하는 딘은 동물들을 좋아하고 숲을 뛰어나니는 것을 즐기는 밝은 소녀일 뿐, 도저히 그림자의 기사라고 생각할 수 없는 그런 사람이었다. 그래서 스시리아너는 다리므가 디아나를 딘이라 부르고 있다는 사실을 전혀 눈치채지 못했던 것이다.

몇 개월 전, 토울에게 어렴풋이 디아나에 대한 말을 들은 뒤부터 계속 디아나에 대한 흥미를 가져 왔던 스시리아너였다. 하지만 정작 디아나에 대한 말을 듣게 되자 이상한 기분이 들었다. 그림자의 기사로 태어나 어린 나이에 성에서 뛰쳐 나가고, 노이테라 성에 쳐들어온 마족들을 상대하고, 타피카를 하룻밤 만에 부숴버린 디아나는 지금 전혀 예상하지 못한 모습으로 스시리아너를 맞고 있었다. 잘못 만들어진 실험체로 어둠에 묻혀 있을 것만 같았던 그녀는 바람 속에서 까르르 웃는 모습으로 스시리아너를 보고 있었다. 새까만 하늘같이 보였던 그녀는 지금 머리 위에 한없이 펼쳐진 연하늘 빛 하늘처럼 맑은 빛으로 스시리아너를 내려다보고 있었다.

하늘을 스치는 하늘빛 바람…….

"바람이 시원하지……?"

문득 옆에 있던 뮤트가 부드러운 미소를 지으며 스시리아너를 돌아보았다. 일레이를 처음 대했을 때와 마찬가지로 어색하지 않은 밝은 미소였다. 스시리아너는 자신도 모르게 픽 웃어버렸다.

"그래……."

*   *   *

"설마 베기스님이 직접 오실 줄은 몰랐습니다."

리안은 그리 탐탁지 않은 어조로 중얼거렸다. 지금 그의 앞에 앉아 차를 마시고 있는 사람은 베기스 아트만. 리안과 마찬가지로 사라 왕녀의 심복에 속하는 사람으로, 최근 몇 개월 동안 리안과 계속 행동을 같이 해왔던 사람이었다.

보통 때의 리안이었다면 웃으며 그를 맞았을 테지만 지금은 기분이 별로 좋지 않았다. 헐레벌떡 달려온 베기스였지만, 그런 그를 환영해 줄 만한 마음도 생기지 않을 정도였다. 그저 별로 기분이 좋지 않으니 건드리지 말라는 얼굴로 베기스를 대하고 있을 뿐이었다.

"내가 온 게 별로 마음에 들지 않는 모양이군 그래."

하지만 베기스는 그런 리안의 태도는 전혀 상관 않는다는 듯이 앞에 놓인 차를 조금 마셨다. 차의 뜨거운 기운과 함께 퍼져 나가는 달콤한 향기가 리안의 후각을 건드렸다. 리안은 거의 노려볼 듯한 시선으로 베기스를 쳐다보았지만, 베기스는 숨을 코로 깊게 들이마셔 향기를 음미할 뿐이었다.

"좋은 차군. 페리어드에 오길 잘했어. 이렇게 무더운 기후에 뜨거운 차가 발달했다는 건 이해할 수 없는 현상이지만, 역시 차는 페리어드 산(産)이 제일이란 말야."

"그거 한 잔에 3,000로옌이랍니다."

"호오, 그래? 그렇군. 품격에 어울리는 가격이야."

괜히 베기스의 놀라워하는 얼굴을 보고 싶었던 리안은 그가 이렇게 나오자 할말이 없어져 버렸다. 이 세상엔 차 한 잔에 3,000로옌을 당연히 투자할 수 있을 만큼 정신나간 사람이 의외로 많다는 사실에 경이감까지 느껴버린 것이다.

저 달기만 한 차에 무슨 품격이 있다고 저렇게들 좋아하는 걸까. 강한 독을 품고 있는 약초, 타오 로이튼을 가공한 차이니 가공할 때 까딱 잘못하면 독성이 덜 제거되어 음독 자살하는 꼴이 될 수도 있는데.

지금 그들이 있는 곳은 아바스 백작의 서재였다. 사방이 커다란 책장으로 둘러싸이고 그 가운데 작은 탁자와 의자가 얌전히 놓여 있는 곳. 베기스와 리안은 그 탁자 앞에 마주앉아 대화를 나누고 있는 중이었다.

"아무튼 앞으로 어쩌려고 이러시는 겁니까? 이 성을 점령해 버리다니. 상대는 페리어드에 다섯밖에 없다는 백작입니다."

"그렇게 따지면 아바스 백작도 알테이아 전체를 상대로 수작을 걸었던 셈이지. 왕녀님의 명을 받아 이곳에 온 자네를 감금했으니 말일세."

"그것만으로는 명분이 부족합니다. 알테이아 내에서는 이 정도로도 가능할 테지만 이곳은 페리어드란 말입니다. 그리고 조금 전엔 아바스 백작이 사병을 끌고 나간 사이라 이곳을 점령할 수 있었지만, 그가 돌아온다면 금세 우리가 불리해집니다. 이곳이 아무리 성이라 해도 수적인 열세는 절대적이니까요. 또한 그는 이 성의 원래 주인이었으니 이곳 지리에 익숙할 거고, 우리는 외국 군대인 탓에 시민들도 별로 좋게 보아주질 않을 겁니다. 페리어드의 국수주의는 유명하잖습니까."

페리어드는 본래 군소 영주들이 모여서 세운 나라라 회의 제도가 잘 발달되어 있는 곳이었다. 다른 나라에선 대충 결정할 사소한 일에도 회의를 열어 상의할 정도인데, 근래의 페리어드가 왕위 다툼으로 정신없는 것은 이 제도 탓이 컸다. 모두 모여서 결정하는 회의 제도 탓에 아무도 자신이 지지하는 왕자를 왕위에 올려놓지 못했던 것이다. 그저 모두들 팽팽한 줄다리기만을 할 뿐이었다.

얼마 전까지의 황태자였던 이샤트 아르테민이 암살된 기회를 틈타 모두들 군대를 일으키는 것도 간접적으로는 이 회의 제도 탓이었다. 이러다간 줄다리기가 영영 끝나지 않을 것 같아 조금 과격하더라도 무력으로 승부하겠다는 심보인 셈이었다. 회의 제도 덕분에 독재 정치를 막을 수 있었던 것이라고 생각하는 이도 있지만, 이건 균형이 아니라 혼란이었다.

아무튼 이 제도 때문에 수시로 열리는 회의에 참석하려면 수도에서 살 수밖에 없었는데, 수도는 땅값이 비쌀 뿐더러, 넓은 공간을 차지할 수도 없었다. 사병들의 숙소나 훈련장 같은 건 수도에선 꿈도 꿀 수가 없는 것이다. 게다가 수도에 살면서 영지를 그대로 버려둘 수도 없었다. 그래서 페리어드의 고위 귀족들은 대부분 기본적으로 수도에 저택 하나와 영지에 성 하나를 가지고 있었다. 그리고 때때로 두 건물을 오가며 생활하곤 했다.

이곳은 아바스 백작이 영지인 레부스에 가지고 있는 성이었다. 한데 아바스 백작이 사병의 대부분을 끌고 수도로 올라간 사이, 베기스가 빈집털이하듯이 이 성을 차지해 버렸던 것이다.

"외국 군대라? 글쎄, 자네는 내가 이끌고 온 군대를 보지 못했나 보군."

베기스는 차가 반쯤 남아 있는 찻잔을 내려두며 의미 심장한 미소를 지었다.

"제가 갇혀 있는 사이에 페리어드의 누군가가 알테이아에 협력을 요청했다는 겁니까?"

"역시 예리하구만. 지오르 백작이네. 든든한 아군이지. 페리어드에서 최대 세력을 가진 이라고 해도 이상하지 않을 정도의 세력가니까. 덕분에 다른 백작들의 공통적인 '첫 번째 목표'가 되어버려 어쩔 수 없이 알테이아에 협력을 요청한 걸세. 우리야 나쁘지 않지. 페리어드에 개입할 수 있는 확실한 명분이 생김과 동시에 힘도 얻을 수 있으니까. 지오르 백작이 넘겨준 사병 약간과 우리가 끌고 온 군대를 섞어서 사용하면 주민들도 별로 따지고 들어오질 않거든. 자칫 잘못하면 지오르 백작을 건드리게 될 테니. 외국 군대가 들어오는 걸 반대하는 알량한 애국심보다는 몸을 사리는 게 현명하다고 생각하는 거지. 백작을 잘못 건드렸다간 후환이 두려울 테니까."

"휴우…… 아무튼 전략가는 이곳에 처박아두고 군대를 운용하기 시작하다니, 잘하는 짓이군요."

"그럼 내가 이 나이에 감옥에 갇혀야 했겠나? 신경통이 도질 텐데?"

"도지긴 뭐가 도집니까. 베기스님이 언제부터 신경통에 시달렸다고 그런 말을 하시는 겁니까?"

"허어…… 따지지 말게나. 아무튼 우린 지금부터 아바스 백작이 돌아올 때를 생각해야 할 걸세."

"보아하니 미리 생각해 두신 것 같군요. 어떻게 하실 생각입니까?"

"그건……."

*　　　*　　　*

난데없이 불어온 강풍에 아름다운 호수의 수면 위로 잔 물살이 미끄러지듯이 퍼져 나갔다. 그 바람이 점점 아래로 내려올수록 물결은 점점 뒤로 밀려나갔고, 호수물은 아름다운 곡선을 수없이 그리며 찰랑거렸다.

"이런 곳에 호수가 있었구나……."

뮤트는 일레이가 호숫가에 채 착륙하기도 전에 탄성을 내뱉으며 위에서 뛰어내렸다. 뛰어내리기엔 조금 높은 높이라 다리므가 바람을 부르려 했으나 그녀는 다리므의 반응보다도 빨리 바닥에 착지했다. 놀라울 정도로 가벼운 몸놀림이었다.

일레이는 조심스러운 날갯짓으로 천천히 지상에 내려앉았다. 하지만 조심스럽다고 해도 지상에 퍼지는 파장은 꽤 컸다. 지상에 먼저 내려간 뮤트의 옷자락이 날아갈 듯 펄럭이고, 호수의 수면이 멀리멀리 밀려나가는 것이 여실히 보였다.

"아름다운 호수네. 파르나에서도 많이 알려진 호수라 중심가 쪽에 있을 줄 알았는데 이렇게 조용한 곳에 있다니. 정말 깨끗하고 조용해."

스시리아너는 감탄하는 듯이 중얼거리며 찰랑거리는 물 속에 손을 넣어보았다. 물은 차갑고 깨끗했다. 투명한 수면은 맑은 하늘빛이었다. 수면 위에 부서져 나간 햇살이 보석 가루처럼 찬란히 반짝거리고 있었다.

"파르나는 이런 자연물의 보전을 중요시한데. 그래서 이 주변도 일부러 개발 안 한 거라던데. 여기서 몇십 분만 걸어도 시가지가 보일 거야."

다리므가 가벼운 말로 답해 주었다.

"모범적이군."

렌스는 어쩐지 심드렁한 태도였다.

"뭐, 이런 데서는 모범적이긴 한데…… 에이, 이런 얘긴 그만두고 탐색이나 해보자. 분명 이 호수 밑바닥이라고 했는데……."

다리므는 오른손의 장갑을 벗고 물 속을 휘저어보았다. 하지만 얼마 지나지 않아 그는 질렸다는 표정을 지으며 손을 빼내었다.

"우와, 진짜 차가워. 그냥 들어갔다간 얼어죽기 딱 좋을 온도다."

"……이상해. 누군가 다녀갔어야 하는데 흔적이 없어."

주변 풀숲을 돌아보던 스시리아너가 불안한 투로 중얼거렸다. 정령들이 아브렌의 위치를 알게 된 지 벌써 며칠이 지났는데, 그들이 아직도 다녀가지 않았을 리는 없었다. 하지만 이 주변은 이상하리만치 깨끗했다. 마치 누군가가 깨끗이 치워버린 것처럼…….

"뭐, 아무렴 어때. 아브렌이 이 안에 있든, 이미 누가 가져 가버렸든 우리에겐 큰 상관이 없잖아? 그냥 여행하는 김에 온 것뿐인데."

"이봐, 다르. 상관이 없긴 왜 상관이 없어. 탐색해 봤다가 없으면 헛고생이야."

"어어, 안 어울리게 현실적인 척하지 마, 렌스. 여행의 묘미는 고생에 있다고 한 게 누군데? 그리고 우리가 아브렌을 찾아봐야 뭐에 써먹겠어?"

"알았어, 알았어. 아무튼 그건 그렇다 치고, 어떻게 들어갈 거야? 호수 밑바닥이라며? 물이 이렇게 차가운데……."

"흐음, 글쎄……."

다리므는 생각에 잠긴 표정으로 물을 다시 한 번 휘저어보다가 고개를 돌려 스시리아너를 쳐다보았다. 마법을 써서 어떻게 해볼 수는 없느냐는 의미였다. 다리므의 마법 계열인 '바람'은 차가운 기운을 기초로 하기 때문에 무언가를 차갑게 만드는 것은 쉬워도 따뜻하게 만드는 것은 어려웠다. 그래서 따뜻한 기운을 기초로 하는 '대지' 의 스시리아너를 쳐다본 것이었다. 스시리아너도 다리므의 의도를 알아차렸는지 간단히 그의 질문에 답했다.

"할 수는 있지만, 그랬다간 호수의 생태계에 안 좋은 영향을 미치게 돼."

"그래?"

"수온을 올리면 물고기들이 죽게 될 거야. 수온이 올라간다는 건 그 속에 있는 산소가 줄어드는 것을 의미하거든. 기체는 낮은 온도에서의 용해도가 더 낮으니까. 게다가 수온이 높으면 물고기들의 신진 대사가 빨라져서 오히려 산소 소비량은 늘어나 버려. 산소 소비량은 늘어나고, 물 속에 있는 산소는 줄어들고…… 설상가상인 셈이지."

"와…… 신기하네."

갑자기 옆에 있던 뮤트가 엉뚱한 대답을 해왔다.

"그건 신기한 게 아니잖아!"

"하지만, 신기한걸……."

스시리아너가 갑자기 소리를 지르자, 뮤트는 조금 겁먹은 표정을 지으며 대꾸했다. 그래도 끝까지 자기 주장을 굽히지 않는 뮤트였다. 이런 것도 자기 주장이라 할 수 있는 건지는 모르겠지만.

"그래, 알아서 신기해해라……."

결국 스시리아너가 물러날 수밖에 없었다. 대화가 이상한 방향으로 흘러간다는 생각이 분명히 들었지만 뮤트와 함께 있을 때는 자주 있었던 일이라 이젠 익숙해져 버린 것만 같았다.

"아참, 일레이는 뭐 할 줄 아는 거 없어?"

뮤트가 갑자기 생각난 듯이 뒤를 돌아보며 질문을 던졌다. 뮤트의 시선이 닿은 곳에는 작은 키의 소년이 멋쩍은 듯 서 있었다. 어느새 인간의 모습으로 변한 일레이였다. 드래곤의 인간형치고는 꽤 평범하게 생겼는데, 붉은 눈동자에 얼굴이 동글동글한 게 귀여운 인상이었다.

스시리아너는 일레이가 뮤트의 말에 대답도 하기 전에 깔깔거리며 일레이의 통통한 뺨을 주욱 잡아늘였다.

"꺄아…… 일레이 너무 귀엽다! 드래곤의 인간형 중에 미르 다음으로 마음에 들어!"

"우우…… 아이아에요……."

양쪽으로 잡아당겨진 일레이는 알 수 없는 말을 내뱉으며 버둥거렸다. 덕분에 뒤에 있던 다리므는 그게 무슨 뜻인지 잠시 고민해야 했다.

한참 만에 다리므가 내린 결론은 '하지 마세요'였다.

"아우우…… 아파라. 너무해요."

한참 만에야 스시리아너에게서 풀려난 일레이는 빨갛게 달아오른 뺨을 문지르며 눈을 흘겼다. 하지만 스시리아너의 시선은 '귀엽다' 이상으로는 변하지 않았다. 할 수 없이 일레이는 스시리아너를 흘겨보는 건 포기하고 뒤늦은 대답을 꺼냈다.

"전 아직 어려서 쓸 수 있는 마법이 그리 많지 않아요."

"마법 공부 제대로 안 했구나? 괜히 인간들에게 붙잡힌 게 아니었어."

스시리아너의 중얼거림은 어쩐지 일레이를 놀리는 듯한 투였다. 그녀는 일레이를 놀리는 데 재미를 붙인 듯했다.

"치잇— 마법 공부는 제대로 했어요. 나이에 비해 마법은 꽤 한다는 말도 들었다고요."

불만스레 대꾸하는 일레이의 얼굴엔 약간 일그러진 표정이 담겨 있었다. 스시리아너의 말투가 어지간히도 맘에 들지 않았던 모양이다. 하지만 스시리아너는 그런 일레이의 반응에는 별로 신경 쓰지 않고 장난스레 말을 계속 이었다.

"그런데도 목에 족쇄가 채워질 때까지 도망치지도 못했단 말야?"

"그건, 나이트가 날 팔아넘긴 거란 말이에요!"

스시리아너의 말이 지나치게 흐르자 일레이는 갑자기 소리를 빽 질렀다.

"내 맘대로 도망칠 수 있었다면 얼마든지 도망쳤어! 하지만 나이트였다고요! 난 손 하나 까딱할 수 없었어……."

일레이는 격렬한 어조로 소리치다 말끝을 흐려버렸다. 어느새 그의 눈에선 투명한 눈물이 뚝뚝 떨어져 내리고 있었다. 계속 참고 있던 감정이 갑자기 풀려버린 것이었다. 일레이는 이런 모습을 인정하기 싫은 듯, 이를 악물며 필사적으로 눈물을 닦아냈지만 눈물은 쉽사리 멈추어주질 않고 계속 흘러내려 옷깃을 적셨다. 거친 소매로 눈물을 자꾸 닦아내는 바람에 눈가가 금방 빨갛게 변해버렸다.

"믿었었는데……."

우울한 목소리. 그 순간은 아무도 말을 꺼낼 수가 없었다. 뭐라고 위로를 하긴 해야 할 텐데, 뭐라고 해야 할지 아무도 알지 못했기에, 어떻게 해도 벗어날 수 없는 운명에 대해 대체 어떻게 이겨내란 말을 해야 할지 도저히 알 수가 없었기에.

살아가는 것은 우리인데 우리 삶의 주인은 우리가 아니야…….

다리므는 문득 전에 에스핀에게서 들었던 말을 떠올렸다. 그래, 그건 무엇보다도 확실한 사실이다. 드래곤들의 눈앞에 영원히 서 있을 엄청나게 무겁고 견고한 운명의 벽. 드래곤들은 어떤 노력을 해도 운이 아주 좋아, 좋은 나이트를 발견하지 않으면 제대로 된 삶을 살기가 힘든 것이다. 아무리 인간보다 강하고 아름답다 해도 그것이 그들의 운명이니까……

운명. 그건 대체 무얼까. 어째서 그 짧은 단어가 수많은 사람을 쥐고 흔드는 걸까. 노력하면 안 될 일이 없다고 사람들은 말하지만 그걸 실제로 믿는 사람은 없지 않은가. 세상엔 할 수 있는 일보다 할 수 없는 일이 더 많으니까. 세상에 태어난 순간 모두들 출생이란 것에서부터 얽히기 시작하여 결국은 거대한 운명이라는 것에 휘말려 버리니까.

그러나 열심히 눈물을 닦아내던 일레이는 갑자기 들어올려져 호수 속에 던져져 버렸다.

풍덩!

너무도 난데없는 상황에 일레이는 정신이 하나도 없었다. 섬뜩하리만치 차가운 물의 감촉이 온몸으로 느껴져 온다. 사방으로 흐르는 물의 흐름이 너무나 유동적이라 당황스럽다. 가라앉아서는 안 된다는 생각에 필사적으로 손발을 놀릴 수밖에 없었다. 하지만 사방에 가득한 물은 이리저리 밀려나기만 할 뿐이었다. 아무리 손발을 놀려도 기이한 방향의 흐름만이 만들어질 뿐, 몸은 좀처럼 떠올라주질 않았다.

정신없이 허우적대느라 녹초가 되어버린 그가 간신히 물가에 올라온 것은 한참이 지난 후였다.

"이제 기분이 좀 나아졌어?"

헉헉대며 간신히 물가에 올라와 그 자리에 주저앉아 버린 일레이의 귓가에 스시리아너의 목소리가 들렸다. 힘겹게 고개를 들어 보니 스시리아너가 물가에 쪼그려 앉은 채 이쪽을 내려다보고 있는 모습이 보였다. 흠뻑 젖어서 숨을 몰아쉬고 있던 일레이는 그제야 자신을 집어던진 게 스시리아너라는 사실을 깨달았다.

"이게 무슨 짓이에요! 난데없이! 빠져 죽을 뻔했잖아요!"

"아…… 소리치는 걸 보니 힘 났나 보네. 그런 기세로 살면 얼마나 좋아? 사람 함부로 믿는 건 좋은 게 아니니까 몇 번쯤 배신당하는 건 애교로 봐줘."

"애교는 무슨……!"

"그렇게 생각 못 하겠으면 이대로 빠져 죽는 게 나을걸. 넌 드래곤이야. 그 정도도 못 하겠다면 살 수가 없겠지…… 사실 난 드래곤이 나이트를 진심으로 믿었다는 얘기는 처음 들어본다."

"시스……."

옆에 있던 뮤트가 불안한 투로 스시리아너의 이름을 불렀다. 스시리아너의 말투는 지극히 일상적인 가벼운 어투였지만, 뮤트는 그것만으로도 불안해진 모양이었다.

"당신이 참견할 바가 아니잖아요. 당신이 드래곤이라도 돼요?"

"참견 못 할 건 또 뭐야. 이젠 서로 이름도 아는 사이인데. 옷깃 한번 스치는 것도 엄청난 인연이라는 말 못 들어봤어? 이름까지 아는 사이면 얼마만큼의 인연인지 상상도 안 간다. 아무튼 이렇게 빠져 나왔으면 된 것 아냐? 깨끗이 다 해결됐네 뭐. 지금 우리와 있는 건 놀러다니는 수준이고, 이렇게 맘대로 나온 걸 보면 이전의 나이트가 널 팔면서 계약을 해지해 준 것 같은데, 그러면 이제 넌 자유롭지 않아?"

"그런 걸로 다 해결이 될 줄 아세요?"

"그럼 해결 안 될 건 또 뭐니. 그래도 일말의 양심은 있는 나이트였네. 널 계속 붙들고 있진 않은 걸 보면, 적어도 최악의 나이트는 아니었으니 다음엔 더 신중히 선택하면 되잖아?"

"몰라요!"

일레이는 골이 난 듯이 볼을 잔뜩 부풀리며 스시리아너를 노려보았으나 흥분은 많이 가라앉은 모습이었다. 옆에서 계속 상황을 살피던 뮤트는 그때를 놓치지 않고 얼른 화제를 돌려버렸다.

"자아, 이제 이쯤 하고 호수로 들어가볼 방법을 생각해 봐야지?"

"이제 단 한 가지 방법밖에 없어."

다리므의 비장한 말에 모두를 기대감이 서린 눈으로 그를 쳐다보았다. 모든 제안이 다 실현 가능성이 없는 것으로 판명된 지금, 다리므가 마지막 제안을 꺼내려고 하는 것이었다.

그는 잠시 침묵의 시간을 두어 모두를 조바심나게 한 다음, 가벼운 말투로 결론을 끌어내었다.

"방법이 없다면 몸으로 때워야지. 그냥 뛰어드는 거야."

그리고 바로 그 다음 순간, 그는 모두의 한심하다는 눈초리를 받으며 제일 먼저 물 속에 집어던져졌다.

풍덩!

맑은 호수에 파문이 겹겹이 일어나며 청명한 물방울이 보석같이 흩날렸다. 스시리아너는 그 장면을 보며 미간을 좁혔다.

"하지만 정말 그 방법밖에 없잖아. 추운 건 싫은데……."

물은 정말 얼음장처럼 차가웠다. 하지만 일단 물 속에 완전히 잠기고 나니 견디기 힘들 만큼 차가운 것은 아니었다. 몸을 조금 움직일 때마다 살갗 위로 부드럽게 흐르는 물결의 느낌도 그리 나쁘지 않았다.

물은 맑고 깊었다. 물 속에서 눈을 뜨고 있느라 눈이 조금 뻑뻑한 느낌도 있었으나 신기하리만치 시야가 환했다. 수면으로 스며든 햇살이 호수 안에 가득해서 바닥까지 환히 비춰져 있는 것이었다. 고개를 들어 위쪽을 쳐다보니 새파랗게 반짝이는 수면이 넘실거리고 있었다.

발을 놀려 수면에 점점 가까이 다가갔다. 가까이…… 가까이…….

"푸핫!"

다리므는 한참 참았던 숨을 터뜨리며 머리를 물 밖으로 내밀었다. 고요하고 잔잔한 호수의 표면이 시야에 들어왔다. 조용한 대기의 흐름을 느끼며 호숫가에 올라섰다. 몸에서 물이 주르륵 흐르는 느낌이 그대로 느껴져 온다. 물 속에 있을 때는 괜찮았는데 밖으로 나오니 한기가 느껴져 몸을 조금 움츠렸다.

호숫가에는 일레이가 앉아 수면을 쳐다보고 있었다. 아까 물에 빠졌던 탓인지 아직도 흠뻑 젖어 있는 모습이다. 다리므는 픽 웃으며 그의 곁에 주저앉았다.

"왜 안 들어갔어?"

"전 수영 못 해요."

자신없는 목소리였다. 조금 침울해 보이기도 한 모습이었다.

"왜 벌써 나왔어요?"

"벌써…… 야? 내 딴엔 꽤 오래 버틴다고 버텼는데."

다리므는 멋쩍은 표정으로 웃어버렸다. 언제나 체력으로는 렌스를 당해내지 못했던 그였다. 뮤트와 스시리아너의 체력은 상당한 수준일지도 모르니 그건 접어두더라도, 일레이의 눈에도 그렇게 비쳤을 줄이야…… 새삼스레 씁쓸한 기분이 느껴졌던 것이었다.

"뭐 보였어요?"

"아니, 별로 특별한 건 없어 보였어. 아름답긴 한데, 그 이상은 아니더라고. 아브렌 정도의 검이라면, 하다못해 그 검이 있던 자리나 제단 정도는 있을 텐데, 그런 것도 안 보였어. 뭐, 자세한 건 아직 안에 있는 사람들이 찾겠지. 난 숨이 차서 중간에 나와버렸으니까 자세히 보지는 못했어."

"만약…… 아브렌이 없다면?"

"나가서 숙소 잡고 시가지 구경해야. 파르나는 자연 보전이 잘되어 있어서 구경할 곳이 많아."

"그런…… 가요."

아까부터 계속 침울한 일레이였다. 풀죽은 모습마저도 귀엽게만 보이는 게 현실이었지만.

"어차피 아브렌을 찾아봤자 사용도 못 해. 그건 하딘 외엔 아무도 쓰지 못했어. 검 자체가 다른 사람을 거부했었거든. 미르가 일부러 부탁해 와서 찾으러 온 거긴 하지만…… 그냥 찾아온 걸로 족해."

다리므는 어느새 자신도 모르는 말을 꺼내고 있었다.

"그런데…… 그렇게 되면 여기까지 온 의미가 없지 않아요?"

"호수 구경."

너무도 단순한 다리므의 대답에 일레이는 어이없는 표정으로 그를 쳐다보았다.

"진심…… 이에요?"

"아니, 아마 아브렌을 얻지 못하면 조금은 섭섭할 거야. 아무리 내게 필요없는 물건이라도."

이제야 조금 상식적인 대답이 나왔다. 다리므는 잠시 동안 생각에 잠긴 표정을 짓더니 덤덤한 투의 말을 이었다.

"……하지만 진심이었으면 좋겠어. 정말로 모든 것을 훌훌 털어 버리고 집착없이 살았으면 좋겠어. 마음대로는 안 되지만."

"겉으로 보기엔 충분히 진심으로 보여요."

다리므의 말에 조금 머쓱해진 일레이는 딴청을 부리듯이 대답했다. 하지만 다리므는 킥킥 웃으며 일레이를 당혹스럽게 만드는 질문을 던져 왔다.

"그래, 그럼 다행이지. 솔직히 우리들의 이 여행, 한심하다고 생각하고 있지?"

"그거야 그렇지만……."

"한심하지. 그래, 한심하지. 하지만 이런 게 정말 좋은 거 아냐? 모든 걸 과감하게 던져 버리고 떠나오는 여행. 이건 그런 여행인걸. 그러니 지금만큼은 철저히 무책임해져야지. 한심하게 보여도 좋아. 아니, 한심하게 보여야지. 한심할 만큼 자유롭고 즉흥적이어야지. 다들 한번은 꿈꾸는 것 아니었어? 모든 것을 던져 버리고 대책없는 여행을 떠나는 것……. 그래, 물론 철저히 무책임해질 수는 없겠지. 마지막 순간까지 마지막 모든 것을 던져 버릴 수는 없지. 당연해. 나도 하나의 인간일 뿐인걸. 아무리 잠깐이라 해도 진실로 모든 것을 다 던져 버릴 수는 없어. 하지만 적어도 그러는 척은 해야지. 진정으로 자유로워질 수는 없다 해도 자유로운 척은 해야지. 그래야 조금이라도 더 자유로워지지 않겠어……?"

"그런 말을 들으니까 한심함과는 점점 거리가 멀어지는 것만 같아요⋯⋯."

일레이는 간신히 자신의 심정을 솔직히 내뱉었다. 어쩐지 이런 말을 하면 안 될 것 같기도 하지만, 그것이 일레이의 진심이었다.

참방―

고요한 대기 안에 맑은 물소리가 섞여 들어왔다. 다리므와 일레이는 반사적으로 시선을 호수 쪽으로 던졌다. 뮤트였다. 어느새 물밖으로 나온 그녀가 호숫가에서 몸을 일으키고 있었다.

물 속에서 흠뻑 젖은 머리카락에서는 물방울이 쉴새없이 뚝뚝 떨어져 내리고 있었다. 물방울이 빛을 반사하여 그녀의 피부는 하얗게 차가워 보였다. 물에 젖어 더없이 매끄럽게 보이는 하얀 피부. 그 위에 물에 젖은 검은 눈동자가 반짝이고 있는 모습이었다.

"찾았어. 안쪽에 연결로가 있어. 아브렌이 있는지 없는지는 아직 모르겠지만⋯⋯ 우선 들어가 보게."

그런 뮤트를 보며 다리므는 이상한 느낌을 느꼈다. 딘을 정말 닮아 있는 사람인 뮤트가 물에 흠뻑 젖은 모습으로 다리므에게 말을 걸어오고 있는 것이다. 검은 머리와 검은 눈이 차갑게 식은 하얀 피부와 어우러져 신비롭고 아득한 느낌을 주는 모습으로.

"알았어, 가자. 일레이도 같이 가지."

비가 쏟아지던 날, 까르르 웃던 딘이 떠올랐다. 그럴 때의 딘도 이런 모습이었다. 그리고 언젠가 하딘도 이런 모습으로 휴페른을 쳐다본 적이 있었다. 다리므는 이상한 그리움이 가슴속에 스며들어오는 것을 느꼈다.

"전 수영 못 한다고 했잖아요."

일레이는 자신없는 목소리로 뮤트의 말에 답했다. 하지만 뮤트는 그런 일레이의 반응에 별로 신경 쓰지 않았다.

"그랬어? 괜찮아. 물 속으로 잠수하는 거니까. 숨쉬기 위해 물 위에 제때 떠오르는 건 어렵지만, 물 속에 완전히 잠긴 채 손을 놀리는 건 누구든지 할 수 있잖아."

뮤트는 옅은 미소를 지으며 일레이에게 손을 내밀었다.

"손을 잡고 가면 괜찮을 거야. 나도 수영 잘하는 편은 아니지만."

일레이는 조금 머뭇거리다가 조심스레 뮤트의 손을 맞잡았다.

뮤트의 손은 따뜻했다. 방금 차가운 물 속에서 나온 사람이란 사실이 믿겨지지 않을 정도였다. 일레이는 뮤트의 손을 잡은 이 상태에서 이상한 안정감을 느꼈다. 이 손을 놓치지 않는 한 이 사람은 언제까지나 나를 이끌어줄 것만 같은 예감이었다.

일레이는 고개를 들어 뮤트를 쳐다보았다. 뮤트는 옅은 미소를 지어 일레이의 시선을 받아주었다. 당당하고 밝은 미소는 아니었지만 어색해하는 듯한 미소에 더욱 마음이 풀어지는 것만 같았다.

전에도 이런 사람을 만난 적이 있었다. 이렇게 자신없는 태도로 웃어주면서도 끝까지 나와 함께 있어줄 것만 같은 사람이 있었다.

하지만 그 사람은 결국 날 이상한 상인에게 팔아치워 버리고 말았다. 그리고 아무런 아쉬워하는 표정도 없이 계약을 해제해 주고는 뒤도 돌아보지 않은 채 돈주머니를 절렁거리며 멀어져 갔다. 믿었었는데, 정말로 그 사람을 믿었었는데, 그래서 한 달간의 기한이 절반도 넘게 남아 있었음에도 불구하고 그를 나이트로 택했던 것인데.

드래곤이 진심으로 나이트를 믿었었다는 말은 처음 들어본다.

그래, 스시리아녀의 말에는 화를 냈지만 그 사실은 분명한 사실이었다. 우리는 정말 좋다고 생각했던 사람들에게 수없이 버려지고 이용당해 왔다. 그것이 우리들의 운명이라고 수없이 들어왔었다. 그리고 그렇게까지 잘못된 주인을 섬기는 드래곤은 주저없이 죽이라는 말까지도 수없이 들어왔었다.

나도 이번에 실감했다. 나이트가 어떤 존재인지를. 우리는 나이트를 위해 목숨도 바치지만, 나이트는 아주 작은 것도 우리에게 허용해 주지 않는다는 사실을. 정말 좋은 사람은 나이트로 선택하지 말고 그냥 그대로 마음속에 담고 있으라는 말의 의미를.

하지만······.

'이 손, 너무 따뜻해······.'

일레이는 자신도 모르게 고개를 떨구었다. 드래곤으로서는 꿈꿀 수조차 없는 자유로움, 그리고 이렇게 따뜻한 손길. 일레이로서는 영영 가질 수 없는 것들을 가진 사람들이 지금 눈앞에 있었다. 얼핏 보면 대책없고 한심해 보이지만, 그래도 자신만의 의미를 가진 사람들. 그들은 일레이에게 과거의 기억을 덮고 또 누군가를 믿어보지 않겠냐고 묻고 있었다.

'그래······ 나이트가 아닌 사람은 믿을 수 있잖아······ 아직······ 나이트가 없어도 살아갈 수 있는 한동안만은······ 그 다음 일은 그때 생각해도 되겠지······.'

일레이는 조심스레 다시 고개를 들었다. 뮤트는 아직도 일레이를 내려다보고 있었다. 물에 젖은 까만 눈동자. 그 까만 눈동자가 시선을 빨아들이는 듯한 느낌을 주고 있었다.

"그럼, 갈까?"

17

햇볕을 반사하는 자갈들 때문에 하얗게 보이는 호수의 밑바닥. 그 한구석에 뻥 뚫린 구멍이 나 있었다. 사람이 통과할 수 있을 정도의 구멍이었지만 주변의 지형과 묘하게 어우러진 탓에 눈에 잘 띄지 않았다. 처음에 다리므가 이 구멍을 발견하지 못했던 것도 그 때문인 모양이었다.

구멍은 좁고 길었다. 한 사람이 간신히 통과할 수 있을 정도의 크기였다. 그런 구멍 안을 헤엄쳐 통과하려니 물이 가득 흐르는 수도관 안을 지나가고 있는 것만 같은 기분이 들었다.

구멍 안이 좁은 탓에 뮤트는 더 이상 일레이의 손을 잡아줄 수가 없었다. 하지만 이곳에서는 수영이 전혀 필요없었다. 발을 적당히 놀리며 바닥에 손을 짚어 나아가기만 하면 되었으니까. 덕분에 일레이는 '땅 짚고 헤엄치기'가 얼마나 쉽고 유용한 기술인지 새삼 깨달아 버렸다.

다행스럽게도 이 긴 통로의 표면은 비교적 매끈했다. 오랜 세월 동안 물이 가득 흘러가면서 표면이 마멸되어 이렇게 매끈해진 모양이었다. 덕분에 거친 표면에 몸을 긁히지 않아도 되어 나아가기가 수월했다.

처음엔 아래로 내려가는 방향이던 통로는 곧 수평 방향으로 꺾였다. 그리고는 한참을 지나 다시 위로 올라가는 방향으로 이어졌다. 전체적으로 'ㄷ'자 모양을 앞으로 누인 형태의 통로인 모양이었다. 올라가는 방향에서 일레이가 조금 애를 먹었으나 뒤에 가던 다리므가 그를 받쳐 주어 그럭저럭 올라갈 수가 있었다.

이윽고 위쪽에 동그란 수면이 보였다. 점점 가까이 다가오는……

"푸핫—!"

바깥이었다. 공기가 있는 곳이었다. 다리므는 땅을 디디자마자 그대로 그 자리에 드러누워 버렸다. 숨이 찼다. 통로가 꽤 길어서 숨을 한참 참고 있어야만 했던 탓이었다. 일레이도 다리므와 크게 다르지 않은 듯했다. 그는 드러눕기까지 하진 않았지만 두 손을 바닥에 짚은 채 지친 표정으로 숨을 몰아쉬고 있었다. 비교적 멀쩡하게 몸을 일으키는 건 뮤트뿐이었다.

"왔구나."

스시리아너의 목소리가 들려왔다. 어쩐지 조금 가라앉아 있는 목소리였다.

"뭐라도 발견한 것 있어, 시스?"

뮤트가 머리카락에 적셔진 물을 손으로 털어내며 질문을 던졌다.

"이것."

스시리아너가 내민 것은 오팔 같은 은은한 광택을 띤, 투명하고 얇은 셀로판지 같은 물체였다. 뮤트는 그것을 받아 들고 표면을 만져 보았다. 은은한 광택만큼이나 매끄러운 느낌의 소재였다.

뮤트가 손을 조금 오므리자 그 물체도 간단히 구부러졌다. 하지만 탄력이 상당히 강해서 어느 정도 이상은 전혀 구부러지지 않았고, 약간 구부리더라도 곧 판판한 원래의 형태로 돌아왔다. 게다가 아무리 힘을 줘도 완전히 접히거나 찢어지지 않았다. 뮤트가 그 물체의 위아래를 붙잡고 힘껏 잡아당겨 보았지만, 약간 늘어나는 느낌만 있을 뿐, 전혀 찢어지려 하지 않았다. 그나마 조금 늘어난 것도 뮤트가 손의 힘을 빼자 금세 원래의 길이로 돌아가 버렸다.

"우와…… 굉장히 강하네. 이렇게 얇은데도."

"상급 정령의 '날개'야. 찢어져 나간 조각이지."

"히익…… 이게?"

"이 부근에 굴러다니고 있었어. 아무래도 물의 정령의 날개 같은데…… 상급 정령의 날개 일부가 찢어져 나갔을 정도라면 얼마 전에 이 부근에서 큰일이 일어났다고밖에 볼 수 없어."

"이것이 날개라니…… 상급 정령이 이 얇은 날개를 가지고 어떻게 날아오르나 했더니 이렇게 강한 소재였구나."

뮤트의 중얼거림에는 왠지 모를 우울함이 섞여 있었지만 스시리아너는 그걸 눈치채지 못했다.

"하지만 날개가 아무리 강해도 그냥은 날아오를 수 없어. 인간의 육체에 날개만 단다고 날 수 있는 게 아니니까. 인간의 몸은 날 수 있도록 만들어진 형태가 아니잖아. 뱀의 몸에 날개를 달아봤자 출렁거리기만 할 뿐, 날개의 힘이 제대로 전해지지 않는 것과 같은 원리지. 새들을 자세히 살펴보면 목은 잘 구부러지지만 몸통은 상자처럼 단단하고 구부러지지 않아. 날개가 퍼덕이는 힘을 제대로 받아야지 날 수 있기 때문이야. 인간은 뱀보단 단단한 가슴을 가지고 있지만 날기에는 역시 모자라. 그러니 아무리 상급 이상 정령이라도 인간과 비슷한 골격 구조를 가진 이상은 날개만으론 날 수 없어. 상급 이상 정령들에게 날개는 어디까지나 보조 수단일 뿐이야. 좀더 빠르고 능숙하게 날 수 있는 도구인 거지. 중요한 건 마력이야. 마력으로 몸을 띄우는 거야. 뭐, 상급 정령의 날개가 놀라울 정도로 강하긴 하지. 최고급 방어 소재인 로제타와 맞먹을 정도니까."

"대단해, 시스…… 많이 아네."

뮤트가 감탄하는 시선으로 스시리아너를 쳐다보자 스시리아너는 괜한 어색함을 느꼈다. 그렇게 하기 싫었던 공부가, 최상급 정령으로서 기본적인 지식은 가지고 있어야 하지 않겠느냐는 말에 따라 강제적으로 했던 공부가 이런 데서 써먹게 될 줄은 몰랐었다. 그때는 정말 싫었었는데. 너무나 싫어서 자꾸 도망쳤었는데……

"그런데 로제타라니…… 그거 두꺼운 강철 갑옷과 맞먹는 소재가 아니었나…… 검으로도 어설프게 쳐서는 흠집내기도 힘들다는……."

간신히 숨을 가라앉힌 다리므가 전혀 상상이 가질 않는다는 듯 중얼거렸다.

"하지만 급격한 온도 변화에는 약해. 아무래도 살아 있는 조직이니까. 생체 조직은 아무리 강해도 온도가 급격히 변하면 간단히 파괴되어 버리잖아. 사실 그렇게 따지면 머리카락도 상당히 강한 소재야. 그 가느다란 한 가닥이 달걀 하나(50g)를 버텨내는걸. 머리카락을 전부 합치면 5톤 정도는 들어올릴 수 있다던데."

"아무리 강해도 머리카락은 칼로 베어버리면 끝인걸……."

이상한 방향으로 흐르는 뮤트의 중얼거림에 스시리아너는 웃고 말았다.

"풋…… 그건 그래."

"아무튼 다른 특별한 건 없었어?"

"여러 명이 지나간 듯한 흔적. 하지만 희미한 흔적뿐이야. 분명히 남아 있는 건 이 날개 조각뿐이었어. 아무래도 최근에 누군가가 이곳에 다녀간 모양이야. 작은 옷 조각이나 머리카락 같은 것도 남지 않은 걸 보면 흔적을 없애려고 노력한 것 같아. 아마도 이 날개 조각은 투명해서 눈에 띄지 않았던 것이겠지."

"하지만 이렇게 강한 소재인 날개가 찢어져 나갈 정도라면, 또 이게 상급 정령이 다녀간 증거라면, 무언가 큰일일 것 같은데……."

뮤트는 조금 불안한 어투로 중얼거렸으나 특별히 아는 게 없는 그녀로서는 타당한 추리조차 해나갈 수가 없었다.

"그래, 큰 싸움이 일어나지 않고는 날개가 찢겨나갈 일은 없어. 상급 이상의 정령이 날개를 드러내는 것 자체가 드문 일이기도 하고."

"그렇다면……."

아무것도 모르는 뮤트였지만 그 불안한 어조가 괜히 금기된 낱말을 끄집어낼 것 같은 기분에 스시리아너는 얼른 대화를 끝맺어 버렸다.

"안쪽으로 들어가면 뭔가 더 알 수 있을지도 몰라."

"아직 안 들어가본 거야?"

"나와 렌스만이 들어가기엔 위험할지도 몰라서 기다리고 있었어."

뮤트는 새삼스레 주변을 둘러보았다. 이곳은 커다란 동굴의 내부인 것 같았다. 모두가 통과해 온 수로는 동굴 바닥에 있는 작은 웅덩이 같은 것이었다. 동굴 안이라서 그런지, 그 동그랗고 작은 웅덩이는 아름다운 형광 하늘빛을 띠고 있었다. 겉으로는 이렇게 작은 웅덩이가 실제로는 바닥이 우물처럼 깊어서 파르나 호수의 바닥과 연결되어 있다는 생각을 하니 신기하다는 느낌이 들었다.

동굴 내부의 공기는 습하고 차가웠다. 정말 동굴다운 공기였다. 고개를 들어 저쪽을 쳐다보니 끝을 알 수 없는 동굴의 통로가 입을 벌리고 있는 게 보였다. 반대편은 두터운 벽으로 막혀 있어 뚫린 길은 한 갈래밖에 없는 것 같았다.

"다르, 혹시 이 글자 읽을 수 있어?"

문득 막힌 벽 앞에 서 있던 렌스가 다리므에게 손짓을 했다. 앞쪽의 통로 앞에 있던 사람들은 그 한마디에 우르르 막힌 벽 쪽으로 몰려들었다.

렌스가 가리킨 막힌 쪽의 동굴 벽 표면은 굉장히 매끈했다. 인공적으로 만들어낸 것은 아닌 듯, 자연 그대로의 굴곡이 살아 있는 벽이었다. 그 위로 흘러내린 가는 물줄기가 벽면 위에 니스를 칠한 것 같은 광택을 입혀주고 있었다.

그리고 그 벽면 중앙에 깊이 새겨진 문자들의 집합이 보였다. 위에 물이 흐르고 있음에도 불구하고 전혀 마모되지 않아 선명한 형태를 지닌 문자들이었다. 하지만 이렇게 뚜렷함에도 불구하고 쉽게 그 의미를 알 수가 없었다. 확실히 문자인 것처럼 보이긴 하

지만 이 리니아스 대륙 전체에 쓰이고 있는 공용어인 에스페어와
는 완전히 다른 모양의 문자들이기 때문이었다. 직각으로 구부러
진 직선 모양, 위쪽이 삐죽 튀어나온 원 모양, 받침대같이 다른 문
자를 받쳐 주고 있는 문자……. 아무리 봐도 정말 특이한 형태였
다. 하지만 특이하면서도 묘한 조화를 이루어 이상하게 보이지는
않았다.

"이거…… 고대어잖아."

다리므가 놀랍다는 표정으로 벽면을 뚫어지게 쳐다보았다.

"읽을 수 있겠어?"

"음…… 그러니까……."

다리므는 잠시 문자들을 살펴보더니 전혀 알아들을 수 없는 말
을 술술 뱉어놓기 시작했다. 띄엄띄엄 읽기는 했지만 억양도 에스
페어와는 많이 다른 것 같았다. 전혀 이질적인 억양과 이질적인
발음의 언어를 듣고 있자니 흡사 어떤 주문을 읊는 것처럼 들리
기도 했다.

"이것이…… 고대어?"

렌스는 멍하니 그 문자들을 쳐다보았다. 마치 다른 세계를 접하
고 있는 것 같은 기분이었다. 이 문자가 매끈한 통로 벽에 새겨져
있다는 사실이 신비로움을 더해주고 있었다.

"해석해 봐."

"지나가…… 버린 시간과 얼룩진…… 역사를 후회한다. 우리는
어쩌면 디디지 말아야 할 발걸음을 내디딘 건…… 지도 모른다.
강한 힘을…… 개발…… 할수록 자멸의 위험은 커진다는 걸 우리
는 간과…… 하고 있었다. 핵무기의…… 개발이 인류 전체를……
핵전쟁의…… 인질로 만들어 버렸던 시대가…… 있었듯이, 우리는

지금도 가져서는 안 될 힘에 도전하고…… 있다. 인간에게 허용되지 않은 힘…… 을 가지려고 노력하는 모든…… 시도가 두렵다. 이 힘은 인류가 감당…… 할 수 있는 것이 아니며, 따라서…… 이 모든 것을 이곳에 봉인한다."

다리므는 조금 더듬거리긴 했지만 비교적 수월하게 문장을 해석해 나갔다. 즉석에서도 대충의 내용을 이해할 수 있을 만큼의 해석이었다. 그런 다리므를 스시리아너가 신기하다는 듯이 쳐다보았다.

"대단한데. 고대어는 언제 익힌 거야?"

꽤 오랜 세월을 산 정령들 중에도 고대어를 이만큼 잘 구사하는 이는 드물었다. 그러니 인간인, 그것도 나이가 어린 다리므가 이렇게 고대어를 술술 해석하는 것이 신기하게 보일 수밖에 없었다.

마법사들이 마법 구사를 위해 기본적으로 고대어를 어느 정도 배우는 건 사실이었다. 하지만 이렇게까지 능숙한 사람은 없었다. 그도 그럴 것이, 고대어는 정말 '희한한' 체계를 가진 언어였기 때문이다. 일정한 형식이 있는 듯하면서도 조금만 어긋나면 아예 다른 형식이 적용되어 버리기도 하고, 한 사물을 지칭하는 단어가 수백 개, 아니, 수천 개가 되는 경우도 있었다. 그러니 고대어를 완전히 마스터한다는 건 불가능에 가까운 일이었다. 천재가 아니고서는 제대로 구사할 수 없다는 생각이 들 정도의 체계였던 것이다.

고대인들은 어떻게 이렇게도 어려운 언어를 일상적으로 사용했는지 모르겠지만.

"고대어를 배운 건 사실이지만…… 내가 아는 것은 이 한 가지 종류뿐이야. 다른 종류의 고대어는 전혀 손도 못 대."

다리므는 조금 머쓱한 듯이 대답했다.

"종류?"

"고대어는 한 가지 언어만을 지칭하는 게 아니거든……. 실제로 고대어라 지칭되는 언어는 거의 6,000여 개나 돼. 실제로 쓰이는 건 두세 가지 정도뿐이지만. 저기 쓰인 건 제일 많이 쓰이는 언어야. 난 저것밖엔 몰라. 고대인들은 항상 몇 개의 언어를 섞어 썼기 때문에 고대어는 한 가지 언어 체계만을 가리키는 것이라고 착각하는 사람들이 많은 모양이지만…… 한 가지 체계라고 생각하면 전혀 이해할 수 없는 이상한 언어처럼 보일 수밖에 없어. 종류별로 나누어보면 각각의 체계와 특징이 분명한데도."

"착각하는 사람들…… 많은 게 아냐. 거의 전부라고."

스시리아녀는 이해할 수 없다는 표정으로 다리므를 쳐다보았다. 수많은 학자들이 오랜 세월 동안 고심하고도 발견해 내지 못한 사실을 너무도 간단히 내뱉는 다리므였다. 이 말이 그냥 가설인지, 아니면 정말 알고 하는 말인지는 잘 모르겠지만 타당성은 충분히 있는 말이었다. 실제로 고대어가 여러 개의 언어를 한꺼번에 묶어 놓은 것이라면, 그 혼란성도 설명이 되었다. 왜 한 사물을 지칭하는 단어가 그렇게 많은지에 대한 이유도. 한 가지 언어에 한 가지 단어가 존재한다 해도 다 합쳐 놓으면 수천 개의 동의어처럼 보일 수밖에 없으니까.

"아무튼, 이런 글이 씌어 있는 걸 보면 이곳에 아브렌이 있을 것 같기도 한데…… 여기 쓰인 핵무기…… 라는 건 대체 뭐지? 고대의 혁기적인 마법 도구일까? 세상의 멸망을 상상할 만큼 엄청난?"

"글쎄…… 인류 전체를 따져드는 걸 보면 대단한 것 같긴 한데…… 뭔지는 상상이 안 가는걸. 그렇게 엄청난 힘이라니……."

"아브렌을 지칭하는 다른 말이 아닐까?"

"글쎄…… 모르겠어."

*　　　*　　　*

"오셨습니까……."

"네, 오랜만이군요."

에이린은 집사의 형식적인 인사에 더 형식적으로 답하며 집 안에 들어섰다. 따뜻한 분위기의 공간이 눈앞에 펼쳐졌다. 언제나 쉴 곳이 필요하면 돌아왔던 곳. 이곳은 언제나 변함이 없을 것만 같은 느낌으로 에이린을 맞아주고 있었다.

이번 일도 별로 기분 좋은 것은 아니었다. 아무리 정령들이라고는 하지만 깨끗하던 호수 주변을 피로 물들여 버렸으니까. 파랗게 맑던 호수 물에 붉은 핏물이 흘러 들어가는 장면은 에이린에게도 그리 좋게 보이질 않았다. 정령을 벤다는 사실만으로 무의미한 살육을 버티었을 뿐이었다. 언제까지 싸워야 할지 모르는 이 지친 일상이라도 먼저 그만둘 수는 없었다. 정령들이 확실히 먼저 그만둬 버리기 전에는 절대로 물러날 생각이 없었다. 그 수많은 살육을 자행하고도 뻔뻔스럽게 성스러운 척하는 도도한 정령들. 그들을 눈앞에 두고 먼저 물러날 수는 없으니까.

그들은 용서받을 수 없는 종족이다. 그들의 수가 많으면 많을수록 우리들만 죽어나간다. 그러니 그들은 무조건 죽여야 한다. 에이린은 언제나 그러했듯이 이 허점투성이의 논리를 중얼거리고 있었다.

아이리스 호수라고 했던가……. 그 호수는 이제 깨끗한 상태로 돌아와 있을 터였다. 정령들의 시체는 그들의 동료들이 알아서 처리했을 테고, 호수 물은 자정 작용으로 금세 깨끗해졌을 테니까. 자연계의 흐름이란 언제나 그러한 것이었다. 우리가 무슨 짓을 자행하든 간에 시간이 지나면 원래의 모습으로 돌아오는 것. 우리가 얼마나 일회적이고 허무한 존재인지 분명히 드러내주기라도 하려는 듯이 언제나 그 모습 그대로였다.

허무한 존재…… 그래, 언제나 싸우면 싸울수록, 많은 정령을 베어나가면 베어나갈수록 늘어가는 것은 무서운 허무일 뿐이었다. 우리는 무엇 때문에 싸우고 있는가. 우리가 평화롭게 살아간다는 것은 처음부터 불가능한 일이 아니었을까, 하는 무서운 생각들이 한없이 솟아오르는 것이었다.

그래서 이런 장소가 필요했었다. 이렇게 언제나 돌아올 수 있는 푸근한 장소가. 평화롭게 살아가는 것은 영영 얻을 수 없는 꿈이라 해도 그렇게 사는 척은 하고 싶었으니까. 피에 절어 지친 몸을 받아줄 어떠한 공간이 필요했으니까.

하지만 이번엔 그렇지가 못했다. 언제나 이 장소에 돌아오면 편하게 가라앉았던 에이린의 마음속은 지금 불안감으로 가득 차 있었다. 그녀로서도 왜 이렇게 불안한지 잘 알지 못했다. 다만 이상한 두근거림에 기분이 좋지 않음을 느낄 수 있을 뿐이었다.

옷도 갈아 입지 않은 채 2층으로 곧바로 올라갔다. 계단은 삐그덕하는 상투적인 음향도 내지 않은 채 에이린의 발걸음을 받아주었다. 깨끗이 닦인 원목의 표면이 고운 갈색 빛을 띠고 있었다.

계단…… 그리고 그에 이어진 긴 통로. 에이린은 통로 안쪽에 있는 방 앞에서 발걸음을 멈추었다. 깔끔하지만 평범한 방 문이 시야에 가득 차 들어왔다. 이 평범한 방 문이 에이린의 심장을 마구 뒤흔들고 있는 것 같았다. 그녀는 곧바로 방안에 들어가지 못하고 긴 한숨을 내뱉었다.

"휴우……."

뮤트가 돌아왔다는 말은 대충 전해 들었다. 자세한 것까지는 듣지 못했지만 아무튼 돌아왔다고 했다. 내가 없는 동안 뮤트는 돌아왔다고 했다.

하지만…… 왜 이렇게도 불안한 것일까. 무엇이 이리도 내 마음을 흔들어놓는 것일까. 어째서 뮤트를 직접 보기 전에는 그 말을 믿을 수가 없는 걸까. 어째서 뮤트에 대해서만큼은 내가 이렇게 민감해져 버리는 것일까.

"뮤, 안에 있어?"

허망하게 던져진 질문. 그리고 문 저편에서부터 전해져 오는 침묵.

다시 한 번 질문을 던져 보아도 계속되는 침묵.

어디 나간 걸까…….

에이린은 적을 눈앞에 두고 있기라도 한 듯이 문을 벌컥 열어제꼈다. 거칠게 열었는데도 불구하고 문은 소리없이 열렸다. 그리고 그와 함께 고요한 방안의 풍경이 시야에 들어왔다. 온갖 곰인형들이 뒹굴어다니는 방. 별로 변한 게 없어 보이는 방이었다.

그러나 뮤트의 모습은 그 안에 없었다.

'내가…… 왜 이러는 거지?'

에이린은 허망히 주위를 둘러보다 뮤트가 없음을 새삼스레 깨달으며 침대 위에 털썩 주저앉아 버렸다. 심하게 두근거렸던 가슴은 어느새 허무할 정도로 가라앉아 있었다.

뮤트야 원래 여기저기 잘 돌아다녔으니 돌아왔더라도 이 시간에 집에 있을 리가 없었다. 하지만 난 대체 무엇을 바랐던 것일까. 무엇을 기대하고, 또 무엇을 두려워하여 이 방에 들어온 것일까. 그리고 지금 느껴지는 이 허무함은 무엇일까.

오랜 세월을 살아온 그녀였지만 이런 건 정말 처음이었다. 그리 특별하지도 않은 한 사람에게 이렇게까지 집착해 본 적은 없었다. 그리고 누군가를 잃어버릴 것 같아 이렇게까지 불안한 적도 없었다.

대체…… 내가 왜 이러는 걸까. 뮤트가 내게 어떤 존재이길래.

에이린은 방안에 굴러다니는 곰인형 하나를 끌어안았다. 곰인형의 긴 털이 뺨을 간지럽힌다. 그리 나쁘지 않은 느낌이었다. 뮤트는 이 인형을 끌어안으면서 어떤 표정을 지었었더라. ……웃었었지. 뭐가 그리 좋았는지는 몰라도 기분 좋게 웃고 있었지.

문득 뮤트가 처음 이곳에 왔을 때 곰인형 하나를 꼭 안고 자던 모습이 떠올랐다. 그 모습이 자꾸만 생각나 곰인형을 사다 날랐던 게 그만 이렇게 많아지고 말았는데…… 그리 즐겁거나 아름다운 기억이 아닌데도 괜히 웃음이 나왔다. 이곳에 처음 왔을 때의 뮤트는 정말 아무것도 못 하는 아이였었다. 새까만 눈동자에 두려움을 가득 실은 채 한쪽 구석에 웅크리고 있기만 했었다. 지금은 너무 겁이 없어서 탈이지만.

뮤트는 실험체다. 그것도 최악의 케이스라 불리는 실험체. 지금의 뮤트는 이렇게 평화롭게 지내고 있지만, 언젠가는 무기나 다름없는 존재가 되어버리겠지. 미르가 생각하는 드래곤처럼, 무기로서 만들어진 그런 아이로. 뮤트만큼은 그렇게 만들고 싶지 않지만 그것이 현실이니까. 그것이 우리가 처한 현실이니까.

그런데도 난 왜 이리도 뮤트에게 매달리는 것일까. 언젠가는 매몰차게 대해야만 할 아이를. 뮤트만은 그렇게 만들고 싶지 않다고, 우리처럼 수많은 살육 끝에 매달린 무서운 허무감에 시달리게 하고 싶지 않다고, 아무리 생각해도 아무런 소용이 없는데, 왜 나는 이리도……

순간 에이린의 머리 속을 스쳐 지나가는 생각이 있었다. 에이린은 중요한 걸 잊어버렸었던 사람처럼 급히 주문을 외웠다. 짤막한 주문이었다. 주문이 흐르고 난 후 방안은 묘한 빛에 감싸였다.

"이런……!"

에이린은 급히 몸을 일으켜 방 밖으로 나갔다. 우당탕탕! 소리를 내며 급히 계단을 내려갔다. 계단 아래 서 있던 집사가 의아한 눈으로 그녀를 쳐다보았다.

"오빠는 어디 있죠?"

"예에…… 백작님께서는……."

급한 에이린의 질문에 집사는 참을 수 없을 만치 느릿느릿 대답했다.

"빨리 말하지 못해요?!"

"……영지에 계십니다."

"영지라면…… 마르티누스?"

"아마도."

애매하기 그지없는 집사의 대답은 에이린의 성질을 돋우기에 충분한 것이었다. 너무도 느긋하고 애매한 집사의 이런 성격은 에이린과 자주 마찰을 일으키곤 했다. 하지만 지금은 그런 걸 따지고 싶지 않았다. 우선은 빨리 하논을 만나봐야 하니까.

집사가 다음 말을 채 꺼내기도 전에 에이린은 저택 밖으로 뛰어나갔다. 이상하게 건조해져 가는 대기를 뺨으로 느끼며 그녀는 흙먼지 이는 길을 달려나갔다. 무엇 때문에 이렇게 달리는지 스스로도 제대로 알지 못한 채.

18

　동굴의 통로는 엄청나게 길었다. 스시리아너가 마법으로 옷을 말려주지 않았다면 체온이 떨어져 고생했을 거란 생각이 들 정도로 길었다.

　처음엔 그럭저럭 흥에 젖어 동굴 통로를 걷던 그들도 시간이 지날수록 점점 말이 줄어들어 버려 결국은 묵묵히 걷기만 하는 상태가 되어버리고 말았다. 지겨울 정도의 길이였다. 스시리아너는 결국 짜증을 냈다.

　"이게 뭐야……! 왜 이리 길어……."

　동굴 안의 풍경은 아름다웠다. 군데군데 물이 고여 있는 곳에서는 동굴 진주라고 불리는 동글동글한 돌, 케이프 펄도 여럿 보였다. 의심할 데 없는 천연의 동굴이었다. 석고의 결정이 만들어낸 하얀 결정체는 동굴 벽면에 하얀 꽃이 피어 있는 것 같아 절로 감탄을 자아내었다. 기묘한 모양의 종유석도 볼거리였고, 동굴 벽면에서 반짝거리는 광물은 벽면에 뿌려진 작은 은하수같이 보였다. 그 광물은 일종의 발광석(潑光石)이었는데, 그 덕분에 동굴이 어느 정도 밝혀져 불을 켜지 않고도 그냥 걸을 수가 있었다.

하지만…….

"이제 구경도 정도 나름이야…… 지겨워."

"그럼, 잠시 쉴까."

모두들 이젠 지쳤다는 듯이 우르르 주저앉아 버렸다. 계속 걸었더니 너무 피곤했다.

이 동굴은 생각했던 것보다 험한 곳이었다. 평평한 길을 쭉 따라가기는커녕, 심하게 경사져 있거나 아예 끊어진 곳이 연속되어 있어서 거의 암벽 등반하는 기분으로 나아가야만 했다. 동굴 벽 사이의 좁은 틈새를 간신히 통과하고 나면 바로 급한 경사의 내리막이 있어 거의 굴러떨어지다시피 내려가기도 하고, 심하게 울퉁불퉁한 바닥을 걷느라 비틀비틀 나아가기도 했다. 걷기에는 상당히 안 좋은 지형인 셈이었다.

"정말 이거 장난이 아닌데."

"역시 아브렌이 보통 물건이 아니라는 의미일까? 정말 없으면 억울하겠어. 이렇게 고생을 했으니……."

"글쎄……."

다리므는 고개를 갸웃했다. 문득 처음 들어왔을 때 보았던 문구가 떠올랐기 때문이었다.

"고생스럽긴 하지. 하지만 어쩌면 아브렌은 찾아내서는 안 될 물건인지도 모르겠어. 고대인들이 그런 문구를 적어놓기까지 한 걸 보면……. 우선 찾으러 오긴 했지만 그렇게 위험한 검이라면 눈에 안 띄는 이런 곳에 두는 게 더 나을지도."

"아니, 그렇진 않아. 그 검이 어디에 있는지 우리들 외엔 전혀 알려져 있지 않다면 그래도 되겠지만…… 지금은 그런 상황이 아냐. 아브렌이 어디에 있는지 물과 대지의 정령들에게 알려져 버렸거든."

스시리아너가 씁쓸한 어조로 대답했다. 어째서 그런 톤을 띠어야 하는지 알 수 없는 말이었지만.

다리므는 잠시 생각에 잠긴 표정을 지었다.

"원래 그건 물의 정령이었던 하딘이 쓰던 검이었지……. 고대인들이 그렇게 적어놓았을 만큼 엄청난 검을 우리가 찾아봐야 어떻게 관리할 수 있을까, 하는 생각도 들어. 그들이라면 더 잘 관리할 수 있겠지."

"그럼 왜 찾으러 온 거야? 찾으러 오자고 한 건 너였잖아."

"아아, 미르의 부탁이었거든. 서두르지 않아도 좋으니까 언젠가 시간 날 때 한번 찾아달라고. 특별히 갈 곳 없는 여행이니 이럴 때 한번 와보는 것도 나쁘지 않을 거란 생각에 왔는데……"

"미르가 그런 식으로 부탁을 했단 말이야?"

스시리아너가 미간을 좁히며 질문을 던졌다. 점점 미르의 의도가 무엇인지 알 수 없어지는 그녀였다. 아브렌을 빼앗기기 싫어서 다리므에게 부탁한 거라고 생각했었는데…… 그렇게 느긋한 투의 부탁이었다니.

미르는 대체 무슨 생각으로 다리므에게 그런 부탁을 한 걸까?

"별로 급한 건 아니지만 언젠가는 찾아주었으면 좋겠다고 했어. 시간이 없으면 그냥 천천히 찾아도 된다고…… 그런 부탁을 하는 걸 조금 거리끼는 눈치던걸. 마치 그런 부탁은 하고 싶지 않지만 어쩔 수 없어서 내게 말하는 것 같았어. 그래서 온 거야. 그런 부

탁, 하고 싶진 않지만 어쩔 수 없어하는 태도 때문에……. 미르에
게도 어떠한 사정이 있는 거겠지. 그건 나중에 듣더라도 반드시
아브렌을 찾아내야 할 것만 같은 생각이 들었어. 미르가 그런 태
도를 보일 정도라면 무언가 있는 것일 테니까."

"그렇게 애매하게…… 미르답지 않아."

"글쎄, 난 그런 건 잘 모르겠어. 미르가 대단한 드래곤인 것 같
긴 하지만…… 내가 본 미르는 딘을 졸졸 따라다니던 인상밖에
없어서."

"대단한…… 정도가 아니었어. 미르가드는……."

스시리아녀는 고개를 절레절레 저었다. 실제로 만났던 미르의
인상이 예상과는 많이 달랐던 건 사실이지만 그가 어떤 드래곤인
지 계속 들어왔던 그녀였다. 그가 누구를 나이트로 정하느냐에 따
라 시대의 흐름이 바뀌기도 한다…… 그런 허황된 말을 수십
번도 더 들었던 것이었다.

"미르가드? 미르가드와 미르는 다른 드래곤 아니었나?"

다리므는 이상한 점을 지적하며 고개를 갸웃했다.

"대부분은 미르가드라고 부르지만 본명은 미르라고 하던데. '가
드'는 일종의 명칭이었던 모양이야. 그 점에 대해서는 나도
잘……."

"그게 사실이야? 그게!"

다리므는 눈을 크게 뜨며 거의 소리치듯 물었다. 덕분에 스시리
아녀는 깜짝 놀라 움찔했다.

"맞아. 그런데 대체 왜 그래? 갑자기 소리를 지르고. 깜짝 놀랐
잖아……."

"그러니까 미르가드는 디아나의, 딘의 드래곤이란 말이지……

우리가 말하는 미르가……."

다리므는 횡설수설하듯이 중얼거리고 있었다.

"맞다니까. 그게 뭐 특별히 중요한 사실이라도 되는 거야? 말 좀 해봐. 같이 놀라게."

"그러니까 미르가 미르가드이고 미르가드는, 그러니까 미르가드 는 라드훤과 같은 나이트…… 그럼…… 그렇다면…… 이게……."

"정신차려, 다르!"

계속 횡설수설하는 다리므를 보다못한 렌스가 그의 고개를 거 칠게 들어올렸다.

"아……."

렌스의 청보라색 눈동자가 다리므의 시야에 정면으로 들어왔다. 그제야 다리므는 혼란스런 의식에서 간신히 깨어날 수가 있었다.

"왜 이러는 거야? 그 말이 무슨 의미가 있길래?"

"우…… 뭐냐, 렌스. 말 안 하면 죽인다…… 는 듯한 눈빛으로."

"헛소리하는 걸 보니 제정신이군."

"이, 이봐, 렌스. 문장이 조금 이상하다고 생각지 않아? 헛소리 는 원래 제정신이 아닐 때 하는 말 아니었냐?"

"가끔씩 예외도 있는 법이니까. 아무튼 왜 그러는 거야? 갑자 기……."

렌스의 말에는 약간의 걱정스러움이 섞여 있었다. 이런, 또 걱정 하게 만들어 버린 건가. 렌스에겐 언제나 기대기만 해서 미안한 마음뿐인데 매번 이런 식이라니. 다리므는 일부러 장난스런 웃음 을 머금으며 몸을 일으켰다.

"됐어. 좀 헷갈렸을 뿐이야. 아무튼 이제 충분히 쉬었으니까, 이 만 가자."

"너만 '충분히' 냐? 난 아직 안 충분하니까 앉아."

렌스는 그대로 다리므의 어깨를 눌러 그를 앉혀버렸다. 다리므
는 잠깐이라도 버텨보려고 했으나 역부족이었다. 힘으로는 도무지
렌스를 당해낼 수가 없었다. 어렸을 때부터 그랬긴 했지만.

"하여간에 이 자식은 힘만 무식하게 세서 항상 힘으로 해결한
다니까."

다리므는 결국 툴툴대며 주저앉을 수밖에 없었다.

"내 힘이 뭐가 세다고 매번 투덜대는 거냐? 아무튼, 뭘 착각했
다는 거야? 그거나 좀 듣자, 쉬는 김에."

"그냥 잊어버려. 별거 아니었으니까."

"그래도 듣고 싶다면 어쩔 거야?"

"그렇게까지 듣고 싶어? 이런, 할 수 없군……"

다리므는 고개를 절레절레 저으며 장난스런 어투로 말을 이었
다.

"시스가 미르…… 라는 대단한 드래곤과 함께 세계 정복을 꿈
꾸고 있을 거란 생각이 들었거든. 에휴, 생각만 해도 끔찍해. 시스
가 지배하는 세상은……"

"뭐야?"

옆에 있던 스시리아녀가 날카롭게 반응해 왔다.

"아아, 진정해. 그러니까 별로 신경 쓸 만한 생각은 아니라 이거
지."

"너, 지금 그 말을 나보고 믿으라는 거냐?"

렌스가 한숨을 푹 내쉬며 다리므를 쳐다보았다. 하지만 다리므
는 너무도 당연한 어투로 대답해 왔다.

"그럼 날 못 믿겠다는 거냐? 이봐, 렌스. 넌 아무래도 신뢰가 부

족해. 당연히 믿고 따라야지. 안 그래?"

"내가 널 왜 따라, 임마!"

"어어, 그럼 안 되는데…… 아무튼, 이제 정말 가자. 뭐가 튀어나올지 모르는 이런 곳에 오래 있는 건 안 좋잖아. 아브렌이 어떤 것인지에 대해서는 찾고 나서 생각해야지……."

"내가 한 말은 그게 아니잖아."

"글쎄…… 아무래도 상관없지 않아?"

"으이구……."

렌스는 더 이상 말해 봐야 소용없겠다는 것을 깨달은 듯이 고개를 저어버렸다.

"이만 가자. 어쨌든 간에 아브렌을 찾아보긴 해야 하지 않겠어?"

앞서 걷는 다리므를 따라 모두 다시 길을 걷기 시작했다. 그때 뮤트가 문득 생각났다는 듯이 중얼거렸다.

"그런데 미르가 아브렌을 찾아달라고 부탁했다면, 그 이후 아브렌의 관리는 미르가 하면 되는 거 아냐? 무슨 생각이 있으니까 찾아달라고 하는 거 아닌가?"

"아, 정말."

"역시…… 우리들의 진지한 대화라는 게 다 이렇지. 진지한 척하면서도 결국은 아무런 내용이 없단 말이야."

*　　　*　　　*

"나참, 이러려면 왜 한번 점령했던 겁니까?"

리안은 아바스 백작의 성을 내려다보며 기가 찬다는 듯이 중얼거렸다. 이곳은 성에서 그리 멀지 않은 언덕이었다. 그리 높지 않은 언덕인데도 잘 발달된 시골 마을 같은 소도시의 시가지가 한눈에 들어왔다. 그리고 아바스 백작의 성까지 덤으로 시야에 들어와 있었다. 영지는 그렇다 쳐도 성마저 한눈에 들어오다니, 아바스 백작은 대체 무슨 생각으로 성을 저런 위치에 세웠는지, 의심스러울 뿐이었다.

"잠깐이라도 저 성이 점령당했다는 소문이 나야지 아바스 백작을 끌어들일 수 있지 않겠나. 한번 수도에 올라간 사람을 다시 돌아오게 하려면 그것보다 좋은 방법이 없으니까. 웬만한 소동으로는 내려오려 하지 않을 테니. 그리고 성 내부에 장치를 해둘 수도 있고……."

베기스는 여전히 느긋했다. 여유있다기보다는 능글맞은 태도에 리안은 코웃음을 쳤다.

"그리고 그 차(茶)도 가지고 나올 수 있었겠지요."

"허어…… 그건 어디까지나 부수적인 거라네. 아무튼 자네, 어지간히도 심사가 뒤틀려 있는 모양이군? 평소에는 그 닭살 돋는 태도를 잘도 유지하고 다니더니만, 갑자기 이러는 건 또 뭔가? 그리고 또, 아무리 기분이 나빠도 다리므에게는 생글생글 웃으며 대화를 했으면서 나에게 화풀이를 다 하는 건 대체 뭔가?"

내가 정말 그랬던가? 생각해 보면 그랬던 것 같기도 한데…… 하는 애매한 생각을 하며 리안은 고개를 갸웃했다.

"그거야 인간성의 차이겠지요."

'내 성질이 더럽다는 말로밖에 안 들리네만.'

"정확하십니다 그려……. 다리므는 단순해서 친절하게만 대해주면 의심을 안 하죠. 그러니 친절하게 대할 수밖에. 하지만 당신은 친절하게 대해도 우선 의심부터 하잖습니까? 이러나저러나 똑같은데 내가 당신에게 왜 친절하게 굽니까? 차에 환장한 중년 아저씨에게 대가도 없는 친절을 베푸는 건, 기분 좋을 땐 그럭저럭 감수할 수 있어도 기분 나쁠 땐 귀찮은 겁니다. 뭐, 상대가 미모의 아가씨라면야 나의 친절을 의심해도 끝까지 친절하게 대하게 될지도 모르지만 말입니다."

"오오…… 끝내주는 목적 의식이구만. 역시 가장 조심할 건 친절한 사람이라는 옛말이 틀리지 않았어……."

베기스는 리안의 무례한 말에 오히려 감탄하는 표정을 지었다. 리안은 그런 그의 반응이 맘에 들지 않는다는 표정이었으나 이내 금방 긴 말을 풀어놓기 시작했다.

"유괴범이 아이들에게 가장 친절하고, 사기꾼이 가장 칭찬을 잘하죠. 사이비 교주가 가장 설교를 잘하고, 인심을 얻어서 멋대로 휘두르려는 정치가가 자선 단체에 가장 많은 기부를 하지 않습니까? 인심이나 신망을 얻을 생각 없이 기부하는 이들은 아무리 전 재산을 내놓아도 정치가들이 선심 쓰듯 던져 버리는 돈보단 적은 액수일 수밖에 없죠. 목적 의식 없이 기부하는 이들은 그렇게 많은 돈을 벌 수 있을 만큼 현실적인 성격이 아닐 테니까요. 어느 정도의 자리에 오르려면 대가가 필요한데, 요즘 세상에 그 대가가 노력뿐이겠습니까? 때로는 비열한 짓도 하고 때로는 양심도 팔아야겠지요. 그런 걸 거부하고 똑바른 길로만 나아가려 한다면 평생을 제대로 이룬 것 없이 살아야 할 겁니다. 아니, 뭐 꼭 알면서 그런 짓을 하지 않아도 그런 행동은 암묵적으로 이루어집디다. 오를 수 있는 자리는 정해져 있고, 그걸 노리는 사람은 많으니까. 누군가가 어떠한 업적을 이루었다는 말은 반대로 다른 사람들이 그걸 이루지 못하고 떨어져 버렸다는 걸 의미하잖습니까? 겉으로 드러내놓고 하든 암묵적으로 하든, 세상은 약육강식이죠. 서로 잡아먹고 사는 겁니다. 그리고 그렇게 효과적으로 잡아먹은 사람들이 가장 큰 액수로 가난한 사람들을 도울 수가 있죠. 그런 사람들은 많은 돈을 가지고 있어도 기부를 하려 하지 않는다는 데서 문제가 생기긴 하지만, 목적 의식이라는 것이 여기서 진가를 발휘합니다. 그들은 어떠한 목적 때문에 돈을 냅니다. 때로는 선심 쓰기 위해, 때로는 신망을 얻기 위해. 사람들은 그런 그들의 태도를 체면치레라고 욕합니다만, 결과적으로는 그 돈이 가난한 사람들에겐 희망이 되죠."

리안의 말에 베기스는 잠시 생각에 잠긴 듯한 표정을 지었다. 그리고는 이내 진지한 표정으로 나지막한 한마디를 내뱉었다.

"자네…… 전략가보단 사이비 교주가 어울리겠어…… 거기다 몇 마디만 덧붙이면 끝내주겠는걸. 보아라! 세상은 이렇게 멸망해 가고 있다! 그러니 살아남으려면 헌금을 바쳐라!"

"말이야 갖다 붙이면 다 되는 게 아닙니까? 아무튼 정말 이대로 아바스 백작이 헐레벌떡 달려올 때까지 기다릴 겁니까?"

베기스가 말한 계획이란 이런 것이었다. 아바스 백작을 치긴 쳐야 하겠는데 수도에서 정면으로 대결해선 어렵다. 다켄 백작이나 다른 세력가들의 군대도 상대해야 하니 수도에선 이길 수가 없다. 그러니 아바스 백작의 성을 쳐서 아바스 백작이 헐레벌떡 이쪽으로 돌아오게 만든다. 우리는 그가 돌아오는 기미가 보이면 그 직전에 슬쩍 성에서 물러나 아바스 백작이 다시 성을 차지하게 한다. 그리고 그들이 모두 성안에 들어갔을 때 미리 설치해 두었던 내부 장치를 이용해 혼란에 빠뜨리고 많은 수를 살상한다. 마법적

장치를 많이 설치해 두었으니 그들은 이내 혼비백산해서 성에서
뛰쳐 나올 것이다. 그럼 우리는 성문 앞을 지키고 있다가 나오는
족족 죽인다. 우르르 쏟아져 나와봐야 성문이라는 제한된 공간을
한번에 통과할 수 있는 수는 제한되어 있으므로 우리가 부담을
가질 만큼 많은 수를 상대해야 할 일은 없을 것이다……

"지루한가? 나도 지루하다네. 아바스 백작이라는 자식, 생각보
다 꾸물대는구만."

"그게 아니라, 과연 그들이 몽땅 다 성으로 들어갈까…… 하는
겁니다."

"응? 그게 무슨 소린가?"

"어쩌면 아바스 백작은 정찰병을 보내 우리가 성에서 물러난
것을 확인하고는 군사의 절반 정도만 성에 들어가게 하고, 나머지
절반을 다시 이끌고 나갈지도 모른다는 말입니다. 아니, 절반까진
아니겠지요. 4분의 1이라도 이 성 정도는 지킬 수 있을 거라 생각
할 테니까요. 원래 성이란 방어하기 유리하도록 만들어진 건물 아
닙니까. 저 성이 비어 있다는 것을 확인하고 나면 그는 그걸 믿고
나머지 군사들은 그대로 수도로 돌릴지도 모릅니다. 군사를 한번
성에 넣었다가 다시 나오게 하려면 시간이 꽤 걸리고 복잡하니까
말입니다. 수도의 상황이 그렇게까지 급한 것은 아니지만, 그에게
는 급할 겁니다. 꾸물거리다간 다켄 백작에게 주도권을 빼앗길 테
니까요."

"흐음, 듣고 보니 그렇군. 그럼 어쩌자는 건가?"

"이 언덕에선 시가지가 다 보입니다. 이곳에 궁수와 마법사를
배치해 소도시 내로 들어오는 군대를 치는 겁니다. 그런 식으로
그들을 성으로 몰아넣는 게 나을 겁니다. 이곳에서 맹렬히 공격해

성안이 가장 싸우기 좋고 안전한 장소라는 인상을 심어주는 겁니다. 다행히 이곳은 지대도 높고 바람도 이쪽에서 아래쪽으로 부는 방향이 우세합니다. 그건 햇볕이 닿는 방향과 지질에 따른 온도차 때문인데……."

"아, 원리는 됐네."

"아무튼 바람 방향도 유리합니다. 이런 바람으로는 이 위에서 아래로 쏘는 화살은 바람을 타 속도가 빨라지지만, 아래에서 위로 쏘는 화살은 속도가 느려져 바닥에 떨어지거나 피해낼 수 있게 됩니다. 그러니 그쪽에서 궁수로 응해와도 우리가 위협을 느낄 정도는 안 될 겁니다. 아바스 백작의 성이 이 언덕 위에 있었다면 공격하기 정말 곤란했을 겁니다. 아까 우리가 성을 차지했던 빈집털이 방식도 안 먹혀 들어갔을 테니까요. 하지만 그는 멍청하게도 이곳에서 다 내려다보이는 장소에 성을 세워 우릴 편하게 해주는군요. 이래서 지형의 고저가 전술에서 중요한 겁니다. 높은 곳이란 위치 에너지를 가지고 있는 장소인 데다가 시야도 자유롭게 해주죠. 이곳에서 공격한다면 우리는 바람 방향의 유리함과 고지의 유리함을 함께 가지고, 또한 기습이라는 효과적인 방법을 함께 사용하는 게 됩니다. 잘하면 이곳에서의 공격만으로 전멸시킬 수도 있을 겁니다."

"흐음…… 그렇군."

베기스는 수긍하는 표정을 지으며 고개를 끄덕거렸다. 그러나 바로 그 다음 순간 그는 화들짝 놀라며 리안을 쳐다보았다.

"제안만 하면 뭐 하나? 빨리 배치를 해야지! 아바스 백작은 곧 올 텐데……!"

베기스가 헐레벌떡 언덕을 뛰어내려가려 하자 리안이 귀찮은 듯 중얼거렸다.

"이 근처에 배치되어 있는 궁수들이 안 보이는 겁니까?"

"저기, 신경 써야 할 게 생긴 것 같은데……."

묵묵히 걷던 뮤트가 갑자기 주변을 둘러보더니 의미를 파악하기 힘든 말을 끄집어내었다.

"왜 그래? 갑자기……."

"혹시 신성 마법 쓸 줄 아는 사람……."

뮤트는 여전히 의미를 알 수 없는 말을 꺼내고 있었다. 그런 뮤트의 태도에 맞추기라도 하듯이 모두들 일제히 고개를 저었다.

그때였다.

가가각…….

갑자기 동굴 벽을 긁는 소리가 저편에서 들려왔다. 정체를 알 수 없는 무엇이 점점 다가오고 있는 것 같은 소리였다. 모두들 놀란 표정으로 뮤트를 쳐다보았지만, 뮤트는 여전히 이해할 수 없는 말만 내뱉었다.

"신성 마법을 쓰지 못한다면 상당히 골치 아플 것 같은데……."

벽을 긁는 듯한 소리는 점점 커져 갔다. 그제야 모두들 그 소리는 벽을 긁는 소리가 아니라 바닥에 무언가가 질질 끌리는 소리라는 것을 깨달았다. 저 정도 소리라면 상당히 클 것도 같은데…….

"아무튼 이렇게 멍청히 계속 걷고 있을 때가 아니잖아! 멈춰!"

멍하니 중얼거리며 한없이 걸어가는 뮤트를 스시리아너가 잡아당겼다. 그제야 뮤트는 계속 나아갈 때가 아니라는 사실을 깨달은 듯이 발을 멈추었다.

"참…… 이럴 땐 우선 걸음을 멈추고 어떻게 해야 할까 생각해야겠지?"

"그런 걸 일일이 따져 가며 실행하는 사람은 너밖에 없어. 반사적으로 멈추어야지. 그런데 신성 마법이 필요하다는 건 무슨 의미야?"

"아아, 이곳에는 먹고 살 만한 게 없잖아. 이상하게도 박쥐나 벌레도 안 살고 있는 것 같으니……."

"뭐?"

"먹을 게 없다면 몬스터도 살 수 없지…… 살아 있지 않은 언데드Undead 몬스터만이 이런 곳을 지키고 있을 수 있을 거야."

그제야 뮤트의 말이 무엇을 의미하는지 알아들은 스시리아너는 그 쉬운 말을 그렇게 희한하게 끄집어내서 헷갈리게 만드냐는 듯이 고개를 절레절레 저었다. 무엇 때문에 그런 수수께끼 같은 말을 내뱉었나 하고 고개를 갸웃하고 있던 일레이가 가볍게 미소 지으며 뮤트를 쳐다보았다.

"턴 언데드Turn Undead 말이지요? 제가 쓸 줄 알아요."

턴 언데드. 살아 있지 않은 존재인 언데드 몬스터를 원래의 시체나 뼈다귀로 돌아갈 수 있게 하는 마법. 사실 그 마법없이 언데드 몬스터를 상대하는 건 엄청나게 귀찮고 피곤한 일이었다. 육체는 이미 죽었지만 마력에 의해 움직이기에 아무리 조각을 내어놓아도 끝까지 꿈틀대며 공격해 오는 것들이니까.

"아, 맞아. 일레이는 마룡이었지……."

사실 마법에 대해 기초 지식만을 가지고 있다 하더라도 이런 질문을 할 필요는 없었다. 정신과 기(氣), 혹은 마력 그 자체를 조종하는, 형체없는 마법이라고 불리는 것이 흑마술. 그리고 그 흑마술을 다루는 종족이 마족과 마룡이니까.

턴 언데드는 흑마술 중에 그리 어려운 마법도 아니었다. 일레이가 그 마법을 쓸 줄 안다는 건 당연한 사실인 셈이었다. 하지만 뮤트는 그 사실을 잊어버리고 복잡하게 말을 끄집어내었던 것이다. 스시리아녀가 정신 좀 차리라는 시선으로 뮤트를 쳐다봄과 동시에 동굴 전체가 울리는 듯한 큰 소리가 울려퍼졌다.

쿠구궁!

눈앞에 펼쳐져 있던 긴 통로 저편에서 희한하게 생긴 물체가 드디어 모습을 드러내기 시작했다. 언데드 중에는 반쯤 썩어가는 시체도 있기에 모두들 시각적인 괴로움은 각오하고 있었다. 하지만 정작 몬스터의 모습이 눈앞에 드러나자 모두들 할말을 잃어버리지 않을 수가 없었다.

"저…… 게 뭐야……."

그것은 거대한 문어 같은 몸통을 가진 몬스터였다. 거대한 문어의 몸통에 여러 개의 문어 다리가 달렸고, 그 아래 굳건한 두 개의 인간형 다리가 그 문어 몸통을 지탱하고 있었다. 아무래도 처음에 들렸던 소리는 문어 다리가 질질 끌려오는 소리였던 모양이었다. 그리고 문어의 몸통 위에는 길다란 뱀 대가리가 세 개 있어 각각의 방향으로 흔들리며 쉭쉭거렸다.

어쩐지 끔찍하기 이전에 우습다는 생각이 들게 하는 몬스터였지만, 어떻게 상대해야 할지 도무지 감이 안 잡히는 형태라는 점에서 충분히 훌륭한 모습이었다. 시각적인 괴로움이 아니라 이성적인 괴로움을 몰고 오는 형태인 셈이었다.

"여, 엽기적이군."

"하딘…… 이란 사람의 취미가 의심스러워져……."

"동감이에요······."

모두들 질렸다는 표정을 지으며 그 몬스터를 쳐다볼 수밖에 없었다. 빨리 무언가 대응책을 세워야 하긴 하겠는데, 도무지 어떻게 해야 할지 생각이 떠오르질 않았던 탓이었다. 저런 몬스터는 그들 중 그 누구도 본 적이 없었고, 전설로 전해지지도 않았고, 들은 적도 없었다. 심지어는 꿈에서조차 본 적이 없었다.

"쉽지 않을 것 같은데······."

뮤트는 애써 불안한 표정을 지으며 검을 뽑았다. 그러나 바로 그 다음 순간, 그녀는 뽑아낸 검에서 물이 줄줄 흘러내리는 장면을 목격해야만 했다. 호수에 잠수할 때 검을 차고 있었다는 사실을 깜박 잊어버렸던 것이다. 덕분에 검날을 한동안 물에 푹 담그고 있었던 꼴이 되어버리고 말았다.

"히익, 맞아. 나도······."

렌스도 그제야 생각났다는 듯이 검을 뽑아 들었다.

주르륵—

역시 그의 검에서도 예외없이 물이 흘러내렸다.

"맙소사······ 앞에는 희한한 몬스터, 옆에는 바보들이라니······."

스시리아너는 주문을 외우다 말고 기가 막히다는 듯이 중얼거렸다. 그 순간 앞에 있는 몬스터의 문어 다리 중 네 개가 채찍처럼 이쪽으로 날아왔다.

휘이익!

"크래쉬Crash!"

일레이의 외침과 함께 다리 하나가 보이지 않는 벽에 맞고 팅겨나가듯 허공에서 뒤로 팅겼다. 다리므도 그런 모습을 보며 입속으로 짧은 주문을 외웠다.

이윽고 날카로운 바람이 일어나 남은 세 개의 문어 다리들을 감쌌다. 목표한 것을 베어버리는 바람 계열 중급 마법 게일 컷터 Gale Cutter였다. 이런 동굴 안에서 쓰기에는 조금 강한 마법이 아닌가 하는 생각이 들기도 했지만, 정체를 알 수 없는 몬스터이기에 우선 강경하게 나가본 것이었다.

하지만 세 개의 문어 다리들은 바람에 밀려 꿈틀거리기만 할 뿐, 베어져 나가지는 않았다. 다리므가 사용한 마법이 웬만한 것은 다 베어버리는 것임을 알아본 일레이는 당혹스러운 표정을 감추지 못했다.

"베어지지 않다니……."

"으음…… 아무래도 상당히 질긴 다리인 모양인데…… 저걸 말려서 식량으로 한다면 씹히지도 않겠어……."

다리므는 곤란한 표정을 지으며 계속 마력을 쏟아부었다. 하지만 문어 다리들은 계속 꿋꿋이 버티며 베어지지 않았다. 결국 다리므 쪽이 먼저 포기할 수밖에 없었다.

"무언가 이상해. 언데드 몬스터는 아닌 것 같은데……."

뮤트의 미심쩍어하는 중얼거림과 함께 다리므는 바람을 거두었다. 그리고 막고 있던 바람이 사라진 세 개의 문어 다리는 그대로 쏘아져 나오듯이 이쪽으로 맹렬히 날아왔다.

"맞아……."

렌스가 검을 고쳐 쥐며 뮤트의 말에 동의했다. 세 개의 문어 다리는 모두 이쪽으로 날아오고 있으면서도 각자 다른 각도로 움직이고 있었다. 이 자리에 가만히 있어서는 전부 막아낼 수 없을 것 같아 뮤트는 그대로 앞으로 뛰어나갔다.

"……생명력이 없어……."

찰싹—!

모두 각자의 방법으로 피해낸 덕에 문어 다리들은 바닥만 세차게 내리쳤다. 강한 충격에 부서져 나간 돌덩이들이 사방에 날리며 잘게 부스러진 발광석이 찬란한 빛을 흩뿌리며 공중을 날았다.

"……살아 있는 게 아냐! 언데드나 마리오네뜨Marionette가 아닌데도……."

혹시…… 이것도 실패한 실험체? 뮤트는 자기도 모르게 입술을 깨물며 바로 앞의 바닥에 부딪힌 문어 다리에 일격을 가했다.

퉁!

그러나 꽤 힘이 들어간 일격이었음에도 불구하고 그 문어 다리는 베어지지 않았다. 기타 줄이 튕기는 소리가 나며 그대로 뮤트의 검이 튕겨나가 버렸다.

'엄청난 탄력이다……. 검이 안 들어갈 줄이야…….'

문어 다리에서 전해온 강한 탄성력에 뮤트는 그대로 위쪽으로 튕겨오를 수밖에 없었다. 뒤로 넘어가는 시야를 통해 또 다른 문어 다리가 날아오르는 것이 보였다. 뮤트는 그대로 몸을 날려 뒤쪽에 있는 문어 다리에 검을 꽂았다. 이번에는 떨어지는 힘까지 실은 공격이었다. 하지만 이번에도 결과는 별로 다르지 않았다. 뮤트는 다시 튕겨져 나가 동굴 벽에 부딪혔다. 다행히 그리 세게 부딪히지는 않아 벽면을 타고 미끄러지기 전에 팔을 뻗어 동굴 벽에 매달릴 수가 있었다.

아래를 내려다보니 다른 사람들의 상태도 별로 좋아 보이지가 않았다. 스시리아녀와 다리므의 마법이 어느 정도 먹혀들어 가고 있는 것 같긴 하지만 큰 타격을 입히지는 못하는 것 같았다. 상대해야 할 것이 문어 다리뿐이라면 접근전을 노려볼 만도 하건만,

세 개의 뱀 대가리가 있는 탓에 접근전도 쉽지 않을 것 같았다. 지금은 원거리라서 문어 다리만을 사용하고 있지만 조금만 가까이 가면 뱀 대가리가 즉각 공격해 올 터였다. 만약 뱀의 이빨에 독이라도 있으면 상황은 더 복잡해질 수밖에 없었다.

'하지만 역시 접근전밖에 없어…….'

뮤트는 검을 고쳐 쥐었다. 그리고는 그대로 발로 벽을 박차며 몬스터에게 뛰어들었다.

예상대로 문어 다리 중 하나가 뛰어내리는 뮤트를 향해 쳐올라왔다. 뮤트는 검을 앞으로 내리쳤다. 위로 빠르게 올라오던 문어 다리와 아래로 내리치는 그녀의 검이 부딪치면서 뮤트는 또다시 뒤로 밀려났다. 뮤트의 체중이 그리 무겁지 않은 탓에 뛰어내리는 식의 공격이 제대로 먹혀들지 않는 모양이었다.

뮤트는 그대로 포물선을 그리며 떨어져 내렸다. 그리 높이까지 떠오르진 않았기에 금방 바닥에 착지할 수 있었다. 운이 좋았는지 뮤트가 내려선 곳은 꿈틀거리는 문어 다리의 틈으로, 평평한 동굴 바닥이 있는 곳이었다.

펑!

뮤트의 머리 위에 떨어져 내려오던 문어 다리 하나가 갑자기 폭발음과 함께 위로 튕겨져 나갔다. 일레이의 마법이었다. 뮤트는 그대로 앞으로 내달렸다. 이대로 달려가 접근전을 시도할 생각이었다.

쉭쉭거리는 뱀 대가리의 시선이 이쪽에 모이는 것이 느껴진다. 점점 몸통을 향해 다가가는 뮤트에게 위기감을 느꼈는지 근방에 있던 문어 다리가 전부 방향을 틀어 이쪽으로 날아 들어오기 시작했다.

피할 수는 있었다. 하지만 그렇게 하면 십중팔구 저 문어 다리들의 탄력성에 밀려 뒤로 밀려나게 돼버리고 말 터였다. 그렇다면 기회를 잃는 셈이 된다.

뮤트는 검을 잡은 손에 힘을 주었다. 그리고 숨을 깊이 들이마셨다.

"하압—!"

긴 외침과 함께 뮤트의 검은 아래쪽에서 비스듬하게 위로 길게 휘둘러졌다. 다른 이들에겐 무언가 은빛으로 빛나는 것이 번쩍하고 지나간 것처럼 보였을 만큼 빠른 동작이었다.

써걱!

순간 놀라운 탄력으로 모든 걸 튕겨내던 문어 다리 네 개가 순식간에 우르르 잘려나갔다.

검조차 들어가지 않았던 문어 다리가 단번에 네 개나 우르르 잘려나가자 뒤쪽에 있던 일레이는 자신도 모르게 탄성을 내뱉었다.

"우와……."

고개를 뒤로 돌려 쳐다보니 잘려나간 문어 다리 조각들은 아직도 꿈틀대고 있었다. 마지막 발악을 하고 있는 모양이었다. 그래봐야 몇 분 못 가지, 하는 생각을 하며 시선을 떼려고 했다.

그러나 그 순간 문어 다리 조각이 꿈틀거리는 동작이 굉장히 커졌다. 잘려나간 신체 일부가 꿈틀거리며 경련을 일으키는 수준을 넘어서는 동작이었다. 이건 마치 되살아나는 것만 같은…….

찌익—

기분 나쁜 소리와 함께 조각들은 각각 세로로 길게 찢어져 나가더니 각각 여덟 개의 다리를 가진 작은 문어가 되었다. 어떻게 막을 생각도 하기 전의, 순식간에 일어난 일이었다. 그리고 네 개의 작은 문어들은 문어 다리였을 때의 탄성을 그대로 이용해 바닥에 튕기며 이쪽으로 몰려들어 왔다.

'저런……! 잘려나간 조각마저……'

막 뱀 대가리 하나를 베어내려던 뮤트는 뒤를 돌아보고는 낭패감을 느꼈다. 이 희한한 몬스터는 아무래도 플라나리아 같은 번식력을 지닌 모양이었다. 잘라내면 잘라진 조각이 새로운 개체가 되어 퍼져 나가는…… 이래서는 아무리 베어봐야 오히려 상황을 더 불리하게 만들어나갈 뿐이었다. 지금 뒤쪽에 퍼진 정도로는 다들 잘 막아내겠지만…….

'저 뱀 대가리마저 저런 재생력을 가지고 있는 게 아니어야 할 텐데……'

뱀 머리에는 문어 다리 같은 탄력성은 없었다. 뮤트가 검을 길게 휘두르자 뱀 머리 하나가 그대로 일격에 잘려나갔다.

푸아악—!

듣기 싫은 소리가 나며 잘려진 목에서 암적색 피가 쏟아져 나왔다. 피를 뒤집어쓰지 않기 위해 뮤트는 한걸음 뒤로 물러섰다. 하지만 잘려진 목이 심하게 꿈틀거리며 뮤트에게 피를 흩뿌렸다. 덕분에 순간적으로 시야를 제압당하고 말았다. 한순간이었지만 뮤트의 눈앞에는 시커먼 피밖에 보이지 않았다.

쉬익—

검붉게 물든 시야 너머로 다른 뱀 대가리가 다가오는 소리가 들렸다. 뮤트는 반사적으로 앞을 향해 검을 휘둘렀다. 손끝을 통해, 그리고 검을 잡은 손으로, 팔목으로, 팔로 익숙한 감촉이 전해져왔다. 부드러운 살을 검으로 그어버리는 섬뜩한 느낌이었다.

끈적하고 기분 나쁜 액체가 왼쪽 어깨 위로 주르륵 흐르더니 이내 물컹한 살덩어리가 뮤트의 왼쪽 어깨를 툭 치며 흘러 내려 갔다. 뮤트가 휘두른 검에 잘려나간 뱀의 혀였다.

그리고 뮤트가 그 끔찍한 감각에 몸서리를 치는 동안, 날카로운 무언가가 그녀의 왼쪽 어깨를 파고들어 왔다. 뱀의 왼쪽 윗니였다. 혀가 잘려나가자 그대로 머리를 아래로 내리쳐 윗니를 뮤트의 어깨에 꽂은 것이다.

아무래도 이 뱀에는 독이 없는 모양이다. 날카로운, 그러나 정신을 일깨워주는 어깨의 통증. 뮤트는 어느새 차가운 미소를 짓고 있었다. 어깨에 뱀의 이빨이 얕게 박힌 그대로 몸을 돌려 그 뱀 대가리를 검으로 내리쳐 버렸다.

뱀 대가리는 그대로 잘려나갔다. 충격을 이기지 못해 튀어나온 흰 안구가 보였다. 핏줄이 뚜렷이 선 게 흉칙하다. 다시 쏟아지는 차가운 암적색 피…….그래…… 뱀은 냉혈 동물이었지…….

그리고…….

이런 식으로 나머지 뱀 대가리도 갈라버리면 이놈을 죽일 수…….

"안티 매직 존Anti Magic Zone!"

갑자기 뒤쪽에서 스시리아너의 분명한 목소리가 들려왔다. 그와 함께 눈앞에 서 있던 몬스터가 가루가 되어 부서져 나가듯 파스스 사라져 버렸다.

거짓말 같은 상황이었다. 너무도 황당한 나머지 뮤트는 그 자리에 서서 눈만 깜박일 수밖에 없었다.

"어라…… 진짜 환각…… 이었잖아?"

자기가 마법 봉쇄 마법을 써놓고도 놀라워하는 스시리아너의 모습이 보인다. 상황 자체가 황당한 것이긴 했지만…….

"뭐야…… 안 믿고 썼던 거야?"

별로 안 믿긴다는, 얼떨결에 마법을 썼더니 되었다는 식의 스시리아녀의 말에 렌스가 이해할 수 없다는 듯이 대꾸했다. 어떻게 눈치챘는지는 모르겠지만, 저 몬스터가 환각이라는 걸 눈치챈 렌스가 스시리아녀에게 마법을 쓰도록 시켰던 모양이었다.

"휴우…… 저렇게 실감나는 환각이라니. 멋도 모르고 열심히 싸웠잖아……."

긴장감이 풀렸는지, 다리므는 바닥에 털썩 주저앉으며 한숨을 쉬었다.

"동감이에요……."

맥이 풀려버린 듯한 일레이도 한마디했다.

그래, 이 사람들이 지금 나의 동료들. 모든 것을 제껴놓고 무작정 떠나온, 꿈같이 한심한 여행이라도 함께하는 이들.

그리고…… 나는 뮤트. 다른 그 무엇도 아닌.

뎅그렁!

뮤트는 들고 있던 검을 놓아버렸다. 그리고 무너지듯이 바닥에 털썩 주저앉았다. 동굴의 차가운 표면이 살갗을 타고 느껴지기 시작했다.

환각이었다. 그 희한하게 생긴 몬스터도, 탄력 좋던 문어 다리도, 어깨를 파고들던 뱀의 이빨도, 쏟아져 나오던 암적색 피와 어깨를 치고 떨어져 내리던 혀 조각도, 손목에 생생히 전해오던 베어나가는 감각도, 모든 것이 허상이었다.

뮤트는 두 손을 펼쳐 보았다. 하얀 손이었다. 그 암적색 피를 뒤집어쓴 손이 아니었다. 그 몬스터는 환각이었으니까.

하지만 마지막 순간에 내가 느꼈던 살의(殺意)는, 어떻게 하면 이놈의 숨통을 끊어놓을 수 있을까, 하는 생각은 절대 환각이 아니었다. 놈을 베어나가며 이상한 쾌감을 느꼈던 내 자신은 절대 환각이 아니었다. 나 자신도, 이 현실도 절대 환각이 아니었다.

뮤트는 고개를 떨구었다. 어느새 그녀는 주변에 들리지 않을 만한 작은 목소리로 한마디를 계속 되뇌이고 있었다.

"나는 괴물이 아니야…… 나는……"

            *   *   *

피슉—

화살 하나가 대기를 찢으며 날아가 한 사내의 가슴에 박혔다. 그 사내는 병사였다. 그리 대단치 않은 갑옷을 두른 채 싸움에 참가했던 자였다.

가슴에서 철철 피를 흘리며 굴러떨어지는 그를 보며, 순식간에 시체가 쌓여가는 언덕 아래를 보며 리안은 이제 그만 눈을 감아버리고 싶다는 충동을 느꼈다. 약간의 행운이 겹치기는 했지만, 아바스 백작의 군대는 이제 거의 와해되어 있었다. 승전이 거의 확실해진 셈이었다.

정상적인 지휘관이라면 이럴 때 사방에 뿌려지는 피를 보며 웃어야 하는데 왜 웃음이 나오지 않을까. 잘 훈련된 궁수들의 완벽한 움직임을 바로 옆에서 보고 있으면서도 리안은 고작 쓴웃음밖에 짓지 못했다.

아바스 백작은 지금 저 아래에서 먹히지도 않을 명령들을 연발하며 잔뜩 화가 난 표정을 짓고 있었다. 정말 백작다운 태도라는 생각이 든다. 보통 사람이라면 이런 상황에선 당황하고 겁먹어야 할 텐데도 아바스 백작은 부관에게 화를 내고 있었다. 당혹스러워 하는 모습은 눈 씻고 찾아보아도 없었다.

정말 백작다워…… 저 태도. 어떻게 하면 저놈을 겁먹은 표정으로 만들 수 있을까. 자신의 '위대한' 군대가 간단히 부서져 나가는 것도 별로 쇼크는 아닌 모양인데…… 아아, 그렇지. 병사야 얼마가 죽어도 상관없겠지. 페리어드의 사병들은 싼값에 고용되기로 유명하니까. 금세 다시 채워넣을 수 있으니 저러는 것이겠지.

바닥에 고인 피 웅덩이에서는 속이 뒤집어질 것 같은 피비린내가 끝없이 퍼져 나오고 있었다. 리안은 거의 다 부서져 버린 적군을 내려다보며 이젠 자신이 직접 지휘하지 않아도 될 거라고 간신히 결론을 내렸다. 한참 전부터 뒤로 물러나 있자는 유혹에 시달리던 그였다. 아무리 승전이 확실해졌어도 끝까지 상황을 지켜보고 있어야 하지 않겠냐는 이상한 의무감이 그를 지금까지 이곳에 서 있게 했을 뿐, 그는 적군이 부서지는 모습을 즐길 수가 없었다.

"으아아아악—!"

저 아래에서 또 하나의 병사가 피투성이가 되어 굴러 떨어졌다.

케던 카이사스.

리안은 그 병사의 이름을 알고 있었다. 애써 떠올리지 않으려 했지만 그가 내지른 단말마의 비명이 리안의 머리 속에 그의 이름을 분명히 새겨주었다. 분명히.

'어차피 예상하고 있던 거였어……'

리안은 몸을 휙 돌려 언덕의 반대편으로 내려가기 시작했다. 하급 기사들 몇 명이 그를 보고 가벼운 목례를 했다.

이곳에선 아무도 리안을 쉽게 무시하지 못한다. 아무리 나이가 어리다 해도 사라 왕녀의 신임을 받는 전략가니까. 쉽게 얕잡힐 만큼 실력이 없는 것도 아니니까.

"크아악—!"

저 멀리에서는 아직도 날카로운 비명 소리가 계속 들려오고 있었다. 귀를 막아버리고 싶다는 충동까지 솟아올랐다.

페리어드에서 사병으로 고용되는 이의 대부분은 고아들이었다. 밑바닥에서 거친 생명력만을 키웠을 뿐, 아무런 훈련도 교육도 받지 못한 아이들이 커서 가질 수 있는 직업은 사병뿐이니까.

저 아래에서 죽어가고 있는 병사 중 몇 명은 한때 리안과 함께 뛰어다니며 빵 조각을 훔치고 거리를 누비던 사람들이었다. 아마 그들도 언덕 위에 서 있는 리안을 알아보았을 터였다.

그들이 리안을 원망할 거란 생각은 하지 않았다. 그때 함께 목숨을 걸고 살아갔던 것은 사실이지만, 서로에게 대가없는 우정을 기대할 만큼 속편한 이들이 아님을 잘 아는 리안이니까. 과정이 어땠든 간에 리안은 알테이아의 전략가가 되었고, 그래서 병사들을 죽이는 싸움을 진행시켰다. 그 이상의 설명은 필요없는 것이었다. 병사들의 비명을 들으면서도 리안은 그리 특별한 죄책감 같은 걸 느끼지 않았고, 병사들도 그저 그러려니 하고 생각했을 터였다.

하지만 리안이 그들에 비해 특별히 나아서 지금 이 자리에 서 있는 건 아니었다. 그때, 그 처참한 어린 시절엔 분명히 리안보다 잽싼 아이도, 영악한 아이도, 용감한 아이도 있었다. 지금 리안이 이 자리에 서 있는 건 다만 운이 좋았기 때문일 뿐이었다. 노력? 그때의 아이들은 항상 최선을 다해서 살아갔었다. 유난히도 고아를 싫어하고 무시하는 페리어드의 뒷골목에선 최선을 다하지 않고는 살아남을 수가 없었으니까.

하지만 그렇게 열심히 살아가고도 병사들은 저 아래에서 죽어가고 있었다. 다른 어떠한 감정보다도 리안을 괴롭히고 있는 생각은 바로 그거였다. 그들에겐 아무런 잘못이 없었다. 그들이 특별히 잘못해서 고아가 된 것도 아니고, 행인들의 푼돈을 훔쳤던 것도 그러지 않으면 살아남을 수가 없기에 별수없이 했던 것일 뿐이다. 솔직히 그런 게 어떻게 죄가 될 수 있단 말인가. 어떤 놈들은 별의별 미친 짓을 다 하면서도 잘만 살아가는데, 페리어드의 고아들은 최선을 다해 살면서도 나아지지 않는 삶을 살아야 한다. 재수가 없어서 그래. 다만 재수가 없어서 저렇게 죽어가는 것이다.

다만 그것뿐이다. 누가 좀더 재수가 있었고 재수가 없었나의 차이. 어차피 처음부터 그 어떠한 합리적이고 대단한 이유는 없었다. 우습지만 이놈의 세상은 항상 이랬었다.

그리고 앞으로도 이럴 테지…….

"리안님!"

누군가의 급한 목소리가 내려가던 리안을 멈춰세웠다. 위쪽에 남아 있던 하급 기사였다. 어지간히도 급한 용무인지, 그는 숨을 몰아쉬면서도 단숨에 소리쳐 왔다.

"빨리 이쪽으로 올라와주십시오! 이변이……!"

하지만 굉장히 급히 소리쳤음에도 불구하고 그는 자신의 말을 마치지 못했다. 마지막에 그의 입에서 흘러나온 것은 말이 아니라 선홍색의 핏줄기였다.

푸아악—!

그는 비명도 제대로 지르지 못한 채 반으로 갈라져 버렸다. 피가 쏟아져 나오는 펌프질 같은 소리와 그의 육체가 쫘악 갈라지는 소리가 끔찍스러운 음향으로 덧붙여졌다.

상당히 거리가 떨어져 있었음에도 불구하고 철퍽거리는 피가 몇 방울 리안의 옷에 튀었다. 리안은 순식간에 갈라져 버린 기사의 육체를 보며 그대로 몸이 굳어지는 걸 느꼈다.

그리고 그 갈라져 버린 시체의 뒤에서 나타난 것은, 피를 뒤집어써 붉은 덩어리처럼 보이는 작은 몸집의 소녀였다. 끼얹어진 지 얼마 되지 않은 붉은 피가 소녀의 머리카락에서, 옷에서 뚝뚝 떨어져 내리고 있었다. 소녀의 손에 들려 있는 검에서는 피가 손잡이까지 달라붙어 있어 지금까지 얼마나 많은 사람을 베어나갔는지 충분히 예상할 수 있게 해주고 있었다.

그리고 소녀는 고개를 들어 리안을 쳐다보았다. 아무런 의식도, 감정도 없는 보라색 눈동자로 리안을 쳐다보기 시작했다. 보는 사람을 숨막히게 만들 만큼 아름다우면서도 섬뜩한 눈빛이었다. 그런 소녀의 시선을 마주 대한 리안은 머리 속이 하얗게 물들어 버리는 것을 느꼈다.

두근, 두근, 두근······.

심장 뛰는 소리가 나를 잡아먹어 버릴 것만 같은 느낌이다. 하지만 마지막 이성까지 잃어버리지는 않았다. 떨리는 손끝으로 급히 품안을 뒤졌다. 보라색······ 보라색이라면······.

마음이 급한 만큼 그 작은 구체 하나를 끄집어내는 것도 쉽지 않았다. 그러는 동안 소녀는 제대로 보이지 않을 속도로 리안에게 뛰어들어왔다.

휘이잉—

리안은 소녀의 움직임이 일으킨 바람을 느낄 수가 있었다. 소녀의 손에 들린 검이 머리 위에 겨누어지는 것도 느낄 수가 있었다.

이제 일 초만, 아니, 한순간만 있으면…….

그 순간 찾고 있던 물체가 손끝에 잡혔다. 리안은 눈을 질끈 감으며 그대로 그것을 꽉 움켜쥐었다.

쟁!

구체의 깨어져 나간 조각이 손가락을 찌르는 날카로운 감각과 함께 뭔가 터져 나가는 소리가 났다.

펑! 파아앙!

철퍽…….

뜨거운 액체가 날아와 부딪히는 소리.

뎅그렁…….

소녀가 쥐고 있던 검이 바닥에 떨어지는 소리.

그래, 이젠 팔이 없을 테니까. 검을 들고 있을 팔이 없을 테니까.

리안은 천천히 눈을 떴다. 깨끗이 터져 나간 소녀의 살점이 사방에 흩어져 있었다. 피는 아예 작은 웅덩이를 이루며 고여 있었고…… 그 위에 손가락 조각이 두어 개 둥둥 떠 있었다.

리안은 어깨에 달라붙은 살점을 떼어냈다. 물컹하고 끈적끈적한 느낌이 온몸에 소름을 돋게 했다. 키가 큰 풀에 덕지덕지 붙어 있는 살점들과 조금 형체가 남아 있는 고깃덩이들을 넘어 리안은 언덕 위로 올라갔다. 두근, 두근, 두근…… 무서운 예감이 견딜 수 없을 정도의 세기로 온몸을 흔들고 있었다.

"제기랄……."

그리고 그 예감은 분명히 맞아떨어졌다. 언덕 위쪽에는 아무도 없었다. 다만 여러 가지 기묘한 모양으로 쪼개진 고깃덩이들만이 가득할 뿐이었다. 대지 위에 쏟아져 나와 처음으로 햇볕을 보는 내장들은 금방이라도 꿈틀거리며 뱀같이 살아날 것 같은 형체로 리안의 시야를 어지럽혔다.

아무도 없었다. 정말 아무도 없었다.

"괜찮으십니까, 리안님!"

뒤에서 급히 뛰어올라온 듯한 누군가의 외침이 귓가를 울렸지만 리안은 알아듣지 못했다. 다만 멍하니 저 아래를 내려다볼 뿐이었다.

저 아래도, 이 위도 모두 시체뿐이었다. 리안을 기준으로 하여 그의 앞에 있던 사람은 전부 몰살당한 것이었다.

아바스 백작은 보이지 않았다. 아무래도 그는 이길 수 없을 것 같자 실험체 하나를 풀어놓고 남은 병사들을 이끌고 물러나 버린 것 같았다. 후퇴하면서 마지막으로 무서운 것을 하나 던져 놓고 간 것이다.

"이게 웬 날벼락이야……."

헐레벌떡 언덕을 뛰어올라온 베기스의 목소리가 옆에서 들려왔다. 날벼락이었다. 정말 날벼락이었다.

단 하나의 실험체였다. 여럿도 아닌 단 하나. 몸집도 작고 어린 소녀. 그러나 그것만으로도 언덕 위의 사람들이 전부 몰살당한 것이다. 아무리 그들이 접근전에 약한 궁수들이었다 해도…….

리안은 현기증을 느꼈다. 이건 정말 괴물이다. 아름답지만, 겉으로 보기엔 더없이 아름답지만 사람들을 갈가리 찢어놓는 피투성이의 생물일 뿐이다. 우리 스스로 만들어낸, 우리의 자멸만을 불러오는 존재…… 자폭 장치를 내가 가지고 있어기에 망정이지, 안 그랬다면 얼마나 더 많은 사람들이 죽었을지 측정할 수도 없지 않은가. 만약에, 만약에 이런 괴물들이 전쟁 병기로서 전장을 누빈다면…….

"이봐, 괜찮나?"

비틀거리는 리안을 베기스가 붙잡았다. 리안은 간신히 고개를 돌려 베기스가 있는 쪽을 쳐다보았다.

"이 내전…… 미친 짓입니다……"

아바스 백작만 실험체를 보유하고 있는 건 아니리라. 다섯 백작 들이 가지고 있는 실험체들이 전부 나와 세상을 누빈다면…….

"남은 건 학살뿐이야……."

19

뚝…… 뚝…….

물방울 떨어지는 소리가 규칙적으로 들려오고 있었다. 사방이 막힌 동굴 안이라 물방울 떨어지는 소리는 긴 여운을 남기며 저편 어둠까지 메아리쳐 갔다. 맑은 소리였다. 맑은 물방울이 종유석을 타고 주르륵 떨어져 바위에 부딪히는 장면은 정말 깨끗했다. 바위에 부딪혀 산산이 부서져 나가는 물방울, 맑은 물. 하지만 왜 사람은 저렇게 깨끗이 부서져 나가지 못하고 피비린내 속에서 죽어가야만 하는 것일까. 뮤트는 자기도 모르게 몸을 움츠렸다.

"추워?"

"아니, 갑자기 이상한 느낌이 들어서."

스시리아너의 질문에 뮤트는 가벼운 어투로 답했다. 이상한 느낌. 그래, 아주 이상한 느낌이었다.

너무도 이상해서 모든 것이 뒤틀려 버릴 것만 같은.

275

"시스는, 실험체를 어떻게 생각해?"

문득 생각난 질문을 조용히 끄집어내며 스시리아너를 쳐다보았다. 느닷없이 질문이었는지 스시리아너는 고개를 갸웃하며 의아한 듯 반문해 왔다.

"시, 실험체?"

"뭔지…… 몰라?"

"아니, 들은 적은 있어. 본 적은 없지만."

"어떻게 들었는데?"

"만들어지는 존재…… 라고."

"왜 만들어지는지 들은 적 있어?"

뮤트의 질문에 스시리아너는 바로 대답해 오지 않았다. 무슨 생각인가를 하고 있는 것 같았다.

짧은 시간 동안의 침묵.

그 짧은 시간 동안 뮤트는 아슬아슬한 불안감을 맛보았다. 정령들이 가지고 있는 목적은 과연 무엇이었던 걸까. 내가 살아 있는 이유는 대체 무엇인 걸까. 내가 정하지 않은 이유. 내가 느끼지 못하는 이유. 살아가는 것은 나인데도 내가 살아가는 이유는 그들이 정해주었겠지. 나는…… 모르겠어.

뮤트의 생각이 지나치게 얽혀 들어가기 시작했을 때쯤에야 스시리아너는 조금 낮은 목소리로 대답해 주었다.

"실험체가 없으면, 이 세계는 존속할 수 없대……."

"뭐?"

세계의 존속…… 이라고? 우리는 이 세계를 파괴하는 존재인데도? 놀라는 뮤트를 보며 스시리아너는 씁쓸히 웃었다.

"극비 사항이야. 이 세계는 굉장히 불안정하대. 그래서 다들 하나의 목적을 가지고 실험체를 만들어내는 거야. 완전한, 그래서 계속 이 세계를 지탱해 줄 수 있는 존재를 만들기 위해 실험을 거듭하는 거래. 순수한 마력의 응집체나 다름없는 존재는 흩어져 나가는 세계를 고정시켜 놓을 수 있다더라. 바람에 날아가려는 종이를 돌로 눌러놓는 것과 같은 이치라는데…… 잘 이해는 가지 않아. 아무튼 한곳에 집중된 힘은 세계 자체가 흩어지는 것을 막아준다더군. 물론 병기(兵器)처럼 이용되어지는 실험체가 없진 않지만, 본래의 목적은 그거야. 이 세계가 스스로 무너져 내리지 않게 하기 위해 실험체를 만들어내는 거지. 아직은 완전한 실험체가 만들어지지 않아서 실험을 계속해야 한다더군. 뭐랄까…… 그래, 종이의 양에 비해 돌이 너무 가벼운 거야. 충분히 무겁고 영원히 사라지지 않을 돌을 만들기 위해 새로운 실험체를 시도하는 거지……."

스시리아너의 말이 계속 이어지자 뮤트는 일그러지는 표정을 감추기 위해 시선을 떨구어 버렸다. 우리가 이 세계의 존속에 필요한 존재라고? 우리는 이 세계를 언제 파괴해 버릴지 모르는 자신에 대해 괴로워하고 두려워하는데, 이 세계는 우리에게 견디기 힘든 곳인데…… 그렇다고?

뮤트의 이런 생각을 아는지, 모르는지 스시리아너는 차분한 어조로 말을 계속 이었다.

"……마족들은 그래서 우리가 실험체를 만들어내는 것을 싫어하는 거래. 그들의 목적은 이 세계의 멸망, 태초의 무(無)로 돌아가는 것……. 그러니 그들에게 실험체는 싫어하는 대상이 될 수밖에 없지. 스스로 무너지려는 세계를 억지로 왜곡시켜 존속시키도록 하는 존재이니까. 아마 그들에게는 실험체가 자연스러운 흐름과 조화를 방해하는 존재로 보였을 거야. 실험체를 만들어내는 건,

표면적으로는 끔찍해 보이니 반대할 명분도 충분하고⋯⋯."

"표⋯⋯ 면적으로라고?"

뮤트는 스시리아녀의 말이 끝나기도 전에 떨리는 목소리로 그녀의 말을 가로챘다. 스시리아녀는 여전히 차분한 대답을 해주었다.

"그래⋯⋯."

그래도 한순간 뮤트는 스시리아녀의 입에서 '하지만 나는 그렇게 생각하지 않아' 라는 대답이 나오길 기대했었다. 하지만 그녀는 지극히 정령다운 대답을 해주었다. 정령들의 방식에 순응하지 않고, 정령다운 점이 별로 보이지 않는 스시리아녀도 이 순간만은 정말 완전한 정령이었다!

"그렇지 않아⋯⋯ 실험체는⋯⋯."

뮤트는 떨리는 목소리로 중얼거렸다. 무서웠다. 무언가가 마음속에서 꿈틀대며 발버둥을 치고 있는 것만 같았다. 제발 이러지 말라고, 제발 나를 놓아달라고 발악하는 그 무엇이⋯⋯.

"⋯⋯존재하는 것만으로도 죄악이야."

"뭐어?"

"있어서는 안 돼. 실험체는⋯⋯ 언젠가 모든 것을 부숴버릴 거야."

"갑자기 왜 그래? 괜히 심각해져서는."

스시리아녀는 뮤트의 이런 반응을 이해할 수 없다는 태도였다. 어째서 이해할 수 없는 것일까. 우리들이 어떻게 살아가는지 보면서도 그렇게 아무렇지도 않은 얼굴로, 신경 쓰지 말라는 투의 말을 내뱉을 수가 있을까. 어째서 아무도, 아무도 이해해 주질 않는 걸까!

뮤트는 간신히 힘을 내어 고개를 들었다. 그리고 떨리는 목소리로 입을 열었다.

"당연하······."

그러나 뮤트는 자신의 짧은 말조차 끝마치질 못하였다. 말을 끄집어내는 순간, 스시리아너와 눈이 딱 마주쳤기 때문이었다.

시야에 스시리아너의 진녹색 눈동자가 가득히 들어오고 있었다. 엷게 흩뿌려진 빛을 반사하여 찬란하게 반짝이는 그 눈동자에는 약간의 놀라움과 이해할 수 없는 감정이 담겨져 있었다. 뮤트는 이런 눈동자를 전에도 본 적이 있었다. 다시는 보고 싶지 않은, 아니, 사실은 미치도록 보고 싶은······.

녹색 눈동자······.

당연할 리가 없잖아. 그래, 우리에게 당연한 게 어디 있어. 우리는 그저 물건처럼 만들어졌고, 신성하게 태어난 다른 생명과는 근본적으로 다르잖아. 그러니 우리가 무슨 말을 해, 응? 우리는 그저 만들어진 것뿐이잖아. 인형은 주인의 말에 충실해야지. 팔을 하나 찢어버리건, 얼굴 위에 지워지지 않는 낙서를 하든, 그냥 가만히 있어야지. 옹기장이가 같은 진흙을 가지고 하나는 귀하게 쓸 그릇을 만들고, 하나는 천하게 쓸 그릇을 만든다고 해서 천하게 쓰이도록 만들어진 그릇들이 옹기장이를 욕할 수 있겠어? 그렇지 않잖아. 창조주에게 무슨 말을 하겠어······.

"뮤, 왜 그래?"

스시리아너의 표정이 조금 걱정스러운 것으로 바뀌어가는 것이 보였다. 어느새 눈가에 고여든 눈물이 뮤트의 뺨을 타고 주르륵 흘러내리고 있었다.

싫었다. 이러한 자신이. 그리고 이럴 수밖에 없는 자신이 너무도

싫었다. 하지만 길이 없었다. 이러한 현실에서 벗어날 길은 어디에
도 없었다. 누구에게 기대어도, 결국 그 사람을 파괴하기만 할
뿐…… 피에 굶주린 야수처럼 한없이 파괴만을 되풀이할 뿐…….

"아니야, 아무것도 아니야……."

뮤트는 마음이 착 가라앉아 버리는 것을 느끼며 소매로 눈물을
쓱 닦아냈다. 이런 정도로 눈물이라니. 바보스러웠다. 이 정도에
이렇게 흔들려서 앞으로 어떻게 남은 시간을 버티려고…….

"아무것도 아닌 것 같진 않은데?"

문득 가까이에서 다리므의 목소리가 났다. 어느새 걸음을 멈추
고 다가온 다리므가 고개를 숙여 뮤트를 쳐다보고 있었다.

"스시리아너가 울렸지?"

다리므의 장난스런 질문에 뮤트는 놀라서 고개를 저었다. 하지
만 다리므는 여전히 장난스러운 어투로 그녀의 반응을 받았다.

"맞는 것 같은데. 이렇게 열심히 부정하는 걸 보면."

"난 아무 짓도 안 했어."

"글쎄, 별로 믿기지 않는 말이군. 그렇지, 뮤트?"

"아, 아니야…… 시스는……."

뮤트는 다시 고개를 저으며 다리므의 말을 막으려 했지만, 목소
리가 이상하게 흘러나와 급히 입을 다물어야만 했다. 아직 제대로
가라앉지 않은 감정이 목소리에 담겨 무겁고 떨리는 목소리가 흘
러나와 버렸던 것이었다.

당황해하는 뮤트를 보며 다리므는 가벼운 미소를 지었다.

"그러고 보니까 너, 딘이랑 반응이 똑같다. 놀리는 재미가 있어."

"그만 해, 다리므!"

괜히 골이 난 스시리아너가 다리므의 한쪽 귀를 잡아당겼다. 덕

분에 다리므는 거의 팽개쳐지다시피 옆으로 끌려가야 했다.

"아야야…… 이거 놔, 스시리아너!"

"아니, 놓지 마. 저 녀석은 한번 혼나봐야 해."

어느새 이 상황을 구경하고 있던 렌스가 불쑥 한마디했다.

"야, 렌스! 너까지 이러기냐!"

"나까지…… 라니? 그럼 내가 언제는 네 편 들어준 적 있었냐?"

심드렁히 대답하는 렌스의 말투에 뮤트는 웃음을 터뜨릴 수밖에 없었다. 아직도 그대로 남아 있는 감정의 잔해 때문에 이대로 웃는 것도 이상했지만 웃음을 참을 수가 없었다. 어쩐지 허탈한 것 같은 느낌이 마음속을 가득 채워나가고 있었다.

"어라? 그렇게 우스워, 뮤?"

쿡쿡거리며 웃음을 참지 못하는 뮤트를 스시리아너가 '난 하나도 재미없는데……'라는 눈빛으로 쳐다보았다. 그런 스시리아너의 반응에 뮤트는 다시 쿡쿡거려야만 했다.

"뭐야, 이거……."

스시리아너는 황당하다는 듯이 고개를 저었다. 얼떨결에 상황이 뒤죽박죽 되어버린 것이다. 아까까지만 해도 괜히 시무룩하던 뮤트가 이제는 별거 아닌 것 가지고 웃느라 정신을 못 차리고, 대화는 이상한 농담과 말장난으로 빠져 들어가 버리고…….

하지만 왠지 모르게 기분이 좋아지는 건 사실이었다.

"자, 그럼 이제 다시 걷기 시작할까?"

"그러지, 뭐."

"그럴까……."

"불쌍하니까 따라가주자."

"가죠……."

도무지 진지함과는 거리가 멀어져 버린 반응에 스시리아녀는 고개를 저었다.

"뭐야, 이 반응은······."

"왜, 재미있잖아."

어느새 원래대로 돌아온 뮤트가 옅은 미소를 지으며 대답해 왔다.

"뮤트, 너마저······."

"그럼, 정말로 가자."

그리고 모두들 다시 걷기 시작했다. 한번 붕 떠버린 분위기는 쉽게 가라앉을 기미를 보이지 않아 아무 말 없어도 괜히 소풍가는 것 같은 분위기가 떠돌았다.

재미있고 가벼운 분위기였다. 그리 심각해질 필요가 없는, 그래서 자신에 대한 생각을 하지 않아도 되는 분위기······.

뮤트는 씁쓸한 미소를 지으며 고개를 떨구었다. 텅 비어버린 것만 같은 기분이 온몸을 휘감고 있었다. 한바탕 웃고 나니 괜히 허탈했다. 무겁게 가라앉던 기분은 나아졌지만, 아직도 무언가가 많이 부족한 것 같았다.

영영 채울 수 없는 그 무엇이.

그래, 절실한 무엇이 항상 부족했었다. 차가운 성안에 살았던 아주 어렸을 때부터 굉장히 소중해야 할 무엇이 항상 부족했었다.

내가 없는 편이 더 낫잖아······.

매번 울면서 중얼거렸던 그 말. 그리고 마지막 순간까지 수없이 확인해 버렸던 그 말. 처음부터 모든 것은 어긋나 있었다.

내가 없었다면 얼마나 많은 사람이 지금 살아 있을까······.

뮤트는 고개를 떨구었다. 그래서 도망치고 싶었던 거다. 내가 없어야 하는 현실에서 벗어나고 싶었던 거다. 아무리 도망쳐도 끝내는 운명의 손아귀에 짓눌릴 것을 뻔히 알면서도 한순간만이라도 꿈을 꾸고 싶었던 거다. 단 한 순간만이라도…….

'어리석고 비겁해.'

뮤트는 자신도 모르게 귀고리를 만지작거리고 있었다. 수많은 기억들이 머리 속에서 빙빙 맴을 돌고 있는 것만 같은 느낌이었다.

이 세상에 필요한 게 악이라면 내가 그 역을 맡겠어.

걸작이군. 그것이 나의 정의라고 중얼거렸었지. 그따위 것이, 필요할 리가 없잖아. 그저 아득바득 내가 살아 있을 명분만 생각했을 뿐…… 그런 게 어찌 정의가 될 수 있단 말인가.

뮤트는 천천히 고개를 들어 눈앞을 쳐다보았다. 앞서 걷고 있는 다리므의 뒷모습이 뿌연 시야 때문에 잘 보이지 않았다. 눈가에 고여든 눈물에, 뿌옇게 물들어 버린 시야 때문에 앞서 가는 사람들의 뒷모습이 번져 버리듯이 일그러지고 있었다.

평화, 정의, 사랑……. 나는 영영 가질 수 없는 것들. 감히 꿈꾸어서도 안 되었던 것들.

나는 괴물이니까. 아무리 부정해도 그것이 진실이니까.

*　　　　　　*　　　　　　*

긴 창으로 햇볕이 화사하게 쏟아져 들어오고 있었다. 엘하우드 백작의 영지, 마르티누스에 있는 마르티누스 성안이었다. 미(美)에 대한 경의가 전혀 없는 곳이라 불리는 성. 지나가다 얼핏 보아도 그 말을 실감할 수 있을 정도로 삭막한 분위기가 맴도는 곳.

지독할 정도로 방어만을 생각한 이 성안에는 따뜻하고 안락한 방조차 존재하지 않았다. 성안에서 지낼 사람들의 괴로움과 불편은 전혀 고려하지 않은 것이다. 하인들마저 이 성에 머무는 것은 꺼려할 정도였다.

성의 외양만큼이나 내부의 인테리어도 삭막했다. 차가운 돌이 그대로 드러나 있는 구조라, 실제적으로뿐만 아니라 시각적으로도 싸늘하게 느껴졌다. 길고 화사하게 비껴 들어오는 햇볕마저도 이 안에서는 차갑게 얼어붙어 버린 흰색으로 느껴지는 것이었다.

"그래서, 어쩌겠다고?"

창가에 서서 쏟아져 들어오는 햇볕을 받고 있던 하르드퀴논이 감정없는 목소리로 물었다. 쏟아져 들어오는 햇볕 때문에 그의 새파란 눈동자가 다소 불투명해 보였다.

"어쩌겠다니? 뮤트가 곰인형에 새겨진 마법어를 다 지워버렸다니까! 이대로는 위험하다고"

에이린은 조금 날카로운 어조로 하르드퀴논의 말을 받았다. 정말 대조적인 목소리의 대화였다. 감정이 섞이지 않고 침착한 하르드퀴논의 말투에 잇따른 에이린의 앙칼진 목소리는 분명한 대조를 이루고 있었다.

"왜, 또 사라질까 봐? 그 정도로 그렇게 걱정된다면 이제는 아예 꽁꽁 묶어두기라도 할까?"

"그런 의미로 한 말이 아니야! 넌 이해력이란 건 어디로 던져 버렸니? 물론 그 아이가……"

"그래, 실험체지."

에이린의 말이 채 끝나기도 전에 하르드퀴논이 침착하게 말을 가로챘다. 더없이 차분한 그의 어투는 소름 끼칠 정도로 그 의미를 분명히 전달하곤 했다. 다소 악마적이라는 느낌까지 들 정도였다.

하긴, 정령들의 시각에서 본다면야 저만큼의 악마도 없겠지만.

"그런 식으로 말하지 말랬잖아!"

참다못한 에이린은 하르드퀴논을 몰아붙이기라도 하려는 듯이 소리쳤다. 하지만 에이린의 그런 목소리에 주눅들 하르드퀴논이 아니었다. 지금 당장 이 성이 무너진대도 당황하지 않을 사람이니까.

그리고…….

드래곤의 외침에 주눅들 나이트가 어디 있으랴.

에이린은 자기도 모르게 입술을 깨물었다. 이미 300년이란 세월이 지났건만 언제나 이 위치 그대로였다. 드래곤으로 태어난 이상 그녀는 영영 하르드퀴논과 동등한 입장에 설 수 없었고, 결국은 물러설 수밖에 없게 되는 것이었다.

물론 하르드퀴논이 확실히 허용적인 나이트이긴 하다. 드래곤에게 이만큼 허용적인 나이트는 흔치 않다. 아니, 어쩌면 유일한 건지도 모른다. 드래곤이 이렇게 기어 올라오는 걸 그냥 무심히 넘겨버리는 사람이 여럿일 리는 없으니까.

하지만…….

"들어가도 되겠습니까?"

에이린이 막 무슨 말인가를 하려는 순간, 문 쪽에서 귀에 익은 목소리가 들려왔다. 하르드퀴논은 의미를 알 수 없는 한숨을 내쉬더니 나지막한 어조로 그 목소리에 답했다.

"들어와라, 유스파드."

하르드퀴논의 말이 떨어지자마자 굳게 닫혀 있던 문이 열렸다.

방안에 들어온 유스파드는 에이린을 보고는 가벼운 목례를 했다.

"대화 중에 죄송합니다만, 보고드릴 일이 있어서 실례했습니다."

"그 일인가?"

하르드퀴논은 유스파드가 자세한 말을 채 꺼내기도 전에 짧은 한마디로 그가 할말을 맞추어 버렸다. 에이린으로서는 알아들을 수 없는 말이었지만, 유스파드는 조금 불만스런 표정을 지었다.

"예, 그렇습니다."

"내가 직접 가지."

대체 무슨 일이냐고 에이린이 질문을 던질 틈도 없이 하르드퀴논은 창가에서 물러나 문으로 향했다. 하르드퀴논이 창가에서 멀어짐에 따라 그의 전신을 비추고 있던 햇볕의 너비는 점점 작아졌고, 이내 완전히 사라져 버렸다. 마치 스스로 그림자 속에 뛰어든 것만 같은 장면이었다.

"그리고 에이린."

그는 문을 나서기 직전, 고개를 돌려 에이린을 쳐다보았다.

"이제 더 이상은 뮤트에게 신경 쓰지 마. 이건 명령이다."

"흥, 명령 좋아하시네. 내가 그 말을 들을 줄 알고?"

에이린은 가소롭다는 듯이 중얼거렸지만, 하르드퀴논은 그 말을 듣지도 않았다. 다만 그대로 나가버렸을 뿐이었다. 허무하게도, 뒤에서 잡고 늘어지는 이가 허무한 느낌을 가지도록.

하르드퀴논의 뒷모습이 완전히 시야에서 사라져 버렸을 때쯤, 에이린은 옆에서 쿡쿡거리는 웃음 소리가 들려온다는 것을 알았다.

"웃지 마! 유스파드!"

금방 멱살이라도 잡고 늘어질 것만 같은 에이린의 목소리에 유
스파드는 웃음을 멈추려 했으나 쉽지 않았다. 결국 화가 난 에이
린이 그의 정강이를 걷어차 버리고 말았다.

"욱! 죄, 죄송합니다."

"하논과 말싸움하는 것도 지겨운데, 너까지 이럴 셈이야?"

에이린은 잠시 동안 유스파드를 노려보았다. 하지만 이래서는
얻을 게 없었다. 그대로 몸을 획 돌려 방안을 나가버렸다. 왠지 모
를 불안감이 마음속 한 어귀에서 꿈틀거리고 있었다. 무언가 하지
않으면 크게 잘못되어 버릴 것만 같은, 지나치게 애매한 감정이.

차가운 복도를 걷는 에이린을 유스파드가 뒤따라왔다. 걷어차인
게 아프긴 아팠는지 조금 절뚝거리는 걸음걸이였다. 언제나 규칙
적이던 그의 걸음걸이가 다소 흐트러져 있었다. 에이린은 뒤도 안
돌아본 채 질문을 던졌다.

"'그 일'이란 건 대체 뭐지?"

애매한 질문이었다. 하지만 유스파드는 잘도 알아듣고 정확히
대답해 주었다.

"활기 계열의 마족들과 조금 마찰이 생겼습니다."

"또?"

"그러게 말입니다. 페리어드도 심상치 않아서 신경 쓸 일이 많
은데, 이런 시기를 꼭 잡아서 골치 아프게……."

유스파드는 금세 감정을 드러내며 반응해 왔다. 단순하다고 할
만치 자신의 감정에 충실한 그였다. 하르드퀴논과의 대화처럼 텅
빈 벽에 대고 소리치는 것 같진 않아서 그런대로 편하긴 하지만.

"힘도 없는 주제에 꼭 이럴 때만 골라 기어 올라오는군. 이러니
까 내가 더 이상은 그들을 도와주지 말자고 했잖아. 같은 마족이

면 뭘 해. 힘도 없고 도움도 안 돼서 항상 짐만 되는 주제에 심심
하면 기어 올라오잖아. 난 아무리 생각해도 그네들이 적인지 동지
인지 모르겠어. 물론, 정령들이 대규모 공세를 펼쳐 오면 그들은
확실한 동지가 되곤 하지만 평화로운 시기에는 적보다 더 귀찮게
한단 말야."

에이린은 귀찮은 듯이 중얼거렸다. 오랜 기간 반복되기만 하는
역사에 이젠 질려버릴 것만 같은 느낌이었다. 정령들은 항상 우세
하고, 우리는 항상 맞서 싸우고, 활기 계열 마족들은 가끔 기어오
르고. 매번 한치의 변화도 없는 그대로였다. 고대에서부터 이 우스
운 현실은 단 한 순간도 끊기지 않았다.

마치 다람쥐가 쳇바퀴를 돌듯이.

모두들 열심히 살아가지만 결국 역사는 제자리만 빙빙 돌고 있
는 것이다. 아무리 목숨을 바치고 처절하게 살아가도 세상은 바뀌
지 않는다. 짓눌리는 자는 계속 짓눌리고, 짓누르는 자는 계속 짓
누른다. 아무리 더 많은 세월이 흐른다 해도 이러한 양상은 바뀔
것 같지 않았다. 다만 끝없는 살해의 뒤에 오는 무서운 허무감만
을 매년 새로이 느낄 수 있을 뿐이었다.

하지만 그 다음에 이어진 유스파드의 말은 그녀를 긴장하게 했
다.

"하지만 이제 그들에게 힘이 없는 건 아닙니다."

"무슨 의미지?"

"어떻게 된 건지 이해는 가지 않지만, 그들은 그리테이트를 장
악했습니다."

"그리테이트를? 거긴 우리가 쥐고 있었잖아!"

그리테이트. 그것은 오래 전에 알테이아를 멸망의 위기로 몰아

넣었던 제국의 이름이었다. 여섯 원소 중에 '휴식'이 제일 우세한 지역으로, 유목민이 국민의 절반 이상을 차지하는 유목 국가였다.

그리테이트에서의 마족 세력은 정말 대단했다. 정령과 관계된 국가와는 수교조차 하지 않았다. 그리테이트의 문화나 생활에 대해 타국에 알려진 바가 거의 없는 것도 그런 이유에서였다. 정령과 관계된 국가와는 상종조차 하지 않으니 알려질 수가 없었던 것이다. 리니아스 대륙 전체를 따져 봐야 마족과 관계된 국가는 '활기' 원소가 우세한 헤센밖에 없었다. 하지만 헤센은 개방적인 정책으로 거의 정령국과 동화되어 버려 근래의 그리테이트는 헤센조차도 꺼려하고 있었다. 알테이아에서 마족 세력이 기를 못 펴는 이상으로 그리테이트에서는 정령 세력이 존재하지 못했다. 마족 중에서도 특히 휴식 계열 마족의 세력이 강해서 하르드퀴논의 말이면 그리테이트가 흔들릴 정도였다.

그런데 그런 그리테이트를 활기 계열 마족들이 장악하다니, 에이린으로서는 황당할 뿐이었다. 너무 황당한 나머지 화도 나질 않았다.

"저도 어찌 된 일인지 모르겠습니다. 하지만 아무래도 그리테이트는 완전히 활기 계열에 넘어가 버린 것 같습니다."

유스파드의 말에는 그게 하루이틀 일이 아니라는 어감이 옅게 깔려 있었다. 그제야 에이린은 이게 어찌 된 일인지 조금 파악할 수 있었다. 또 하르드퀴논의 짓이다. 하르드퀴논이 알리지 말라고 하지 않고서야 모두들 그렇게 에이린에게만 사실을 알리지 않았을 리 없다.

"왜 그런 큰일을 나에게 보고하지 않은 거지?"

"하드르퀴논님의 명령이었습니다. 저도 왜 그런 명령을 내리셨는지는 모르겠습니다만……"

역시 그렇다. 하르드퀴논은 날 귀찮은 드래곤 이상으론 생각하지 않는 것이다. 동료와는 의논까지 하는 사실들을 나에게는 알리지 않는 것이다. 그렇게 노력해 왔는데도, 짐이 되지 않기 위해 강해졌는데도 그는 한번도 이쪽을 제대로 돌아봐주질 않았다.

아무리 노력해 봐야 나는 드래곤일 뿐이니까. 언제나 곁에 있지만 결국 다가갈 수 없는 선이 무섭게 자리잡고 있으니까.

"제기랄, 빌어먹을 나이트. 꼭 쓸데없는 데 신경을 쓴단 말이야. 아무튼, 그렇게 되었다면 상황이 별로 좋지 않을 텐데……. 그래서 하논이 직접 뛰는 건가?"

"그렇습니다. 이러다간 상당히 대규모 공세, 그러니까 전쟁 양상으로 번질지도 모르겠습니다. 지금까진 그럭저럭 눈 가리고 아웅 식으로 속아넘어가 주는 척하면서 그들과 화평을 유지했지만, 이젠 불가능합니다. 그 자식들이 내세우는 건……"

유스파드는 정말 맘에 들지 않는다는 듯한 표정을 지으며 말을 끊었다.

"정령과의 화평이랍니다."

"화평? 또 그 소리야? 그놈들은 대체 생각이란 게 있는 거야, 없는 거야? 그 도도한 정령들이 그런 걸 인정할 것 같아? 화의에 응하는 척하면서 공격해 올 게 뻔한데!"

"그러게 말입니다. 왜 그렇게도 멍청한 건지 모르겠습니다. 가능하지도 않고 가능해서도 안 될 그런 사항을 내세워 동지인 우리를 몰아붙이는 꼴이라니! 그들은 정령들이 자행한 짓이 어떤 것인지 잊어버린 모양입니다. 그 용서할 수 없는 종족을, 찢어죽여도 시원찮을 종족과 화해를 하겠다니……!"

유스파드는 어느새 자신도 모르게 주먹을 불끈 쥐고 있었다. 간단한 대화였지만 새삼스레 화가 나서 견딜 수가 없었던 것이다. 어떻게 지나온 역사인데, 모두들 하나둘 잊어가는 것일까. 어떻게 견뎌온 역사인데…….

게다가…….

"게다가 그들이 뭐라 했는 줄 아십니까? 화의의 조건으로 트리니티 지방을 넘겨준다면 정령들도 진심으로 응할 거라고 했습니다. 고대에 봉인되었던 실험체의 양성소, 트리니티 말입니다."

"제길, 정말 할 수 없는 자식들이군. 트리니티가 그리테이트의 영토 내에 있는 건 사실이지만, 그곳의 봉인을 어떻게 푼다고 그러는 거지? 그곳의 봉인은 그 누구도 풀 수 없었어."

"네, 하르드퀴논님도 똑같이 말씀하셨죠. 그러자 그들이 한다는 말이, 오프너 하나만 자기네들에게 넘겨준다면 가능하다는 겁니다."

"넘겨줘? 흥, 우리에게도 오프너는 없어. 오프너가 어떤 존재인지도 모르는 놈들이군. 게다가 오프너만으로는 그곳의 봉인을 절대 풀 수 없는데……."

"그러니까 말입니다. 그들은 뮤트를 오프너로 착각하고 있어요. 뮤트를 넘겨달라고 하는데, 그게 말이 됩니까? 그 엄청난 병기나 다름없는 아이를?"

순간 에이린은 모든 감각이 일시에 굳어져 버리는 것만 같은 기분을 느꼈다. 짜증스럽고 화가 나는 감정이 어느새 사라지고 심장이 크게 울리기 시작했다. 감당할 수 없을 정도로 커다랗게.

"잠깐, 그렇다면 그들이 원하는 게…… 뮤트?"

"그렇습니다. 대책없는 자식들이지요. 그들은……."

"그곳이 어디지? 활기 계열 마족들과 부딪쳤던 장소가?"

에이린은 유스파드가 채 말을 끝내기도 전에 그의 말을 가로챘다. 그는 아직도 강한 흥분이 실린 어조로 몇 개 도시의 이름을 뱉어놓았다.

"유스파드, 자세한 보고서를 줘. 나도 가겠어. 지금 당장……."

에이린은 굳어져 가는 얼굴로 분명히 유스파드에게 자신의 의사를 전했다. 하지만 그만큼이나 분명하게 유스파드도 그녀의 말을 거부했다.

"안 됩니다. 하르드퀴논님이 직접 뛰시는데 에이린님까지 가신다면 사태가 복잡해집니다. 두 분이 함께 움직이는 건 거의 백 년만이잖습니까? 저도 생각 같아서는 가보고 싶습니다만……."

"뭐가 안 된다는 거지? 난 하논의 드래곤이야. 드래곤이 나이트를 따라 움직이는 것도 잘못인가? 아무튼 가겠어. 네가 그렇게 나온다면 보고서 따윈 필요없어."

유스파드가 끝까지 에이린을 붙들며 그녀를 말렸지만, 그로서는 한번 결심한 에이린을 막기에는 역부족이었다. 에이린은 매몰차게 그를 뿌리치고는 가까운 창문을 찾아 그대로 뛰어내려 버렸다.

상당한 높이였다. 차가운 상층 공기가 날카롭게 온몸으로 부딪혀오며 엄청난 속도로 위로 치솟았다. 웬만한 사람이 뛰어내려서는 뼈도 못 추릴 높이. 하지만 에이린은 아주 가볍고 능숙하게 바닥에 착지했다.

건조한 바람과 함께 흙먼지가 날리고 있었다. 에이린은 이러한 자신의 행동이 무모하다는 것을 알고 있었다. 언젠가는 이런 행동의 대가를 치러야 한다는 것도.

하지만…….

　조용한 거리를 달리는 에이린의 어깨 위로 뜨거운 태양 빛이
내리쬐이고 있었다.

　"이상하다는 느낌 들지 않아?"
　렌스가 문득 짧은 질문을 던져 왔다. 그의 나지막한 목소리는
동굴 벽에 반사되어 깊은 울림을 가지며 퍼져 나갔다.
　"뭐가?"
　"이곳을 만들어낸 사람의 의도를 모르겠어. 우리에겐 힘들지만,
다른, 더 엄청난 사람들이 이 안에 들어왔었다면 아마 금방 아브
렌을 찾아냈을 텐데……."
　"무슨 말인지 잘 이해가 안 가는걸."
　스시리아녀는 담요를 끄집어내다 말고 렌스를 빤히 쳐다보았다.
　그들은 이제 막 잠자리를 만들려고 준비하는 중이었다. 동굴 안
에서는 밤과 낮의 구분이 가지 않았지만, 심한 피로와 졸음에 모
두들 지쳐 버린 것이었다. 하루 종일 험한 길을 걸었으니 당연한
결과였다.
　뮤트와 일레이는 이미 한쪽 구석에서 서로에게 기댄 채 잠이
들어 있었다. 깊은 숨을 내쉬며 잠든 폼이 여간해서는 깨지 않을
것 같은 모습이었다. 어지간히도 피곤했던 모양이다. 동굴의 평평
한 부분을 찾아 담요를 펼치는 다리므도 연신 하품을 하고 있었
다.
　"……어정쩡하게 방어를 해놓았다는 말이야. 나라면 이렇게 안
만들 거야. 사람들이 안으로 들어오지 못하게 하려는 의도라면 더
욱더 철저히 함정을 만들어야지. 아예 이 동굴 자체를 메워버릴
수도 있어. 파내는 데 시간이 상당히 걸릴 테니까. 아무튼 적어도

기껏 환각 하나 만들어놓은 정도로 끝내지는 않아. 이 동굴의 특성상 다른 몬스터를 풀어놓는 게 힘들다면 하다못해 환각이라도 더 많이 만들어놓았을 거야. 환각을 없애는 데도 마력 소모가 있으니까."

"아, 생각해 보니까 그렇네. 이곳에 봉인한다는 문구가 있었던 걸 보면, 사람들이 들어오지 못하게 하기 위해 이런 장소를 만들었던 게 분명한데……."

스시리아너는 문득 졸음이 달아나는 것을 느꼈다. 렌스의 지적은 옳았다. 지금까지 특별한 장애물 없이 이 정도까지 들어올 수 있었다는 건 어쩌면 더 안쪽에 엄청난 것이 있다는 걸 의미하고 있는 건지도 몰랐다. 이만큼 들어온 정도는 무시해도 좋다고 생각할 만큼 절대로 통과할 수 없는 무언가가 이 앞에 있다면…….

"하딘이란 사람, 어떤 사람이었는지 알아?"

렌스는 검을 뽑아 익숙한 손놀림으로 손질하기 시작했다. 그래봐야 오래 사용해서 군데군데 날이 나간 데다가 물에 푹 담가놓은 탓에 상할 만큼 상해 있었지만, 그래도 최소한의 대비는 해놓고 싶었던 것이었다.

"나도 잘은 몰라. 전설 같은 얘기밖엔…… 워낙 오래 전의 사람이라서."

사각, 사각, 사각…….

부드러운 천이 은빛 검날을 스치는 소리를 들으며 스시리아너는 몸을 조금 움츠렸다. 옆을 돌아보니 다리므도 거의 반쯤 잠이 들어 있었다.

"그런 거라도 좋아. 뭐든지, 우리 인간에겐 알려지지 않은 사실일 테니."

"1대 물의 수장. 그리고 알테이아 건국왕 휴페른 리트미스의 수호 정령. 미르가드의 첫 번째 나이트…… 이런 건 인간들에게도 알려져 있겠지?"

"그래……."

검날을 문지르는 흰 천에 적갈색의 녹이 묻어났다. 렌스는 미간을 조금 좁혔다. 물에 빠뜨린 것도 빠뜨린 거지만 그 이전부터 함부로 다루어져 왔던 검인 모양이었다. 이래서는 도무지 날카롭게 베어내는 것을 기대할 수가 없었다. 단단한 물체를 잘못 내리쳤다가는 날 부분이 아예 깨어져 나가버릴 것만 같았다.

그럼에도 불구하고 오히려 다행이라는 생각이 드는 건 뒤엉켜버린 심사 때문이리라. 나는 검에게 날카롭지 않음을 바라는 멍청이이니까.

"우리 정령들에게 있어서도 하딘님은 전설적인 존재야. 처음 고대에 사람들이 이 세계에 왔을 때, 그때 활약했던 분이지. 마족들이 이 세계를 무너뜨리려고 했던 시도들을 결정적으로 막아낸 분이라고들 해."

'마족' 이라는 단어에 렌스는 눈살을 조금 찌푸렸으나 스시리아너는 눈치채지 못했다.

"정말 강했대…… 마족들은 손도 못 대었다고 할 정도로."

"그래…… 많이 학살했겠군."

렌스는 자신도 모르게 시니컬한 말투로 중얼거렸다.

"뭐야, 그 태도는. 학살이라니, 어쩔 수 없었던 것뿐인데."

"이유가 있든 없든 간에 그런 대량 살상은 단지 학살일 뿐이야. 너라면 알 거라고 생각했는데. 정령들이 마족들을 어떻게 대했는지……. 어른, 어린아이 할 것 없이 무조건 죽이지 않았어?"

"어쩔 수 없잖아. 마족들은 단지 파괴만을 꿈꾸는 존재일 뿐인 걸. 대화가 처음부터 통하지 않는 상대와는 싸울 수밖에 없어. 그대로 두었다가는 우리들이 먼저 전멸당해. 마족은…… 강하니까. 게다가 그들이 꿈꾸는 건 이 세계의 멸망……. 너라면 그걸 용납할 수 있겠어? 이 세계가, 살아 있는 모든 것들이 부서져 나가는 그 순간을 꿈꾸는 이들을 이해할 수 있겠어?"

스시리아녀는 렌스의 태도를 전혀 이해할 수 없다는 표정이었다. 렌스가 왜 이러는지 모르기에 화를 내지도 못하는 모양이다. 렌스는 씁쓸한 미소를 지으며 시선을 내리깔았다. 이럴 수밖에 없는 자신이 한심했다. 그냥 그러려니 하고 넘어가지 못하고 기어코 말꼬리를 잡아버리는 자신이 너무 바보스럽게 느껴졌다.

하지만…….

"용납할 수 없겠지. 그래, 처음부터 이해한다는 것 자체가 불가능하겠지. 그건 나도 동감이야. 나도 멸망은 싫으니까. 하지만 살아 있는 그 무엇을 죽인다는 데 있어서 어떠한 숭고한 사명이나 이유를 붙이지는 마. 그냥 죽인다고만 해. 살아 있는 걸 함부로 죽이면서 이유를 붙이는 건 변명일 뿐이야. 그 누구도 타인의 생명과 어떠한 가치를 당연히 맞바꿀 순 없어. 내 생명 외에는 전부 남의 것이니까. 남의 생명을 가지고 그걸 어디에 이용할까, 어떻게 희생시킬까, 라고 중얼거리는 게 어떻게 성립이 되지? 당연한 살상? 그런 건 죽어가는 본인들에게 물어봐. 그게 과연 당연하게 이루어질 수 있는 것인가. 그들의 생명이니 그들이 판단해야지. 그들 스스로 인정하지 않는 당연함은 존재할 수 없어……."

"왜 갑자기 이런 분위기를 만드는 거야? 갑자기 이상한 걸로 진지해져서는."

잠시 침묵하던 스시리아너는 여전히 이해할 수 없다는 투로 질문을 던져 왔다. 렌스도 자신이 갑자기 이런 말을 내뱉는 것이 우습게 여겨졌기에 쓸쓸히 쿡 웃으며 복잡해지기 시작한 감정을 머리 속에서 지워버렸다.

"미안, 내가 평소에 관심을 가져왔던 화제라서 갑자기 흥분해 버렸어. 그리 특별한 뜻은 없었는데."

"그렇다고 해서 이렇게까지 진지해질 필요는 없었잖아. 특별한 뜻이 없는 어투가 아니었단 말이야."

스시리아너는 렌스의 대답을 별로 믿는 눈치는 아니었으나 끝까지 따지고 들어오려 하지는 않았다. 다만 대수롭지 않게 넘길 뿐이었다.

그리고 그녀는 한쪽 벽에 기대어 잠들어 있는 뮤트와 일레이를 흔들기 시작했다.

"뮤! 일레이! 그렇게 자지 말고 누워서 자. 벽은 차갑단 말이야."

뒤에서 보는 렌스가 '좀 심한 거 아냐……' 라는 생각을 무심코 했을 정도로 스시리아너는 과격하게 그들을 깨우고 있었다. 거의 멱살을 잡히다시피 하여 여러 번 흔들린 일레이는 잠이 반쯤 달아난 얼굴로 비틀비틀 담요 위에 드러누웠다. 왠지 불쌍해 보이는 동작이었다.

그 다음은 뮤트의 차례였다. 스시리아너는 뮤트에게도 가차없었다. 일레이 때보다 심했으면 심했지, 덜한 건 아닌 것처럼 보일 정도로 옷을 잡고 흔들어댔다. 그 모습을 보고 있던 렌스는 자신이 지금 깨어 있음을 다행스럽게 여겨야만 했다.

"크…… 콜록, 콜록, 콜록!"

갑자기 뮤트가 심한 기침을 했다. 스시리아너는 깜짝 놀라 뮤트의 옷자락을 놓아버렸다. 흔들다가 갑자기 놓아버린 덕분에 뮤트는 쿵! 하는 소리를 내며 동굴 벽에 부딪혀 버렸다.

"아얏! 괜찮아, 뮤?"

자신이 무슨 일을 저질렀는지 두 눈을 뜨고 생생히 봐버린 스시리아너는 당황해서 뮤트를 쳐다보았다. 뮤트는 눈이 잘 떠지지 않는 듯, 인상을 찌푸렸다. 어두운 곳에 있다가 갑자기 밝은 곳에 나온 것 같은 표정이었다.

"……크 크으……."

이윽고 짓눌린 듯한 목소리가 뮤트의 목에서 흘러나왔다. 호흡기가 막혀 고통스러워하는 듯한 음색이었다. 놀란 스시리아너가 뮤트에게 무슨 말인가를 하려는 순간, 뮤트가 몸을 벌떡 일으켰다.

뮤트의 호흡은 상당히 거칠었다. 어느새 얼굴에 맺힌 땀이 옷 위로 떨어져 내리고 있었다. 한참 동안 무언가에 시달렸던 것 같은 모습이었다.

"괜찮아?"

스시리아너가 걱정스런 표정으로 뮤트를 쳐다보았다. 그런 스시리아너의 질문에 뮤트는 비로소 고개를 들었다. 얼굴이 헬쑥하게 질려 있었다. 겁에 잔뜩 질려 있는 까만 눈으로 스시리아너를 쳐다보다가 갑자기 팔을 뻗어 스시리아너를 와락 끌어안았다.

"뮤?"

뮤트는 심하게 떨고 있었다. 도무지 뭐가 어떻게 된 건지 모르는 스시리아너는 당황할 수밖에 없었다.

"싫어…… 이런 거……."

뮤트는 스시리아너의 어깨에 얼굴을 묻은 채로 뜻을 알 수 없
는 말을 반복했다. 두려움과 울먹임이 섞인 목소리였다. 싫어, 싫
어…… 이 말이 계속 반복될수록 스시리아너는 불안감을 느낄 수
밖에 없었다.

"왜 그래…… 아무 일도 없는데."

스시리아너는 뮤트의 머리칼을 부드럽게 쓸어주며 나직한 말로
그녀를 안심시켰다. 과연 이런 말로 안정이 될지는 미지수이지만
무슨 말이든 해야 할 것만 같았다.

"아!"

한참 만에야 뮤트는 갑자기 정신이 든 듯이 감탄사를 내뱉으며
스시리아너에게서 떨어졌다. 비로소 잠에서 막 깨어난 듯한 행동
이었다.

"꿈이었구나……."

망연히 중얼거리는 뮤트의 얼굴에는 아직도 두려움의 여운이
남아 있었다. 아주 무서운 꿈을 꾸고 칭얼대는 어린애 같은 모습
이었다. 애써 격렬한 감정을 감추려 하는 것 같긴 했지만 별로 효
과가 없어서 얼굴에 여실히 드러나 있었다.

"뭐야? 뭐가 그렇게 싫길래 계속 싫다는 말을 반복해?"

스시리아너는 도무지 상상이 가질 않는다는 듯이 뮤트에게 질
문을 던졌다. 뮤트는 멋쩍은 미소를 지었다.

"내가…… 그랬었나?"

하지만 그건 너무 어색한 미소였다. 아직 강하게 남아 있는 두
려움의 여운이 그녀의 표정을 심하게 일그러지게 했다. 무언가 아
주 무서운 감각을 애써 숨기며 웃으려 하는 표정이었다.

"에에…… 아직도 생생하게 생각날 정도로 선명한 꿈이었나 보

지? 어설프게 웃지 마. 얼굴에 다 드러나고 있어. 얼마나 지독한
악몽이었길래 그래?"

"별거 아니었는데. 그게……"

"별거 아니라고? 믿을 수 있는 말을 해라. 무서워 죽겠다는 표
정으로 그런 말을 하면 누가 믿니?"

"그, 그래?"

"으이구…… 아직도 어설퍼. 저기 담요 깔아놨으니까 가서 자던
잠이나 마저 자. 악몽 꾸는 것 같으면 깨워줄게."

스시리아너는 더 이상 이런 뮤트와 말을 해봤자 아무런 소용이
없을 것 같아, 뮤트를 담요 있는 쪽으로 밀었다. 뮤트의 떨림이 아
직 가라앉지 않았다는 게 손끝을 통해 전해졌지만, 어느 정도 가
라앉은 이상은 특별히 신경 쓸 건 없을 거라 생각했다. 악몽이란
하룻밤만 지나면 쉽게 잊어버릴 수 있는 것이니까.

신기하게도 뮤트는 담요 위에 눕자마자 낮은 숨소리를 내며 깊
이 잠들어 버렸다. 어떻게 저런 상태에서도 저렇게 금방 잠들 수
가 있지…… 라는 신기함을 느끼며 스시리아너도 그대로 옆으로
기울어져 잠이 들어버렸다.

스윽……

대충 덮었던 담요가 조금 흘러내리며 작은 소리를 내었다. 뮤트
는 눈을 떴다. 어둠에 잠긴 동굴의 천장과 별가루처럼 박힌 발광
석들이 시야에 들어왔다.

별……

천장에 박힌 발광석들은 정말 별 같은 모양으로 반짝거리고 있
었다. 찬란한 오색도 아니고 그리 화려한 것도 아닌, 대체로 하얀

빛, 별. 발광석들은 그러한 깨끗함으로 깜박거리고 있었다. 어두워
야 할 동굴 내부에 은은한 빛을 퍼뜨리면서.

"깼구나, 뮤트……."

천천히 몸을 일으키는 뮤트의 귓가에 렌스의 목소리가 울려왔
다. 뮤트는 몸을 조금더 일으켰다. 그제야 저쪽 동굴 벽에 기대앉
아 있는 렌스의 모습이 시야에 들어왔다.

은은한 발광석의 빛 아래 드러난 렌스의 얼굴은 평온해 보였다.
고요한 이 시간을 즐기고 있는 것만 같은 모습이었다. 동굴 벽에
기대어 이쪽을 쳐다보는 청보랏빛 시선은 상당히 부드러운 빛이
었다. 마치 이 순간도 꿈의 연장인것만 같은 기분에 뮤트는 짧은
질문을 던졌다.

"안 잤어, 렌스?"

"한 사람은 깨어 있어야지."

"아, 그렇지……."

뮤트는 헝클어진 머리칼을 손으로 쓸어넘기며 렌스에게 다가갔
다. 뮤트의 움직임을 렌스는 시선으로 따라왔다.

"왜, 피곤했을 텐데 더 자지 않고. 또 악몽이라도 꾼 거야?"

"아니, 그건 아닌데 그냥 잠이 깨버리네. 아무래도 더 이상은 잠
이 안 올 것 같아."

"그럼 몇 시간만 나와 교대해 주겠어? 이러다간 졸아버릴 것 같
아서."

"그래……."

당연한 걸 가지고 부탁까지 하는 렌스의 태도에 뮤트는 엷은
미소를 지으며 동굴 벽에 기대어 앉았다. 동굴 벽 특유의 차갑고
습한 기운이 그대로 등을 통해 전해져 왔다. 숨을 들이쉴 때마다

가슴속 가득히 느껴지는 습한 공기…… 귀를 기울이면 어디선가
물 떨어지는 소리가 날 것만 같았다.

어지간히도 피곤했는지 렌스는 몇 분 지나지 않아 깊이 잠들어
버렸다. 거의 눕자마자 작은 숨소리를 내며 잠들어 버린 렌스의
모습에 뮤트는 쿡쿡 웃을 수밖에 없었다.

저렇게 피곤했으면서도 스스로 불침번 역할을 맡고 있었단 말
이지…….

뮤트는 모두가 깊이 잠들어 있음을 눈으로 확인한 다음 주문을
외우며 귀고리에 손을 대었다.

뮤트의 손끝에서 은은한 푸른색의 빛이 감돌기 시작했다.

〈 4권에 계속 〉

판타지 소설
신인작가 모집

새천년을 맞아 저희 도서출판 청어람에서는

판타지 소설 신인 작가분들을 모집합니다.

판타지 소설을 사랑하시는 분들의 많은 참여를 바랍니다.

소정의 원고 (A4용지 150매)를 메일이나 우편으로

보내주시면 검토 후 출판 여부를 알려드리겠습니다.

시작이 반이라고 했습니다.

작가의 길에 대한 보이지 않는 벽을 과감히 깨뜨리십시오!

청어람은 작가 지망생 여러분들의

멋진 방향타가 되어드리겠습니다.

주 소 : 경기도 부천시 원미구 심곡1동 350-1 남성B/D 3F

㉾420-011 도서출판 청어람 편집부 담당자

전 화 : 032-656-4452   FAX : 032-656-4453

E-Mail : eoram99@chollian.net

청어람@nownuri.net

jiwon96@hitel.net